【年表資料】新装版

中世文学史

藤平春男・井上宗雄
山田昭全・和田英道 編

笠間書院

はしがき

本書は、大学および短期大学用の文学史教科書として編集した。

史的発展の記述は避けて、年表および資料（著名作品の本文抜萃）を骨格とし、適宜、教材補助としての図版を挿入し、付録に関係系図を付した。

編集に当たっては次の諸点に留意した。

年表編

一、著名な作家の他界、重要作品の成立を中心に掲げたが、関係事項をも併せ記した。
一、資料編に解説のない作家・作品で、注意されるものについて簡単な解説を記した。
一、重要な文学事蹟・歴史的事件のあった年のみを掲げた。
一、改元の年を掲げた場合は、その月日をアラビア数字で示した。天皇や将軍なども、その即位（または践祚）や就任の年を掲げた場合は、その月日をアラビア数字で掲げ、年を掲げなかった場合は、それに一番近い後の年に名を掲げ、左に（　）に入れて年（西紀の末尾二ケタ）のみを記した。
一、事項の上の空欄に、院政の上皇とその院政期間を（　）に入れて示し（鎌倉時代まで）、適宜干支を記入した。

資料編

一、配列はジャンル別とした。
一、原則としてその作品の特色を示す箇所を選んだが、あまりにも有名な箇所は避けた。
一、本文はできるだけ善本に依ったが、原則として句読点・濁点を加え、仮名づかいを正すなど、読みやすいようにした。ただし、中には敢て底本のままの表記に従ったものもある。
一、和歌に付した番号は国歌大観番号である。
一、解説や注は最少限に止めた。
一、資料編に掲げなかった文学ジャンル（擬古物語・公卿日記等々）については年表編を参照されたい。

編集分担は次の如くである。
年表編は、井上・藤平・山田の三名が資料編の分担に応じて作成し、和田が整理成稿した。資料編の分担は、和歌（藤平・井上）、連歌（井上）、歌謡（井上・山田）、日記・紀行（藤平・井上）、随筆・法語・五山文学・説話・軍記物語（山田）、史論・歴史物語（山田・井上）、御伽草子（井上）、能・狂言（藤平・井上）、キリシタン文学（井上）であるが、相互に補正を加え、なお和田が全体の整理に当たった。

本書の成るに当たっては橋本不美男氏の御教導によるところが大きい。記して謝意を表する次第である。

『年表資料 中世文学史』目次

二、連　歌

三、歌　　謡

四、日記・紀行

五、随　筆

六、法語・五山文学

七、説話

八、軍記物語

十二、キリシタン文学

付、**関係系図**

年表資料 中世文学史

年表編

西暦	1143	1144	1146	1151	1156
年号	康治2	天養1 2.23	久安2	仁平1 1.26	保元1 4.27
天皇	(1141より)近衛				(56より)後白河
	鳥羽院政(29〜56)	甲子			
事項	一二、覚鑁没、49(「法会談義打聞集」の作者)	六、崇徳院、藤原顕輔に「詞花和歌集」撰集を下命	二、平清盛、安芸守に任ぜらる	○この年か「詞花和歌集」成る ○「詞花集」を批判して藤原教長の「拾遺古今」(散佚)成る ○前年頃、「久安百首」(十四名)成る	七、鳥羽法皇崩御、54 七、保元の乱。藤原頼長没、37。日記に「台記」。永治二年(一一四二)三月十五日の条に西行の記事あり。「以重代勇士仕法皇、自俗時入心於仏道、家富年若心無愁、遂以遁世、人歎美之也」 ○年初頃、「後葉和歌集」(寂超)成る

西暦	1159	1164	1167	1169	1170
年号	平治1 4.20	長寛2	仁安2	嘉応1 4.8	嘉応2
天皇		(58より)二条	(65より)六条	(68より)高倉	
		後白河院政(58〜92)			
事項	一二、平治の乱。翌年、源頼朝、伊豆に流さる ○前年頃、?.「袋草紙」(藤原清輔)の根幹部分成る	九、清盛、厳島に奉経 ○この年から九条兼実の日記「玉葉」始まる(→一二〇〇年) ○翌永万元年頃、清輔撰「続詞花和歌集」成る	二、平清盛、太政大臣となる(五、辞任) 八、「平経盛家歌合」(清輔判)	三、後白河上皇撰「梁塵秘抄口伝抄」成るか	五、「実国歌合」(清輔判) 一〇、「住吉社歌合」(俊成判) ○同月、「建春門院北面歌合」(同上) ○「今鏡」成るか(寂超作か)

西暦	年号	天皇	事項
1173	承安3		○この年から吉田経房の日記「吉記」始まる(↓一一八八年)
1177	治承1 8.4		六、藤原清輔没、74
1178	2		三、「別雷社歌合」 ○夏、家集「長秋詠藻」(俊成)成る ○この頃、「宝物集」(平康頼)成る ○宝物集—治承年間(一一七七〜一一八一)成立の仏教説話集。著者は平康頼と目される。一巻本・二巻本・三巻本・六巻本・七巻本・九巻本と、諸本がある。仏法談義が主で、その例話として多くの説話が挿入されている
1179	3		一〇、「右大臣兼実歌合」(俊成判) 一一、平清盛、関白基房を替え、法皇を幽閉 ○前年頃か「艶詞」(藤原隆房)成る
1180	4	安徳2.21→85.3	五、源頼政、宇治に敗死、76 九、木曽義仲 一〇、源頼朝挙兵 ○この年から「吾妻鏡」始まる(↓一二六六年) ○この年から定家の日記「明月記」始まる(↓一二三五年) 九、「世上乱逆追討雖満耳不注之、紅旗征戎非吾事」とあるが、これは後年の追記ともされる
1181	養和1 7.14		一、高倉上皇没、21。源通親「高倉院升遐記」を草す 閏二、平清盛没、64
1183	寿永2	後鳥羽8.20	七、木曽義仲入京す 一〇、私撰集「月詣和歌集」(賀茂重保撰)成る ○この年以後、説話集「撰集抄」成る
1184	元暦1 4.16		一、木曽義仲、粟津に敗死、31 二、一ノ谷の戦。平忠度没、41 一〇、源頼朝、公文所・問注所設置
1185	文治1 8.14		二、屋島の戦 三、壇ノ浦の戦。平氏滅亡。十一月二十六日「玉葉」(変幻自在な法皇に対する鎌倉方の批判)「日本国第一之大天狗ハ更非他者候歟」。次いで頼朝、諸国に守護・地頭を置く
1186	2		八、西行、頼朝と対面す。「吾妻鏡」に「午剋西行上人退出、頻雖抑留敢不拘之、二品以銀作猫被宛贈物、上人乍拝領之於門外与放遊嬰児云々」とある

西暦	年号	天皇	将軍		事項
1187	3				二、平信範没(「平範記」) 〇西行の「御裳濯河歌合」(俊成判)成るか 〇「宮河歌合」(定家判)は五年成る
1188	4				四、「千載和歌集」奏覧(「明月記」。序文では三年九月＝仮奏覧か) 〇この頃、「建礼門院右京大夫集」の主要部分、一応成るか
1190	建久1 4.11				二、西行没、73。「山家集」作者 〇元暦二年よりこの年までの間に「伊勢記」(鴨長明)成るか
1191	2				七、栄西帰朝し禅宗(臨済)を伝う 閏三、徳大寺実定没、53 〇この年以前、俊恵没、「歌苑抄」(散佚)等撰者。家集に「林葉和歌集」
1192	3		源頼朝7.12		三、後白河法皇崩御、66 七、頼朝、征夷大将軍となる
1193	4				五、富士の巻狩、曽我兄弟の仇討 〇「六百番歌合」 〇この頃、「松浦宮物語」(定家)成るか
1195	6				三、中山忠親没、65 〇嘉応二年よりこの年までの間に「水鏡」成る。作者未詳。中山忠親ともいう。仙人から聞いた神武～仁明天皇の間の事蹟を修業者が長谷寺参詣の老尼に語る構想。材は「扶桑略記」
1196	7				二、建久の政変 〇「源家長日記」始まる(→一二〇七年) 〇この頃までに物語「今とりかへばや」成るか
1197	8				七、「古来風体抄」(初撰本、俊成) 〇この年から藤原家実の日記「猪隈関白記」始まる(→一二一一年)
1198	9	土御門1.11		後鳥羽院政(98～21)	三、「撰択本願念仏集」(法然)成る 〇「和歌色葉集」(上覚。諸本奥書建久元、あるいは五年)成る 〇撰択集《せんちゃくしゅう》―二巻。源空(法然)著。建久九年(一一九八)成立か。九条兼実の求めに応じて著述したもの。浄土念仏の奥義を述べて、念仏門が末代相応の法門たることを示す。経論を引用して自注を付した浄土宗の根本書

西暦	年号	天皇	将軍	執権		事項
1199	正治1 4.27		(1.26)			一、頼朝没、53。頼家、家督を継ぐ　八、東大寺南大門成る
1200	2		(空席)			○秋、「正治百首」および「正治二年俊成卿和字奏状」。なお歌合・歌会活発化　二、熊野御幸
1201	建仁1 2.13					一、式子内親王没　五、「古来風体抄」成る　六、「千五百番歌合」(翌年完成)　七、和歌所をおき、寄人を決定　一一、「新古今和歌集」撰進下命
1202	2		源頼家 7.23			七、寂蓮没　一〇、久我通親没、54　○建久七年よりこの年までに「無名草子」(俊成女?)成る
1203	3		源実朝9.7	北条時政9		一一、俊成、九十の賀　○この前後の年、歌合すこぶる多し

西暦	年号	天皇	将軍	執権		事項
1204	元久1 2.20				甲子	七、頼家殺さる、23　一一、俊成没、91　○家集「秋篠月清集」(良経)成る　○歌集「蒙求和歌」(源光行)成る
1205	2			北条義時⑦.19		二、隆信没、64(「弥世継」作者か)　三、藤原定家ら「新古今和歌集」撰進。その後も切継が行なわれ、承元四年(一二一〇)末以後に完成　六、畠山重忠殺さる、42
1207	承元1 10.25					二、幕府、専修念仏を禁じ、法然・親鸞を流す　三、「賀茂別雷社歌合
1208	2					九、熊谷直実没、68
1209	3					八、定家、「近代秀歌」を実朝に献上　○この年より九条道家の日記「玉蘂」始まる(→一二四二年)　○この頃、顕昭没

西暦	1210	1212	1213	1214	1215
年号	4	建暦2	建保1 12.6	2	3
天皇	順徳11.25				
将軍					
執権					
事項	〇この頃、歌論書「無名抄」成る	一、法然（源空）没、80　三、「方丈記」次いで「発心集」（鴨長明）成る　〇法然―長承二年～建暦二年（一一三三～一二一二）。諱は源空。浄土宗の開祖。京都東山の大谷に住んで専修念仏を説き、武士・庶民ばかりでなく、貴族の帰依も受けた。著「撰択本願念仏集」「往生要集大綱」「黒谷上人語灯録」　〇一枚起請文―法然が没したのは建暦二年（一二一二）正月廿五日であったが、その二日前、弟子の勢観房は念仏についての「肝要の御所存」を書いてくれるよう請うた。そのとき書き与えたのがこの一紙で、智者のふるまいを捨て、専修念仏をすべきことを説いた	二、貞慶（解脱）没、59「愚迷発心集」作者　〇「金槐和歌集」（源実朝作。定家所伝本）成るか　〇愚迷発心集―一巻。愚昧発心集とも。貞慶（解脱上人）晩年の著。露命の測り難く、因果応報の恐しいことを述べて、速に愚迷心を脱して仏道に帰依すべきことを説く。当時の旧仏教側の宗教心を知る好資料　〇貞慶―久寿二～建暦三年（一一五五～一二一三）。左少弁貞憲の子。勅諡により解脱上人と称される。栂尾の明恵、大悲菩薩覚盛、興正菩薩叡尊らとともに、鎌倉新仏教に対して南都仏教の復興に努めた。著「儀観抄」など	九、「東北院職人歌合」（おそらくはこの年月に仮託。鎌倉末頃成るか）　〇建保期、順徳天皇中心の歌合多し	一、栄西没、75　一〇、「内裏名所百首」〇「二四代集」（定家の秀歌選）この年一月以降翌年一月までの間に成る　〇「古事談」これ以前に成るか　〇古事談―六巻。建暦二年（一二一二）から建保三年（一二一五）の間に成立した説話集。作者は源顕兼。王道・后宮編、臣節編、僧行編、勇士編、神仏社寺編、亭宅諸道編にわかれ、各説話は短い。文体は記録体を主とした和漢混淆文

西暦	1216	1218	1219	1220	1221
年号	4	6	承久1 4.12	2	3
天皇					仲恭4.20 後堀河7.9
将軍				（空席）	（空席）
執権					
事項	三、家集「拾遺愚草」（定家）の草案成る　閏六、鴨長明没	〇「秋津島物語」（作者未詳）成る　〇この頃、後鳥羽院仙洞にて連歌行なわる。有心、無心あり	一、実朝、公暁に殺さる、28　三、「建春門院中納言日記」成る。作者の父は俊成。定家の同母姉。家では「健御前」と呼ばれ、建春門院（平滋子）の女房として仕え、のち八条院（鳥羽院皇女）などに仕えた。この日記（「健御前日記」「たまきはる」とも）の第一部は、主として建春門院に仕えた折の回想日記、第二部は定家の集めたと思われる遺稿集。作者はこの後まもなく没か　四、「続古事談」　〇「平家物語」の原形成るか（一説）　〇続古事談―六巻（巻二は欠本）。作者未詳。本書は「古事談」に模して作られている。文章は片仮名混りで、巻六に漢朝編がとられているのが特色である	〇この頃、慈円の「愚管抄」成る　〇「保元物語」「平治物語」、この年以後建長四年までに成るか	五～七、承久の乱「承久記」（→一二四〇）　六、六波羅探題の初め　〇建暦よりこの年頃までに「宇治拾遺物語」（作者未詳）成るか　〇この頃、「住吉物語」（作者未詳）成る

西暦	年号	天皇	将軍	執権		事項
1222	貞応1 4.13					○「閑居友」(慶政作か)成る ○閑居友―二巻。承久四年(一二二二)以前の成立。説話集。作者未詳(慈円、慶政の二説あり)。上巻は僧の発心談・遁世談が中心をなし、下巻は女房説話が中心をなす。文学的興味は下巻にあり、「建礼門女院御いほりにしのひの御幸の事」などが含まれる
1223	2					○「海道記」成る ○この頃、「詠歌大概」(定家)成るか ○「六代勝事記」貞応年間に成る ○六代勝事記―一巻。歴史書。著者不明。貞応年間(一二二二〜四)に成立。高倉天皇から後堀河天皇に至る七代の践祚にあった著者が、晩年の出家の折にその間の著名な歴史的事件を列記し、衰え行く公家社会への警鐘としたもの
1224	元仁1 11.20			北条泰時6.28		○親鸞、「教行信証」を著す ○教行信証《きょうぎょうしんしょう》―六巻。親鸞の主著。元仁元年(一二二四)成立。以後晩年まで補筆訂正されたらしい。浄土真宗の根本聖典で、経典や論書や注釈書などから引用分類して、間々に自釈を挿入。真跡本が国宝として東本願寺に蔵されている
1225	嘉禄1 4.20					九、慈円没、71 ○「信生法師日記」(信生法師集)成るか。信生は俗名宇都宮(塩谷)朝業(頼綱弟)。前半は二月京を出立、鎌倉・善光寺を経て下野に帰る紀行。後半は家集
1226	2		藤原頼経1.27			○この頃、秀歌選「秀歌大体」(定家)成る

西暦	年号	天皇	将軍	執権		事項
1232	貞永1 4.2	四条10.4				一、明恵(高弁)没、60 六、定家、「新勅撰和歌集」撰進の命を受ける 一〇、「新勅撰和歌集」序、目録奏進 ○貞永年間か「建礼門院右京大夫集」成る ○「洞院摂政百首」成立
1234	文暦1 11.5					八、後堀河院没、23 ○この年、源家長没
1235	嘉禎1 9.19					三、聖覚没、69(安居院派の唱導者) 三、「新勅撰集」完成 五、定家、「百人秀歌」次いで「小倉百人一首」を撰ぶ。「明月記」(二十七日)「予本自不レ知下書二文字一事上嵯峨中院障子色紙形、故予可レ書由、彼入道懇切、雖二極見苦事一愁染レ筆送レ之、古来人歌各一首自二天智天皇一以来及二家隆雅経一」
1236	2					七、「遠島御歌合」(判者後鳥羽院)
1237	3					六、「楢葉和歌集」成る(素俊撰) ○信生没、56

	1238	1239	1240・	1241	1242
年号	暦仁1 11.23	延応1 2.7	仁治1 7.16	2	3
天皇					後嵯峨1.20
将軍					
執権					北条経時6.16
事項	○この頃までに「正法眼蔵随聞記」(懐奘編)成る ○この頃、日記「うたたね」(阿仏尼)成る	二、後鳥羽院、隠岐に崩御、60(「後鳥羽院御口伝」) ○この年以後文永二年頃迄に「今物語」(藤原信実作)成る ○今物語―一巻。作者は藤原信実。延応元年(一二三九)以後の成立。平安時代末期から鎌倉時代にかけての短篇説話五十三篇を集めた説話集。和歌が多く、宮廷を中心とした風流話・和歌説話・滑稽談などがみられる	○「治承物語」(「平家物語」の原作か)この頃流布 ○これ以後「承久記」成る ○承久記―二巻。軍記。作者不詳。仁治元年(一二四〇)以降、南北朝初期の間に成立。和漢混淆文により、承久の乱の顚末を記す。文学的香気は薄いが、史料的価値は高く、ことに京都方の動静は剋明。「承久兵乱記」「承久軍物語」は異本	八、藤原定家没、80。歌論書「毎月抄」某年成る(偽書説あり)	九、順徳院没、46。晩年歌学書「八雲御抄」完成 ○「東関紀行」成るか

	1244	1245	1246	1248	1250
年号	寛元2	3	4	宝治2	建長2
天皇			後深草1.29		
将軍	藤原頼嗣4.28				
執権			北条時頼3.23		
			後嵯峨院政(46～72)		
事項	二、源光行没、82 ○「新撰六帖題和歌」成る(為家・光俊ら五人)	○寛元―建長頃、「撰集抄」成るか(西行仮托)	○真観(葉室光俊)、為家と対立 ○この年から「弁内侍日記」始まる(→一二五二年)。「弁内侍日記」は仮名文の宮仕え日記。弁内侍は藤原信実女、後深草院女房、和歌・連歌をよくした	○私撰集「万代和歌集」(撰者は藤原家良・真観か) ○「浄土和讃」「高僧和讃」(親鸞) ○「宝治百首」	○この頃、「源平盛衰記」成るとする説あり ○「秋風抄」成る

西暦	年号	天皇	将軍	執権		事項
1251	3				辛亥	一〇、藤原為家、「続後撰和歌集」を撰進す　○「秋風和歌集」(真観撰)成る
1252	4		宗尊親王 4.1			一〇、「十訓抄」(六波羅二﨟左衛門入道作説あり)成る　○六波羅二﨟左衛門入道—生没年不明。「十訓抄」妙覚寺本奥書に「或人云六波羅二﨟左衛門入道作云々」と記されているために、「十訓抄」の作者に擬せられているが定かではない
1253	5					四、日蓮、鎌倉に移り法華経を唱う　八、道元没、54(「正法眼蔵《しょうぼうげんぞう》」)　○正法眼蔵《しょうぼうげんぞう》—九十五巻。法語集。道元の述作。寛喜三年(一二三一)から建長五年(一二五三)に至る間に永平寺など七所において行われた法話の集成。凡そ五百二十篇から成り、道元の宗教的信念を窺う好箇の資料である
1254	6					一〇、「古今著聞集」(橘成季)成る　○この頃、俊成卿女(越部禅尼)没か
1255	7					○この頃、擬古物語「苔の衣」成るか
1257	正嘉 1 3.14			(56より)北条長時		七、「私聚百因縁集」(住信)成る　○「正像末和讃」(親鸞)成る　○私聚百因縁集—九巻。住信作。正嘉元年(一二五七)成立。総数一四七話で、天竺篇・唐土篇・和朝篇の三部からなる。これは「今昔物語集」に範をとったものと思われる。仏教の因果律や本地垂迹の説話が主体となっている
1259	正元 1 3.26	亀山 11.26				三、宇都宮頼綱(蓮生)没、88　○「百錬抄」成る　○「東撰和歌六帖」(後藤基政撰)成る
1260	文応 1 4.13					七、日蓮、「立正安国論」を著し、時頼に進上す
1262	弘長 2					二、親鸞没、90
1265	文永 2			(64より)北条政村		三、藤原為家・真観ら、「続古今和歌集」を撰進す

西暦	1269	1270	1271	1272	1274
年号	6	7	8	9	11
天皇					後宇多 1.26
将軍	（66より）惟康親王				
執権	（68より）北条時宗				
					亀山院政（74～87）
事項	○「嵯峨のかよひ」（飛鳥井雅有）成る	○「いはでしのぶ」（「無名草子」以後「風葉和歌集」以前に成る）	一〇、「風葉和歌集」成る。この頃存した主な物語の歌を集めたもので、散佚物語研究上の重要資料（為家撰とする説あり）○一二四七年以後この年までに「石（岩）清水物語」成るか。擬古物語。「風につれなき物語」「我身にたどる姫君」もこの年までに成る	二、後嵯峨院没、53 ○この年以後数年のうちに「鳴門中将物語」（作者未詳、別名「奈与竹物語」）成る	八、宗尊親王没、33 一〇、文永の役

西暦	1275	1276	1278	1279	1280
年号	建治 1 4.25	2	弘安 1 2.29	2	3
天皇					
将軍					
執権					
事項	四、藤原為家没、78。晩年（か）歌論書「詠歌一体」を著す	六、葉室光俊（真観）没、74か	七、蘭渓道隆没、66 一二、藤原為氏「続拾遺和歌集」を撰進す	六、宋僧無学祖元来朝 一〇、「十六夜日記」（阿仏尼）始まる	一〇、弁円没、79 ○「春能深山路」（飛鳥井雅有）成る。在京及び東下の仮名日記 ○この年から「中務内侍日記」始まる（→一二九二年）。仮名文の宮仕え日記。中務内侍は藤原永経女

西暦	1281	1282	1283	1286	1287
年号	4	5	6	9	10
天皇					伏見10.21
将軍					
執権				(84より)北条貞時	
					後深草院政(87〜90)
事項	六ー閏七、弘安の役 ○この頃、「和漢兼作集」成る	10、日蓮没、61	四、阿仏尼没。これまでに「十六夜日記」成る。晩年歌論書「よるのつる」を著すか 七、「沙石集」(無住)成る	九、無学祖元没、61 ○「文机談」(文机房隆円作)、弘安年間に成る	○この頃、「為兼卿和歌抄」(京極為兼)成るか ○皇統の分立開始

西暦	1289	1290	1294	1295	1301
年号	正応2	3	永仁2	3	正安3
天皇					後二条1.21
将軍	久明親王10.9				
執権					北条師時8.22
				乙未	(98〜01)後伏見 この間、伏見院政
事項	八、一遍(智真)没、51(「一遍上人語録」作者) ○一遍—延応元〜正応二年(一二三九〜八九)。時宗の開祖。伊予の豪族の出。諱は智真。念仏弘通を発願、勧進帳と念仏札を持って諸国を念仏遊行し、遊行上人と称された。その踊念仏は有名で、農漁民や武士の帰依を得た	○一遍上人語録—二巻。一遍の法語を収めたもの。現存本は文化八年(一八一一)刊。別願和讃・百利口語・誓願文・時衆制誡・道具秘釈・消息法語・偈頌・和歌門人伝説より成る 八、叡尊没、90 ○浅原の乱	○この頃、「唐鏡」成る	○この頃、歌論書「野守鏡」(作者不明)成る ○この頃、歌論書「源承和歌口伝」成る。源承は為家の子	八、明空、「宴曲集」「宴曲抄」「真曲抄」「究百集」を撰ぶ(いずれも宴曲の集。計十巻)

西暦	1303	1305	1306	1309	1310
年号	嘉元1 8.5	3	徳治1 12.14	延慶2	3
天皇				(08より)花園天皇	
将軍				(08より)守邦親王	
執権					
	後宇多院政(01～08)			伏見院政(08～13)	
事項	「嘉元百首」。 一二、藤原為世「新後撰和歌集」を撰進す	○「雑談集」成る ○雑談集—十巻。嘉元三年(一三〇五)成立。作者無住。「雑談と云ひながら、法門多く之を記し」と作者自身記しているように、一面述懐し、一面談義し、「沙石集」(無住作)の続篇の形をとった仏教説話集	三、明空、「拾菓集」を撰ぶ(宴曲の集) ○「とはずがたり」(後深草院二条)この年以後まもなく成るか	○「六代御前物語」これ以前成る ○「平家物語」(延慶本)	○この頃、私撰集「夫木和歌抄」(冷泉為相の弟子勝間田長清撰)成る ○この年から「花園天皇宸記」始まる(→一三三二年) ○勅撰和歌集の撰者の地位をめぐり、二条為世と京極為兼との抗争(延慶両卿訴陳状)

西暦	1311	1312	1314	1315	1316
年号	応長1 4.28	正和1 3.20	3	4	5
天皇					
将軍					
執権	北条宗宣 10.3	北条熙時6.2		北条基時 7.12	北条高時7.10
			後伏見院政(13～18)		
事項	○この年から中園(洞院)公賢の日記「園太暦」始まる(→一三六〇年)	三、京極為兼、「玉葉和歌集」を撰進す 一〇、無住没、87	○この頃、「愚秘抄」「三五記」等の偽書(定家仮託の歌論書)成るか	○「歌苑連署事書」成る(「玉葉集」非難の書)	一、為兼、土佐に配流

西暦	1319	1320	1321	1322	1324
年号	元応 1 4.28	2	元亨 1 2.23	2	正中 1 12.9
天皇	(18より)後醍醐				
将軍					
執権					
	後宇多院政(18〜21)		–		甲子
事項	一、他阿真教（一遍の弟子。二祖上人）没。法語・家集あり	八、二条為世、「続千載和歌集」を撰進す	○元亨年間、「三部仮名抄」（向阿）成る	八、虎関師錬の「元亨釈書」（仏教史書）成る	九、正中の変

西暦	1325	1326	1328	1329	1330
年号	2	嘉暦 1 4.26	3	元徳 1 8.29	2
天皇					
将軍					
執権		金沢貞顕 3.16	(27より)北条守時		
					庚午
事項	○「真言伝」（栄海）成る ○真言伝—七巻。栄海著。正中二年（一三二五）成立。インド・中国・日本における真言宗の著名な僧俗の伝記。間々には密教流布に関する霊異譚なども付載する。碑文・行状記・伝・日記・物語など多方面から取材している	六、二条為定、「続後拾遺和歌集」を撰進す ○この頃、歌論書「和歌庭訓」（為世作）成るか	七、冷泉為相没、66 二、為相の弟、晩月房為守没、64	○「竹むきが記」（上巻）始まる	○弘安三年以後、元徳頃までに「一言芳談」成る

西暦	(南)年号	(北)年号	(南)天皇	(北)天皇	将軍	執権	事項
1331	元弘1 8.9			光厳9.20			八、元弘の乱起る ○元徳二年からこの年までの間に「徒然草」成るか。この後数年間書き継がれるという説あり
1332	2	正慶1 4.28					三、京極為兼没、79 九、「称名寺百韻連歌」 一〇、花山院師賢没、32
1333	3	2 (5.17)		(5.17)	(5.21)	(5.18)	五、北条氏滅亡 ○「竹むきが記」(上巻)終わる 一〇、「称名寺百韻連歌」
1334	建武1 1.29						○建武の新政。「二条河原落書」
1335	2						三、箱根・竹下の戦。二条為冬戦死

西暦	(南)年号	(北)年号	(南)天皇	(北)天皇	将軍	執権	事項
1336	延元1 2.29	建武3		光明8.15		高師直(月日不詳)	五、湊川の戦。楠木正成戦死 一一、足利尊氏、幕府を開き建武式目を定む 三、後醍醐天皇、吉野遷幸
1337	2	4					○「竹むきが記」(下巻)始まる
1338	3	暦応1 8.28			足利尊氏8.11		八、北朝、足利尊氏を征夷大将軍とす ○二条為世没、89
1339	4	2	後村上8.15				八、後醍醐天皇崩御、52 ○秋、北畠親房、「神皇正統記」を著す
1342	興国3	康永1 4.27					五、永福門院没、72 ○「保暦間記」成るか ○紀行「大神宮参詣記」(坂十仏)成る ○保暦間記《ほうりゃくかんき》—五巻。歴史書。著者不詳。康永元年(一三四二)頃成立か。因果応報の理によって、保元の乱から南北朝動乱までの公武の消長を叙述したもの。伝説を交え曲筆した箇所も散見されるが、記述は概ね史実と合致している(近世初期成立説もあり)

西暦	1344	1345	1346	1347	1348
(南)年号	5	6	正平1 12.8	2	3
(北)年号	3	貞和1 10.21	2	3	4
(南)天皇					
(北)天皇					崇光10.27
将軍					
執事					
事項	○「夢中問答」(夢窓)刊　○この年以後、浄弁没　○この前後から京極派復興	○興国末から正平の初め頃、「太平記」(作者未詳)初稿本成るか　○この頃、「兼好自撰家集」成る	七、虎関師錬没、69　閏九・六、「園太暦」に「兼好法師来、和歌数寄者也、召簾前謁之」とある　一一、「風雅和歌集」一応成る　一二、雪村友梅没、57　○虎関師錬―弘安元～貞和二年(一二七八～一三四六)。俗姓藤原氏。臨済宗の学僧。元亨二年(一三二二)仏教史書「元亨釈書」三十巻を著わし、朝廷に献上。興国三年(一三四二)には後村上天皇より本覚国師の号を賜わる。著「済北集」	○栄海(「真言伝」作者)没、70　○「貞和類聚祖苑聯芳集」(周信編)成る　○「奥州後三年記」成る	一、四条畷の戦。楠木正行戦死　一一、花園法皇没、52

西暦	1349	1350	1351	1352	1353
(南)年号	4	5	6	7	8
(北)年号	5	観応1 2.27	2	文和1 9.27	2
(南)天皇					
(北)天皇				後光厳8.17	
将軍					
執事	高師世⑥.20	(49より)高師直	仁木頼章10.21		
事項	○「風雅和歌集」完成　○この頃、「連理秘抄」(二条良基)成る　○この頃、「竹むきが記」(下巻)成るか	三、玄恵(玄慧)没、72。文人僧。翌月下旬、尊氏・直義・頓阿・兼好らによる追善詩歌あり　○「梅松論」成る　○紀行「都のつと」(宗久)、観応年間に成る　○年末より観応の擾乱起る(文和初年まで)　○梅松論―二巻。歴史書。観応元年(一三五〇)頃、足利尊氏側近の者の手に成るか。尊氏の事蹟を中心に、鎌倉幕府の創始から南北朝動乱を経て新田義貞の戦死にまで及ぶ。南朝側に立つ「太平記」と対極の位置にある	二、高師直殺さる　九、夢窓疎石没、77　一〇、「慕帰絵詞」(慈俊)成る	八、以降の某年兼好没　○この年光厳院ら吉野へ拉致。京極派衰退	○紀行「小島の口すさみ」(二条良基)成る

西暦	1354	1356	1358	1359	1360
(南)年号	9	11	13	14	15
(北)年号	3	延文1 3.28	3	4	5
(南)天皇					
(北)天皇					
将軍			足利義詮12.8		
執事			細川清氏10.10		
事項	四、北畠親房没、62	三、「菟玖波集」の序成る。翌年閏七月准勅撰の綸旨下る	二、竹向(日野名子)没　四、足利尊氏没、54　○春、隠士松翁(藤原吉房?)は「吉野拾遺」を記したと奥書にみえる。吉野朝廷の人物にまつわる逸話・雑事を記したもの。但し室町中期から江戸初期の間の成立かとする説も強い。○「神道集」この頃までに成立か ○神道集―十巻。文和・延文年間(一三五二～一三六〇)の成立。安居院著。五十話。諸国の神社の縁起・由来に関する説話を集めた説話集。内容上から神道論的なものと垂迹縁起的なものに分られる。特に物語的縁起の類は文芸的要素が強く、後世の物語に大きな影響を与えた。また本書は、本地垂迹思想をもった唱導説教の文芸として重要視されたので、作中に登場する神々も現実の平凡な人間に近づけられ、霊験の顕れも現実的に物語化されている	四、二条為定、「新千載和歌集」を撰進す	○この頃、歌学書「井蛙抄」(頓阿)成るか。六巻。風体・本歌のことなどを記し、第六巻に「雑談」として多くの歌人逸話を掲げる　三、二条為定没　四、洞院公賢没、70　10、正親町公蔭没、64

西暦	1362	1364	1371	1372	1374
(南)年号	18	19	建徳2	文中1 4.	3
(北)年号	貞治2	3	応安4	5	7
(南)天皇			(68より)長慶		
(北)天皇			後円融3.23		
将軍			(68より)足利義満		
執事	(61より)斯波義将		(67より)細川頼之		
事項	三、歌論書「愚問賢註」(二条良基、頓阿)成る	四、二条為明、「新拾遺和歌集」を撰進す	○覚一没(覚一本「平家物語」)　○この頃、「太平記」大成か ○覚一《かくいち》―?～応安四年(?～一三七一)。一方流平曲の大成者。その経歴は詳かではないが、暦応三年(一三四〇)から貞治二年(一三六三)にかけて活躍したらしい。覚一は初め書写山(姫路市)の僧であったが、失明により平曲家に転向。その没前に筆録させた「平家物語」は「覚一本」と称せられ、「平家物語」諸本中、最も完成されたものである。彼は平曲家の官階を定め、自ら初代の総検校となった。享年は七十代	一、これ以前、「筑波問答」(二条良基)成るか　三、頓阿没、84　六、冷泉為秀没　三、「応安新式」(二条良基)成る。連歌式目。救済の校閲を経て完成。なおこののち「追加」「二追加」を加える	○小島法師(「太平記」作者の一人)没　○応安年間、「増鏡」成るか ○小島法師―?～応安七年(?～一三七四)。「洞院公定日記」応安七年五月三日の条に「伝聞、去廿八九日之間、小島法師円寂云々、是近日翫天下太平記作者也、凡雖卑賤之器、有名匠聞、可謂無念」とあり。「太平記」作者と伝えられ、また山伏あるいは物語僧と想定されるが、経歴不詳。「太平記」の原著者ではなく、現存四十巻本の完成者と思われる

西暦	1375	1376	1377	1378	1381
(南)年号	天授1 5.27	2	3	4	弘和1 2.10
(北)年号	永和1 2.27	2	3	4	永徳1 2.24
(南)天皇					
(北)天皇					
将軍					
管領					(79より)斯波義将
事項	一、中巌円月没、76　○「南朝五百番歌合」(宗良親王判)	○「天授千首」	○この年以前、「秋夜長物語」成る	三、足利義満、室町の新第(花の御所)に移る　三、救済没。周阿もこの前後没か	三、宗良親王、「新葉和歌集」を撰進す

西暦	1384	1385	1387	1388	1391
(南)年号	元中1 4.28	2	4	5	8
(北)年号	至徳1 2.27	2	嘉慶1 8.23	2	明徳2
(南)天皇	後亀山1383.10.27以後カ				
(北)天皇	(82より)後小松				
将軍					
管領					細川頼元4.8
事項	五、観阿弥清次没、52(金札・江口・松風・求塚・通小町・卒都婆小町・吉野静・自然居士)。なお観阿弥より前に古作能(浮舟・葵上等)も多く作られた　三、二条為重「新後拾遺和歌集」を撰進す	10、二条良基ら「石山百韻」	二、歌論書「近来風体抄」(二条良基)成る	四、義堂周信没、64。日記に「空華日工集」　六、二条良基没、69　○この頃までに「曽我物語」成るか	○明徳の乱後まもなく「明徳記」成る　○明徳記―三巻。作者不詳。明徳三年(一三九二)夏から翌年冬までの間に成立か。山名氏清・満幸らが将軍義満に謀叛した明徳の乱の顛末を記した軍記物語。先行軍記の抒情性と現実主義的性格を併せ持つ

西暦	(南)年号	(北)年号	(南)天皇	(北)天皇	将軍	管領	事項
1392	9	3	(⑩.5)授禅				閏10、南北朝の合一
1397	応永4				(94より)足利義持	(93より)斯波義将	四、義満、北山第(金閣)を造営す
1400	7					(98より)畠山基国	○応永七年より九年までに「風姿花伝」(「花伝書」)。世阿弥)
1402	9						二、今川貞世(了俊)、「難太平記」を著す ○難太平記―一巻。歴史書。今川了俊著。応永九年(一四〇二)成立。「太平記」の誤謬を正しながら、作中に採録されなかった今川氏一族の功績を述べ、一族の正統性を主張したもの。「太平記」の成立に関し、示唆するところ大
1403	10						一、歌論書「和歌所不審条々」(「二言抄」。了俊)成る。応永一〇年代に、了俊、「一子伝」「言塵集」「落書露顕」等の歌論・歌学書を著す。二条派の一体主義等を批判し、冷泉家を擁護

西暦	年号	天皇	将軍	管領		事項
1405	12			斯波義教7.25	乙酉	四、絶海中津没、70
1406	13					五、藤原満基「百人一首抄」の奥書を記す
1408	15					三、歌論書「耕雲口伝」成る。和歌は日本の陀羅尼であり、道であって、仏道修行と同様の心持を要するという見解を示す 五、足利義満没、51
1410	17			畠山満家6.9		三、山科教言没、83。日記に「教言卿記」
1412	19	称光8.29		細川満元3.16		○この頃、「義経記」成るか

西暦	年号	天皇	将軍	管領		事項
1414	21					○冬、「七百番歌合」(耕雲判)
1416	23					○後崇光院(貞成親王)の日記「看聞御記」始まる(↓一四五二年)
1418	25					二、「能序破急事」(世阿弥)成る　七、紀行「なぐさめ草」(正徹)成る
1419	26					六、「音曲声出口伝」(世阿弥)成る
1420	27					八、今川了俊没、95(没年異説あり)　六、「至花道」(世阿弥)成る
1421	28			畠山満家8.18		七、「二曲三体人形図」(世阿弥)成る
1423	30		足利義量3.18			二、「三道」(通称「能作書」、世阿弥)成る
1424	31					三・二、「看聞御記」に「猿楽如昨日…抑猿楽狂言公家人疲労事、種々令狂言云々、此事不可然之間、田向以禅啓召楽頭突鼻了、当所皇居也、公家居住之在所ニ公家疲労事種々狂言、不存故実之条尾籠之至也、為向後突鼻了」　六、「花鏡」(世阿弥)成る
1429	永享1 9.5	(28より)後花園	足利義教3.15	斯波義淳8.24		七、花山院長親(耕雲明魏)没、80歳前後。南朝に仕えて内大臣、隠遁、足利義持に重用さる。南朝参仕時代「耕雲千首」を詠、「新葉集」撰集に助力、隠遁後、「耕雲口伝」「耕雲紀行」等を著す○この年より相国寺鹿苑院蔭涼軒主の公用日記「蔭涼軒日録」始まる(↓一四六六年)
1430	2					○この年、世阿弥の「申楽談義」成る

	1431	1432	1433	1434	1436
西暦	1431	1432	1433	1434	1436
年号	3	4	5	6	8
天皇					
将軍					
管領		細川持之10.22			
事項	○「三国伝記」この頃成る ○三国伝記―十二巻。沙弥玄棟作。成立は永享三年(一四三一)頃か。三国(天竺・漢土・本朝)の説話が、各国十話ずつ交互に配列されている説話集。大部分が仏教に関するものだが、他に文学伝説や忠犬伝説なども含まれている	八、元雅没(謡曲「隅田川」「歌占」「弱法師」「盛久」の作者) 九、義教、富士遊覧と称して駿河に下り、持氏に示威す	三、「却来華」(世阿弥)成る　五、今川範政没　九、「永享百首」下命	五、世阿弥、佐渡に配流　八、貞成親王、「椿葉記」を献ず ○これ以前、「弁慶物語」成る	二、「金島書」(世阿弥)成る

	1439	1440	1441	1442	1443
西暦	1439	1440	1441	1442	1443
年号	11	12	嘉吉1 2.17	2	3
天皇					
将軍				足利義勝11.17	
管領				畠山持国6.29	
事項	六、飛鳥井雅世、「新続古今和歌集」を撰進す	○宮増、永享期に活躍(謡曲「鞍馬天狗」「元服曽我」「夜討曽我」作者)	四、結城合戦。氏朝敗死、40 六、赤松満祐、将軍義教(48)を誘殺(嘉吉の乱) ○この後間もなく「結城戦場物語」成る ○結城戦場物語―一巻。軍記。作者・成立年ともに不詳。永享の乱(一四三八)で敗死した鎌倉公方足利持氏の遺児春王丸・安王丸兄弟の哀話を抒情的に描いたもの。唱導性濃厚	五、西園寺家の家僕、幸若の舞を勧進	○世阿弥元清没、81(謡曲「老松」「高砂」「養老」「敦盛」「井筒」「桧垣」「西行桜」「融」「鵺」「野守」「蟻通」「恋重荷」「砧」「班女」「芦刈」、能楽論書に「曲付次第」「風曲集」「遊楽習道風見」等) ○世阿弥時代の能に、「笠卒都婆」「八島」「山姥」「関寺小町」「花月」などがある

西暦	年号	天皇	将軍	管領		事項
1446	文安3		(空席)	(45より)細川勝元		○「文安詩歌合」(兼良判)
1448	5					五、蜷川智蘊没(新右衛門親当。連歌作者) ○この頃、「正徹物語」成る
1451	康正1 7.25		(49より)足利義政	(49より)畠山持国	辛未	一、宗砌没、70余(連歌作者) 七、堯孝没、65(二条派歌人) ○能楽論「六輪一露之記」(金春禅竹)成る
1456	2			(52より)細川勝元		○「東野州聞書」(常縁)成るか
1457	長禄1 9.28					○「大乗院寺社雑事記」(尋尊)始まる(↓一五〇七年)
1459	3					五、正徹没、79 九、中山定親没、59
1463	寛正4					五、「ささめごと」(心敬)上巻成る。次いで下巻を草す
1464	5	後土御門7.19		畠山政長9.23		四、義政、糺河原勧進猿楽能
1465	6					二、天皇、飛鳥井雅親に勅撰和歌集撰集を下命(応仁の乱により中絶)
1466	文正1 2.28					○この年以前に「大塔物語」(作者未詳)成る ○この年以後「文正草子」成るか ○大塔《だいとう》物語《ものがたり》―一巻。軍記。作者・成立年不詳。応永七年(一四〇〇)、北信濃を戦場にして守護小笠原長秀と土豪連合の国一揆勢との間で戦われた大塔合戦の経緯を述べた実録的合戦譚。この後、戦国時代においては「応仁記」「細川両家記」「北条記」以下、夥しい、いわゆる戦国軍記が生み出された

西暦	1467	1468	1469	1471	1472
年号	応仁 1 3.5	2	文明 1 4.28	3	4
天皇					
将軍					
管領	斯波義廉 1.8	細川勝元 7.10			
事項	五、応仁の乱起る(↓一四七七年まで) ○能楽論「至道要抄」(金春禅竹)成る ○「吾妻問答」(宗祇)成るか	○「白河紀行」(宗祇) ○この頃、金春禅竹没、64(謡曲「芭蕉」「玉葛」「雨月」作者)。なお作者・成立年ともに不詳の主な謡曲を以下一括して掲げる(「竹生島」「経政」「羽衣」「二人静」「熊坂」「猩々」「黒塚」「土蜘蛛」「熊野」「放下僧」「鉢木」「俊寛」)	三、連歌論書「筆のすさび」(一条兼良)	一~四、六・七、両度にわたり、東常縁、宗祇に「古今集」を講ず(「古今集両度聞書」)	三、一条兼良、「花鳥余情」を著す

西暦	1473	1474	1475	1478	1479
年号	5	6	7	10	11
天皇					
将軍	足利義尚 12.19				
管領	畠山政長 12.19(12.26)	(空席)		(77より)畠山政長	
事項	○紀行「ふぢ河の記」(兼良)成る	六、「武州江戸歌合」(心敬判。道灌以下) ○この年から「実隆公記」始まる(↓一五三六年)	四、心敬没、70 ○「鴉鷺合戦記」文明八年以前に成る	四、宗祇、「百人一首抄」を宗長に伝える	○この頃、教訓書「小夜のねざめ」(兼良)成るか

西暦	年号	天皇	将軍	管領		事項
1480	12					五、桃井直詮（幸若舞の創始者）没、78（一説文明二年）○「筑紫道記」（宗祇）成る
1481	13					四、一条兼良没、80　二、一休宗純没、88。「狂雲集」「続狂雲集」の作者。禅宗の腐敗を嘆き、奇行・狂詩で諷刺
1483	15					六、義政、東山山荘（銀閣）に移る ○足利義尚、和歌撰集を行なう（一四八九年の陣没により完成せず）
1484	16					○この頃、東常縁没。二条派の武家歌人。家集に「常縁集」
1486	18			細川政元7.19 畠山政長8.1		○この年までに「夢幻物語」成る　七、太田道灌没、55（扇谷上杉氏の家宰。武家歌人）

西暦	年号	天皇	将軍	管領		事項
1487	長享1 7.20			細川政元8.9（1日間）		○「廻国雑記」（道興）成る
1488	2			（空席）		一、「水無瀬三吟何人百韻」（宗祇・肖柏・宗長）成る
1489	延徳1 8.21					三、足利義尚（改名して義熙）、近江鈎の陣中に没す、25
1490	2		足利義稙7.5	細川政元7.5-6		一、足利義政没、55　三、飛鳥井雅親没、74。歌人。家集に「亜槐集」
1491	3			（空席）		○北条早雲、茶々丸を自殺させ、伊豆を攻略す。

西暦	1493	1495	1496	1499	1500
年号	明応2	4	5	8	9
天皇					後柏原10.25
将軍		(94より)足利義澄			
管領		(94より)細川政元			
事項	二、横川景三没、65。臨済僧。詩集「補庵京華集」。五山文学は衰退期といわれるが、この前後、詩僧は多かった。希世霊彦・万里集九・正宗竜統・月舟寿桂・常庵竜崇等	六、「新撰菟玖波集」(宗祇・兼載等)成り、九月奏覧	五、日野富子没、57	三、蓮如没、85 ○蓮如上人御文章一五帖。御文《おふみ》・御文章《ごぶんしょう》とも。蓮如が寛正二年(一四六一)から明応七年(一四九八)頃までに門下に認めた法義上の消息の中から八十通を選んで、孫の円如が大永七年(一五二七)に編纂したもの。浄土真宗の信仰内容を知る好資料	○「天神縁起」(土佐光信画)成る　八、甘露寺親長没、77

西暦	1502	1504	1509	1510	1514
年号	文亀2	永正1 2.30	6	7	11
天皇					
将軍			(08より)足利義稙		
管領			(08より)細川高国		
		甲子			
事項	七、宗祇没、82	一、四辻春子没(中世小説の作者に擬せられている)。なお御伽草子(殆ど作者未詳)をここに一括記しておく。「鉢かづき」(公家物)、「三人法師」「秋の夜長物語」「熊野の本地」(僧侶の物語と本地物)、「酒呑童子」「浄瑠璃物語」(武人伝説物)、「文正草子」「物くさ太郎」「一寸法師」(庶民的小説)、「十二類絵巻」「鴉鷺合戦物語」(異類物)	○紀行「東路のつと」(宗長)成る　一〇、飛鳥井雅康(二楽軒宋世)没、74。歌人、書を善くす	六、猪苗代兼載没。連歌師・歌人。和歌・連歌聞書に「兼載雑談」	三、一条冬良没、51。兼良の子。学者・歌人

西暦	1516	1518	1522	1524	1527
年号	13	15	大永2	4	7
天皇					(26より)後奈良
将軍			(21より)足利義晴		
管領					(空席)
事項	七、観世小次郎信光没、82（謡曲「道成寺」「紅葉狩」「舟弁慶」「安宅」作者）	八、「閑吟集」成る　○金春禅鳳没（謡曲「嵐山」「生田敦盛」「初雪」作者）○戦国期には、田歌（「田植草紙」は安芸の辺の田植歌を集めたもの）・踊歌も盛んであった	○この年から「宗長手記」始まる（↓一五二七年）	八、豊原統秋没、75。楽人・歌人。楽書「体源抄」、家集「松下抄」	四、牡丹花肖柏没、85　○「蓮如上人御文章」成る

西暦	1530	1532	1533	1537	1539
年号	享禄3	天文1 7.29	2	6	8
天皇					
将軍					
管領					
事項	○この年から翌年にかけて「宗長日記」	三、宗長没、85	四、連歌師宗碩没、60（宗祇門）	10、三条西実隆没、83（家集に「再昌草」「雪玉集」）	○この年以後、山崎宗鑑没。「犬筑波集」天文年間に成るか

西暦	1540	1543	1544	1545	1549
年号	9	12	13	14	18
天皇					
将軍					(46より)足利義輝
事項	一〇、荒木田守武の「独吟千句」成る	八、ポルトガル船、種子島に至り、鉄砲を伝う	二、連歌師周桂没	三、十市遠忠没、49　三、「宗牧紀行」成る。連歌師宗牧、九月関東で没	七、ザビエル、鹿児島に上陸　八、荒木田守武没、77

西暦	1551	1554	1555	1560	1563
年号	20	23	弘治1 10.23	永禄3	6
天皇				(57より)正親町	
将軍					
管領		(52より)細川氏綱			
	辛亥				
事項	九、大内義隆、部将陶隆房に襲われ、自殺す、45　〇山口の文運は隆盛であったが、この後衰微	八、本願寺光教(証如)没、39	七、川中島の戦　一〇、厳島の戦	五、桶狭間の戦。信長、出陣に当って幸若の一節「人間五十年、下《げ》天の内を比ぶれば夢幻のごとくなり」を謡う	二、連歌師宗養没、38(宗牧の子)　三、三条西公条没、77(実隆男。古典学者・歌人)

西暦	1564	1567	1568	1571	1573
年号	7	10	11	元亀 2	天正 1 7.28
天皇					
将軍			足利義栄 2.8-9月		(7.19)
管領	(空席)		足利義昭 10.18		
	甲子				
事項	七、三好長慶没、42（連歌数寄者）	〇紀行「紹巴富士見道記」成る	九、信長、足利義昭を奉じて入京　三、今川氏真、武田信玄に攻められ、駿府城より逃る。駿府の文運衰退	六、毛利元就没、75　一〇、北条氏康没、57（共に和歌・連歌を善くした）	七、義昭追放、室町幕府滅亡す　八、一乗谷の朝倉氏亡ぶ。一乗谷の文運は隆盛であったが、ここに滅亡

西暦	1576	1579	1582	1585	1587
年号	4	7	10	13	15
天皇					(86より) 後陽成
将軍					
事項	二、信長、安土城を築く	一、三条西実枝没、69（公条男。歌人）　三、山科言継没、73。「言継卿記」（一五二七年～一五七六年）の筆者	五、明智光秀、「愛宕百韻」を張行　六、本能寺の変。次いで「信長公記」成る。	七、秀吉、関白となる　〇紹巴「連歌至宝抄」を秀吉に献上	〇「九州道の記」（幽斎）成る。秀吉の九州征伐に追従した時の紀行

西暦	年号	天皇		事項
1588	16			四、後陽成天皇、聚楽第に行幸。秀吉の御伽衆大村由己「聚楽行幸記」を草す。由己は秀吉に命ぜられてその事蹟を多く記した(天正記)。なお太田牛一にも「太閤さま軍記のうち」がある
1589	17			○夏、「雄長老狂歌百首」成る
1591	19			二、秀吉、千利休に自刃を命ず、71 ○天正年間、「天正狂言本」成る。狂言は室町時代に成立、以後演じ続けられてきた舞台芸能。現行二百数十番。代表的なものに「末広がり」「附子《ぶす》」「棒縛」「布施無経」など。○秀次、関白(↓九五)
1592	文禄 1 12.8			○文禄の役起る ○ローマ字口語訳「平家物語」刊
1593	2			○「伊曽保物語」刊

西暦	年号	天皇		事項
1594	3			○この後か、「隆達小歌集」成る。またこれ以前、「宗安小歌集」成る
1596	慶長 1 10.27			○大村由己没、61
1597	2			一、朝鮮再征軍出発。慶長の役起る
1598	3			六、中院通勝(也足軒素然)、「岷江入楚」を著す 八、秀吉没、63。はじめ狂歌を、のち和歌を好む ○連歌学書「無言抄」(木食応其)完成
1599	4			閏三、慶長勅版「日本書紀」開板

西暦	1600	1602	1603	1607	1610
年号	5	7	8	12	15
天皇					
将軍			徳川家康 2.12	(05より)徳川秀忠	
	庚子				
事項	九、関ケ原の戦。「おあむ物語」は大垣城攻防戦を一素材とする ○林羅山、四書新註の公開講義を行う ○細川幽斎、智仁親王に古今伝授。古今伝授とは、主として中世において、師(または親)が、弟子(または子)に、「古今集」中の難解な和歌や語句を伝えたこと。時代が下るにつれて次第に儀礼的・神秘的色彩を帯びて形骸化し、近世に至ってその権威は否定された。 ○この頃、「信長公記」(信長の臣・太田牛一作)成るか	四、里村紹巴没、79	二、家康、征夷大将軍となり、江戸幕府を開く ○松永貞徳、「百人一首」「徒然草」を公開講義す	三、医師寿命院宗巴没、58。「犬枕弁狂歌」作者の一人	三、中院通勝(也足軒素然)没、55 八、細川幽斎没、77

西暦	1615				
年号	元和1 7.13				
天皇	(11より)後水尾				
将軍					
事項	五、大阪夏の陣。豊臣氏滅ぶ。「おきく物語」はこの落城の体験を某が筆録したもの				

資料編

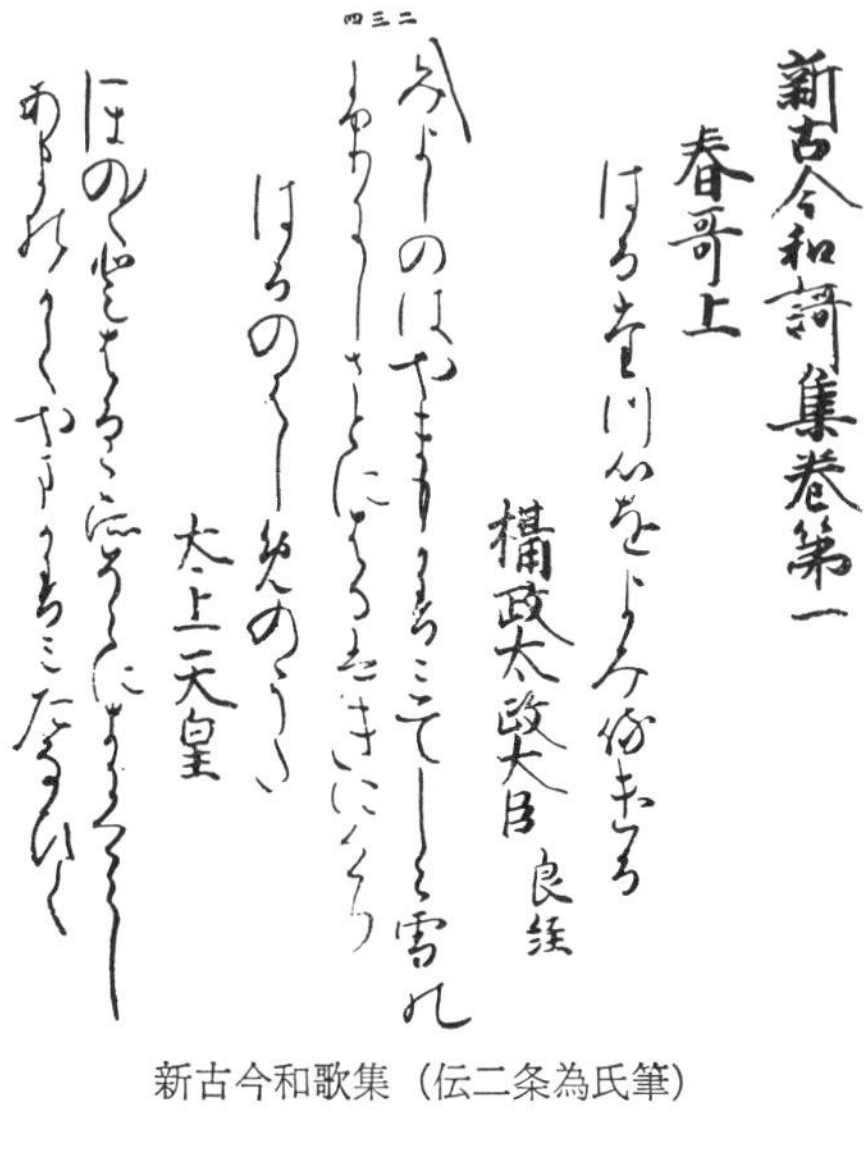
新古今和謌集巻第一
春哥上
はるたつ心をよみ侍ける
攝政太政大臣 良経
みよしのはやまもかすみてしら雪の
ふりにしさとにはるはきにけり
はるのはしめのうた
太上天皇
ほのほのとはるこそそらにきにけらし
あまのかく山かすみたなひく

新古今和歌集（伝二条為氏筆）

勅撰和歌集一覧表

書名	撰者〔下命の天皇・上皇〕	成立	歌数	巻数	備考
古今集	紀友則・同貫之・凡河内躬恒・壬生忠岑〔醍醐天皇〕	延喜五年(九〇五)ごろ	約千百首	二十	九一三年までには完成。仮名・真名序
後撰集	清原元輔・紀時文・大中臣能宣・源順・坂上望城〔村上天皇〕	天暦五年(九五一)以後	千四百二十余首	二十	九六六年までには成立
拾遺集	花山院	寛弘二年(一〇〇五)～四年の間	約千三百五十首	二十	集に先立って拾遺抄(藤原公任撰)が成立
後拾遺集	藤原通俊〔白河天皇〕	応徳三年(一〇八六)	千二百十余首	二十	仮名序
金葉集	源俊頼〔白河法皇〕	大治元年(一一二六)ごろ	六百三十七首 連歌十一句	十	上記は三奏本。再奏本は一一二五年ごろ成立。約七百首
詞花集	藤原顕輔〔崇徳上皇〕	仁平元年(一一五一)ごろ	四百九首	十	
千載集	藤原俊成〔後白河上皇〕	文治四年(一一八八)完成	千二百八十余首	二十	仮名序
新古今集	源通具・藤原有家・同定家・同家隆・同雅経・寂蓮(撰中没)〔後鳥羽上皇〕	元久二年(一二〇五)	約千九百八十首	二十	一二〇五年以後切継あり。仮名・真名序
新勅撰集	藤原定家〔後堀河天皇〕	天福二年(一二三四)	千三百七十四首	二十	一二三五年完成。仮名序
続後撰集	藤原為家〔後嵯峨上皇〕	建長三年(一二五一)	約千三百七十首	二十	
続古今集	藤原為家・同基家・同家良・同行家・同光俊〔後嵯峨上皇〕	文永二年(一二六五)	千九百二十余首	二十	仮名・真名序
続拾遺集	藤原為氏〔亀山上皇〕	弘安元年(一二七八)	約千四百六十首	二十	
新後撰集	藤原(二条)為世〔後宇多上皇〕	嘉元元年(一三〇三)	約千六百十首	二十	
玉葉集	藤原(京極)為兼〔伏見上皇〕	正和元年(一三一二)	約二千八百首	二十	
続千載集	藤原(二条)為世〔後宇多法皇〕	元応二年(一三二〇)	二千百四十余首	二十	
続後拾遺集	藤原(二条)為藤(撰中没)・同(二条)為定〔後醍醐天皇〕	正中二年(一三二五)	千三百五十余首	二十	
風雅集	光厳上皇撰・花園法皇監修	貞和二年(一三四六)竟宴	約二千百十首	二十	寄人、正親町公陰・冷泉為秀・藤原為基。一三四九年頃完成。仮名・真名序
新千載集	藤原(二条)為定〔後光厳天皇〕〈足利尊氏執奏〉	延文四年(一三五九)	二千三百六十五首	二十	
新拾遺集	藤原(二条)為明〔後光厳天皇〕〈足利義詮執奏〉	貞治三年(一三六四)	千九百十余首	二十	為明没後、頓阿助成
新後拾遺集	藤原(二条)為遠(撰中没)・藤原(二条)為重〔後円融天皇〕〈足利義満執奏〉	至徳元年(一三八四)	千五百四十余首	二十	仮名序
新続古今集	藤原(飛鳥井)雅世〔後花園天皇〕〈足利義教執奏〉	永享十一年(一四三九)	二千百四十余首	二十	開闔尭孝。仮名・真名序
新葉集	宗良親王〔長慶天皇による准勅撰の綸旨〕	弘和元年(一三八一)	約千四百二十首	二十	仮名序

三代集(古今集・後撰集・拾遺集)

八代集(古今集～新古今集)

十三代集(新勅撰集～新続古今集)

二十一代集(古今集～新続古今集)

一、和 歌

千載和歌集

右大臣に侍りける時、家に歌合し侍りけるに、霞の歌とて詠《よ》み侍りける
摂政前右大臣

8 霞しく春の潮路を見渡せば緑を分くる沖つ白波（巻一・春上）

故郷花といへる心を詠み侍りける
読人知らず

66 さざなみや志賀の都は荒れにしを昔ながらの山ざくらかな（同右）

百首の歌奉りける時、秋の歌とて詠める
皇太后宮大夫俊成

258 夕されば野辺の秋風身にしみて鶉《うづら》鳴くなり深草の里（巻四・秋上）

崇徳院に百首歌奉りける時、詠める
待賢門院堀河

263 はかなさを我が身の上によそふれば袂にかかる秋の夕露（同右）

百首歌詠み給ひける時
式子内親王

676 はかなしや枕定めぬうたたねにほのかに迷ふ夢の通ひ路《ぢ》（巻十一・恋一）

権中納言俊忠家恋の十首歌詠み侍りける時、祈れども逢はざる恋といへる心を詠める
源俊頼朝臣

〇千載和歌集—藤原俊成撰。二十巻。一二八五首。一条朝から後鳥羽朝に至る約二百年間の短歌作品を採録。寿永三年(一一八三)後白河院院宣下命、文治三年(一一八七)九月二十日序奏上、同四年四月二十二日奏覧、同年秋頃完成。

*家に歌合—治承三年（一一七九）十月十八日兼実家歌合。

*摂政前右大臣—藤原兼実。

*読人知らず—作者平忠度。「忠度集」詞書「為業の歌合に、故郷花」。「平家物語」巻七（忠度都落）参照。

*百首の歌—久安六年崇徳院百首。

*258の歌—「伊勢物語」一二三段に拠る（「慈鎮和尚自歌合」八王寺七番判詞）。

*崇徳院に百首—久安六年百首。

*676の歌—参考「よひよひに枕定めむ方もなしいかに寝し夜か夢に見えけむ」（古今集・巻十一・五一六・読人知らず）。

*権中納言俊忠—藤原俊成の実

707 憂かりける人をはつせの山颪《おろし》よ激しかれとは祈らぬものを（巻十二・恋二）

題知らず　　　円位法師

1146 暁の嵐にたぐふ鐘の音《おと》を心の底にこたへてぞ聞く（巻十七・雑中）

勧発品の心を詠み侍りける　　　皇太后宮大夫俊成

1243 さらにまた花ぞ降《ふ》り敷く鷲《わし》の山法《のり》の莚《むしろ》のくれがたの空（巻十九・釈教）

新古今和歌集

晩霞といふことを詠《よ》める　　　後徳大寺左大臣

35 なごの海の霞の間《ま》よりながむれば入《い》る日を洗ふ沖つ白浪（巻一・春上）

をのこども、詩を作りて歌に合せ侍りしに、水郷春望といふことを　　　太上天皇

36 見わたせば山もと霞む水無瀬川《みなせがは》ゆふべは秋となに思ひけむ（同右）

摂政太政大臣家百首歌合に、春の曙といふこころを詠み侍りける　　　藤原家隆朝臣

37 霞たつ末の松山ほのぼのと波に離るる横雲の空（同右）

守覚法親王、五十首歌詠ませ侍りけるに　　　藤原定家朝臣

父。
*円位法師―西行。
*「暁の」の歌―「御裳濯河歌合」三十一番左勝。「異本山家集」詞書「述懐の心を」。
*勧発品―「法華経」普賢菩薩勧発品第二十八。

○新古今和歌集―源通具・藤原有家・同定家・同家隆・同雅経撰。二十巻、一九七八首。万葉時代から土御門朝に至る短歌作品を収録。建仁元年（一二〇一）十一月三日後鳥羽院院宣下命、元久二年（一二〇五）三月六日奏覧、同二十六日竟宴。その後も切継ぎが行なわれ、承元四年（一二一〇）末以後に完成。のち後鳥羽院が隠岐で、嘉禎元、二年（一二三五、六）頃選抄本を作る。
*後徳大寺左大臣―藤原実定。
*太上天皇―後鳥羽上皇。
*詩を作りて歌に合せ―元久二年六月十五日詩歌合。
*摂政太政大臣家百首歌合―建久四年秋「六百番歌合」。
*守覚法親王、五十首歌―建久九年仁和寺宮五十首。

38 春の夜の夢の浮橋途絶《とだ》えして峯にわかるる横雲の空（同右）

千五百番歌合に　皇太后宮大夫俊成女

112 風かよふ寝ざめの袖の花の香にかをる枕の春の夜の夢（巻二・春下）

百首歌奉りし時　摂政太政大臣

174 明日よりは志賀の花園まれにだに誰かは訪《と》はむ春のふるさと（同右）

入道前関白、右大臣に侍りける時、百首歌詠ませ侍りけるに、時鳥《ほととぎす》の歌　皇太后宮大夫俊成

201 昔思ふ草のいほりの夜《よる》の雨に涙な添へそ山ほととぎす（巻三・夏）

百首歌奉りし時　前大納言忠良

234 あふち咲く外面《そとも》の木蔭露おちてさみだれ晴るる風わたるなり（同右）

題知らず　西行法師

263 よられつる野もせの草のかげろひて涼しく曇る夕立の空（同右）

西行法師勧めて、百首歌詠ませ侍りけるに　藤原定家朝臣

363 見わたせば花も紅葉もなかりけり浦の苫屋《とまや》の秋の夕暮（巻四・秋上）

百首歌奉りし時、秋の歌　式子内親王

534 桐の葉もふみ分けがたくなりにけり必ず人を待つとなけれど（巻五・秋下）

*百首歌奉りし―正治二年後鳥羽院初度百首。

*摂政太政大臣―藤原良経。

*174の歌―春部巻軸歌。巻頭の吉野の古京を詠じた作（「み吉野は山もかすみてしら雪のふりにし里に春はきにけり」良経）と対応。本歌「花もみな散りぬる宿はゆく春のふるさとこそなりぬべらなれ」（拾遺集・巻一・紀貫之）。

*入道前関白…百首歌―治承二年七月兼実家百首。

*201の歌―「蘭省花時錦帳下、廬山雨夜草庵中」（白氏文集）に拠る。

*百首歌―出典は建仁元年二月老若五十首歌合。詞書は誤。

*234 263の歌―新古今歌風の一面としての印象直叙の歌。

*西行法師勧めて―文治二年二見浦百首。「源氏物語」（明石）巻の一節に拠る。361〜363 三夕の歌。

*百首歌―正治二年後鳥羽院初度百首。

千五百番歌合に、冬の歌　二条院讃岐

590 世にふるは苦しきものをまきの屋にやすくも過ぐる初時雨《はつしぐれ》かな（巻六・冬）

題知らず　源信明《さねあきら》朝臣

591 ほのぼのと有明の月の月かげに紅葉吹きおろす山おろしの風（同右）

五十首歌奉りし時　藤原家隆朝臣

939 明けばまた越ゆべき山の峯なれや空ゆく月の末の白雲（巻十・羇旅）

百首歌の中に、忍恋を　式子内親王

1036 わが恋は知る人もなしせく床の涙もらすな黄楊《つげ》の小《を》まくら（巻十一・恋一）

水無瀬恋十五首歌合に　藤原定家朝臣

1336 白妙の袖の別れに露おちて身にしむ色の秋風ぞ吹く（巻十五・恋五）

和歌所歌合に、関路秋風といふことを　摂政太政大臣

1599 人住まぬ不破の関屋の板びさし荒れにし後《のち》はただ秋の風（巻十七・雑中）

住吉歌合に、山を　太上天皇

1633 奥山のおどろが下《した》もふみ分けて道ある世ぞと人に知らせむ（同右）

例ならぬこと侍りけるに、無動寺にて詠み侍りける　前大僧正慈円

1739 頼み来しわが古寺の苔の下《した》にいつしか朽ちむ名こそ惜しけれ（巻十八・雑下）

*534の歌―本説「和漢朗詠集」の白楽天（「秋庭不掃…」）の詩、本歌「わが宿は道もなきまで荒れにけりつれなき人を待つとせしまに」（古今集・巻十五・遍昭）。

*590の歌―参考「世にふるもさらに時雨の宿りかな」（宗祇「老葉」）、「世にふるもさらに宗祇のやどりかな」（芭蕉「笠の記」）。

*源信明朝臣―「後撰集」初出、延喜十年～天禄元年（九一〇～九七〇）。

*591の歌―心敬「ささめごと」に「艶」の例として引く。

*五十首歌―建仁元年老若五十首歌合。

*百首歌―正治二年後鳥羽院初度百首。

*1336の歌―本歌「白たへの袖の別れは惜しけども思ひ乱れてゆるしつるかも」（万葉集・巻十二・作者不詳）。

*和歌所歌合―建仁元年八月三日影供歌合。

*住吉歌合―承元二年五月二十九日住吉歌合。「増鏡」（おどろが下）参照。

*例ならぬこと―病気。

*無動寺―比叡山東塔にあった慈円の坊。

山家集

花の歌あまた詠みけるに

吉野山梢の花を見し日より心は身にも添はずなりにき（上・春）

あくがるる心はさても山ざくら散りなむのちや身にかへるべき（同右）

ほととぎすを

語らひしその夜の声はほととぎすいかなる世にも忘れむものか（上・夏）

月の歌あまた詠みけるに

いづくとてあはれならずはなけれども荒れたるやどぞ月はさびしき（上・秋）

行方なく月に心の澄みすみて果《はて》はいかにかならむとすらむ（同右）

冬の歌詠みけるに

さびしさに堪へたる人のまたもあれな庵《いほり》ならべむ冬の山里（上・冬）

題知らず

古畑のそばの立つ木にゐる鳩の友よぶ声のすごき夕暮（中・雑）

いつかわれこの世の空を隔たらむあはれあはれと月を思ひて（下・雑）

恋百十首

○**山家集**―西行の家集。もと三一一二首を収める自撰家集であったらしいが、原本は伝存しない。六家集に収められた本の系統の約一五〇〇首収録する「山家集」が流布したほかに、「西行法師家集」（板本）「西行上人家集」（異本山家集）「聞書集」「残集」などの西行家集が伝えられている。諸書所収歌で補って知られる現存の西行作歌の数は約二一〇〇首である。

○**西行**―元永元年～文治六年（一一一八～一一九〇）。俗名佐藤義清。鳥羽院下北面の武士となったが、保延六年（一一四〇）出家。

*「いづくとて」の歌―宮河歌合十三番右。

*「さびしさに」の歌―「新古今集」巻六・冬・六二七。

*「古畑の」の歌―「新古今集」巻十七・雑中・一六七四。

*「いつかわれ」の歌―詞書を欠く。

＊「あはれとて」の歌―「新古今集」巻十三・恋三・一二三〇。

＊地獄絵を見て―二十七首の連作になっており、掲出歌はその第一首目。

＊木曽と申す武者―木曽義仲。寿永三年（一一八四）戦死。

○金槐和歌集―源実朝の家集。実朝生前の編である定家所伝本（日本古典全書本等）は六六三首所収、異本に七一九首（含他人歌三首）あって配列を異にする貞享四年刊（古典大系本等）の板本系統がある（本文は前者によった）。その他夫木抄・東撰六帖等によって知られる作もあり、重複を省くと約七五〇首が伝えられていることになる。源実朝は、建久三年～建保七年（一一九二～一二一九）。

あはれとて人の心のなさけあれな数ならぬにはよらぬなげきを　（下・雑）

　題知らず

はるかなる岩のはざまに独りゐて人目つつまでもの思はばや　（新古今集・巻十二・恋二）

　嵯峨に棲《す》みけるに、たはぶれ歌とて人人詠みけるを

うなゐ子がすさみに鳴らす麦笛の声におどろく夏の昼臥《ひるぶ》し　（聞書集）

　地獄絵を見て

見るも憂しいかにかすべきわが心かかる報《むく》いの罪やありける　（同右）

　木曽と申す武者、死に侍りけりな

木曽人は海のいかりをしづめかねて死出の山にも入りにけるかな　（同右）

金槐和歌集

　寒蟬鳴

吹く風の涼しくもあるかおのづから山の蟬鳴きて秋は来にけり　（秋）

　庭の萩わづかに残れるを、月さしいでて後《のち》見るに、散りにたるにや、花の見えざりしかば

萩の花暮《くれ》ぐれまでもありつるが月いでて見るになきがはかなさ　（同右）

*本尊—実朝の持仏はこの頃文殊菩薩、八大龍王はその守護神で、龍は雨を司どる。

*箱根の山をうちいでて—箱根権現、次いで伊豆山権現に詣でる二所詣の途次か。

*荒磯—二所詣のおりの伊豆山あたりの海か。三浦三崎とする説もある。

*「大海の」の歌—二句・四句は万葉語。

*太上天皇—後鳥羽上皇。この時の作は三首あり、その第三首目。

○**建礼門院右京大夫集**—平清盛の娘で高倉天皇中宮、安徳天皇母の建礼門院に仕えた女房右京大夫の歌日記的家集。承安四年（一一七四）正月から始まり、建仁三年（一二〇三）十一月俊成九十賀の記事に終るが、その前後の出来事にも

慈悲の心を

ものいはぬ四方《よも》の獣《けだもの》すらだにもあはれなるかなや親の子を思ふ（雑）

建暦元年七月、洪水漫《ヒタシ》レ天土民愁歎せむことを思ひて、一人奉レ向二本尊一聊致二祈念一云

時により過ぐれば民のなげきなり八大龍王雨やめ給へ（同右）

箱根の山をうちいでて見れば、波のよる小島あり。供の者、この海の名は知るやとたづねしかば、伊豆の海となむ申すと答へ侍りしを聞きて

箱根路《ぢ》をわれこえくれば伊豆の海や沖の小島に波の寄る見ゆ（同右）

荒磯に波の寄るを見て詠める

大海《おほうみ》の磯もとどろに寄する波割れてくだけてさけて散るかも（同右）

太上天皇御書下預時歌

山はさけ海はあせなむ世なりとも君に二心《ふたごころ》わがあらめやも（同右）

建礼門院右京大夫集

寿永・元暦などのころ、世の騒ぎは、夢とも幻ともあはれとも何とも、すべて〳〵いふべき際《きは》にもなかりしかば、万づいかなりしとだに思ひ分かれず、なか〳〵思ひも出でじとのみ

ぞ今までもおぼゆる。見し人々の都別ると聞きし秋ざまの事、とかく言ひても思ひても、心も詞も及ばれず。まことの際は、我も人も、かねていつとも知る人なかりしかば、たゞいはんかたなき夢とのみぞ、近くも遠くも見聞く人皆迷はれし。大方の世騒がしく、心細きやうに聞えしころなどは、蔵人頭にてことに心の隙《ひま》無げなりしうへ、あたりなりし人もあひなき事なりなどいふ事もありて、さらにまた、ありしよりけにしのびなどして、おのづからとかくためらひてぞ物言ひなどせし折々も、たゞ大方の言草《ことぐさ》も、「かゝる世の騒ぎになりぬれば、はかなき数にならん事は疑ひなき事なり。さらばさすがに露ばかりのあはれはかけてんや。たとひ何とも思はずとも、かやうに聞え馴れても歳月《としつき》といふばかりになりぬる情《なさけ》に、道の光も必ず思ひやれ。また若し命たとひ今しばしなどありとも、すべて今は心を昔の身とは思はじと思ひしたゝめてなんある。その故は、物をあはれとも、何のなごり、その人の事など思ひ立ちなば、思ふ限りも及ぶまじ。心弱さもいかなるべしとも身ながらおぼえねば、何事も思ひ捨てゝ、人のもとへ『さても』など言ひて文やる事なども、いづくの浦よりもせじと思ひとりたる身と思ひとりたるを、なほざりにて聞えぬなどなおぼしそ。万づたゞ今より身をかへたる身と思ひなりぬるを、なほともすれば元の心になりぬべきなんいとくちをしき」と言ひしことの、げにさる事と聞きしも何とか言はれん。涙のほかは言の葉も無かりしを、つひに秋の初めつ方の、夢のうちの夢を聞きし心地、何にかはたとへん。さすが心ある限り、

筆の及んでいるところがある。平家一門、ことに平資盛との交渉が深いが、後半には、晩年後鳥羽院に再度の宮仕えをした頃の記事が加えられている。

抄録したのは板本下巻の冒頭部分にあたり、平家都落前後の記事である。集にはこのように長い詞書を持つ部分が多いが、巻末に近く毎年七夕によんだ歌を五十一首書並べた箇所もあり、その部分までは、文治四、五年頃にまとめられたのではないかと考えられている（本位田重美説）。

〔建礼門院右京大夫〕―能書の家として著名な世尊寺《せそんじ》家の伊行の娘、母は笛の家の大神《おおみわ》基政女夕霧。保元二年（一一五七）頃の出生、貞永元年（一二三二）以降に没す。

*蔵人頭にて―平資盛のこと。寿永二年（一一八三）正月二十日から同年七月三日まで蔵人頭。都落は同年七月二十五日。

このあはれを言ひ思はぬ人はなけれど、かつ見る人々も、わが心の友は誰かはあらんとおぼえしかば、人にも物も言はれず。つくぐ〳〵と思ひ続けて胸にも余れば、仏に向ひ奉りて、泣き暮すほかの事なし。されど、げに命は限りあるのみにあらず、さま変ふる事だに心に任せで、一人走り出でなんとはえせぬまゝに、さてあらるゝが心憂くて、

またためし類《たぐ》ひも知らぬ憂きことを見てもさてある身ぞうとましき

（下巻）

六百番歌合

七番　寄レ海恋

左　　　　　　　　　　　　　　　顕　昭

鯢《くぢら》とるかしこき海の底までも君だにあらば波路しのがむ

右勝　　　　　　　　　　　　　　寂　蓮

石見潟千《ち》尋《ひろ》の底もたとふれば浅き瀬になる身のうらみかな

右申云、左歌、恐ろしくや。

左申云、右歌、無二指《サセル》難一之由申す。

判云、左、鯢《くぢら》とるらむこそ万葉集にぞあるやらむと覚え侍れど、さやうの狂歌体の歌ども多く侍る中に侍るにや。然れどもいと恐ろしく聞ゆ。秦皇の蓬壺をたづねしも、ただ

○六百番歌合―当時左大将であった藤原良経が主催して、建久四年（一一九三）に行った歌合で、作者十二名による百首歌合。御子左家・六条（藤家及び権門の人々を交えているが、共に九条家に出入りしていた御子左・六条両家一門の争いが激しく、「井蛙抄」には顕昭・寂蓮の対立の挿話を伝える。判詞は釈阿（藤原俊成）が衆議判をふまえて記したが、のち顕昭の難陳が書かれた。

*万葉集にぞあるやらむ―「いさな取り海や死にする山や死にする死ぬれこそ海は潮干て山は枯れすれ」（万葉集・巻十六・作者不詳）。「鯨（いさな）とり」は「万葉集」中に十二例を数える。

*秦皇の蓬壺を…―「史記」（秦始皇紀）にある始皇が蓬萊の薬を求めて海にもぐらしめたことを指す。

大魚を射よなどは仰せしかども、とれとまでは聞えざりき。凡そは歌は優艶ならむ事をこそ可二庶幾一を、故《コトサラ》に令レ恐レ人事、為レ道為レ身無二其要一哉。右の石見潟、「身の恨みかな」といへる、如《モシ》官途の怨望にもや。恋心少くや。但し、猶左歌ゆるしがたし。以レ右為レ勝。

顕昭陳申云、「鯨とるかしこき海」と仕れる、更に人をおどさむ料とも存じ侍らず。万葉集狂歌戯咲の中にも侍らず。彼集の長歌の中に「鯨とるあはの海」と云ふ歌につけて詠みて侍るなり。鯨鯢は恐ろしくや侍らむ。歌に強人《シヒテ》おづべくも侍らず。（中略）大和歌は万葉を本体と侍るに、彼集に鯨とると詠みて侍れば、三史文選に鯨とる証文の侍らざらむは、和歌の大事に不レ侍。

古来風体抄《いにしへよりこのかたのすがたのせう》

かの古今集の序にいへるが如く、「人の心を種として万づの言の葉となり」にければ、春の花をたづね秋の紅葉を見ても、歌といふ物なからましかば、色をも香をも知る人もなく、何をかはもとの心ともすべき。（中略）

さて、かの止観にも、まづ仏の法を伝へ給へる次第をあかして、法《のり》の道の伝はれることを人に知らしめ給へるものなり。（中略）この法をつぐる次第を聞くに尊さも起るやうに、歌も

*「鯨とるあはの海」—「万葉集」巻二・一五三、天智天皇の皇后倭姫大后の長歌の冒頭。現在の訓では「いさな取りあふみのうみ（を）」。

◯古来風体抄—藤原俊成の歌論書。初撰本は建久八年（一一九七）七月二十日、再撰本は建仁元年（一二〇一）一月の執筆。共に式子内親王に奉ったものか、内容には大差がない（松野陽一説）。

*色をも香をも—「君ならで誰にか見せむ梅の花色をも香をも知る人ぞ知る」（古今集・巻一・紀友則）による。

*止観—「摩訶止観」。天台大師智顗講述。十巻。

昔より伝はりて、撰集といふ物も出《い》で来て、万葉集より始まりて古今・後撰・拾遺などの歌の有様にて、深く心を得べきなり。但し、かれは法文金口《こんく》の深き義なり。これは狂言綺語の戯れには似たれども、（中略）今、歌の深き道も、空・仮・中の三諦に似たるによりて、通はして記し申すなり。

歌のよきことをいはむとては、四条大納言公任卿は金《くがね》の玉の集と名付け、通俊卿の後拾遺の序には「ことば縫物の如くに、心海よりも深し」など申しためれど、必ずしも錦縫物の如くならねども、歌はただ読みあげもし詠じもしたるに、何となく艶にもあはれにも聞ゆる事のあるなるべし。もとより詠歌といひて声につきてよくもあしくも聞ゆるものなり。（上巻）

近代秀歌

むかし、貫之、歌の心巧みにたけ及び難く詞強く姿おもしろきさまを好みて、余情妖艶の体を詠まず。それよりこのかた、その流を承くるともがら、ひとへにこの姿におもむく。但し、世くだり人の心劣りて、たけも及ばず詞もいやしくなりゆく。いはむや近き世の人は、ただ思ひえたる風情を三十字に言ひ続けむことをさきとして、更に姿詞のおもむきを知らず。これによりて、末の世の歌は、田夫の花の蔭を去り、商人の鮮衣をぬげるが如し。然れども、大納言経信卿・俊頼朝臣・左京大夫顕輔卿・清輔朝臣、近くは亡父卿、すなはちこの

*狂言綺語―「白氏文集」の「香山寺洛中集記」中の次の文に拠る。「願以今生世俗文字之業狂言綺語之誤、翻為当来世々讃仏乗之因転法輪之縁」。

*金の玉の集―「金玉集」。藤原公任撰の秀歌選。

*歌のよきこと…―「慈鎮和尚自歌合」十禅師跋には該当部分が次のようになっている。「大方は、歌は必ずしもをかしき節をいひ、事の理りをいひ切らせむとせざれども、もとより詠歌といひて、ただ読みあげたるにも、うち詠めたるにも、何となく艶にも幽玄にも聞ゆる事のあるなるべし。よき歌になりぬれば、その言葉姿のほかに景気の添ひたるやうなる事のあるにや」。

〇**近代秀歌**―承元三年（一二〇九）、定家が源実朝に書送ったと思われる本と、後に秀歌例を改訂した本（自筆本）とがある。その差異は、自筆本の書出しの部分を除くと、秀歌例が文中にある経信以下六名の二十五首（二十六首・本二十七首本あり）が、八代集からの抄出八十三首に改められている点にある。掲出部分のあとには本歌取論があり、かなりの量を占めている。

道をならひ侍りける基俊と申しける人、このともがら、末の世のいやしき姿を離れて、つねにふるき歌をこひねがへり。この人々の思ひ入れてすぐれたる歌は、高き世にも及びてや侍らむ。今の世となりて、このいやしき姿を些か変へて、ふるき詞を慕へる歌あまた出できたりて、花山僧正・在原中将・素性・小町がのち絶えたる歌のさま、僅かに見え聞ゆる時侍るを、物の心悟り知らぬ人は、新しき事出できて歌の道変りにたりと、申すも侍るべし。

（中略）

ことばはふるきを慕ひ、心は新しきを求め、及ばぬ高き姿をねがひて、寛平以往の歌にならはば、おのづから宜しき事もなどか侍らざらむ。

毎月抄

もとの姿と申すは、勘へ申し候ひし十躰の中の幽玄様・事可然様・麗様・有心躰、これらの四にて候べし。此躰どもの中にも古めかしき歌どもはまま見え候へども、それは古躰ながら苦しからぬ姿にて候。ただすなほにやさしき姿をまづ自在にあそばししたためて後は、長高様・見様・面白様・有一節様・濃様などやうの躰は、いとやすき事にて候。鬼拉の躰こそたやすく学びおほせ難う候なる。それも練磨の後は、などか詠まれ侍らざらむ。（中略）

さてもこの十躰の中に、いづれも有心躰に過ぎて歌の本意と存ずる姿は侍らず。極めて思

*田夫の花の蔭を去り、商人の鮮衣をぬげるが如し—古今集両序における文屋康秀と大友黒主に対する評文に拠る。

*大納言経信卿…—経信と俊頼は父子で六条源家、顕輔と清輔も父子で六条藤家。俊成と基俊とは門弟と師の関係である。

*花山僧正—僧正遍照。ここに挙げる四名は素性(遍照の子)を除き、古今集序に評する六歌仙のうち。

*寛平以往—「以往」はここでは以前の意。貫之が醍醐朝から活躍した歌人であるのに対し、それ以前の宇多朝の年号「寛平」を挙げて、貫之以前の意を示す。

○毎月抄—定家の歌論書。奥書に「承久元年七月二日或人返報云々」とあるが「或人」が誰かは不明。八島長寿・田中裕・佐々木忠慧の偽書説があるが、反論も多い。

*もとの姿—掲出文の直前に「今一両年ばかりも、せめてもとの躰を働かさで、御詠作あるべく候」とあるのを承けている。

*幽玄様・有心躰・鬼拉の躰—定家の名での偽書「愚見抄」「愚秘抄」「三五記」「桐火桶」(総称して鵜鷺系歌論書とい

ひ得難う候。とざまかうざまにてはつやつや続けらるべからず。よくよく心を澄まして、その一境に入りふしてこそ稀にも詠まるる事は侍れ。されば、宜しき歌と申し候は、歌毎に心の深きのみぞ申したためる。あまりに又深く心をいれむとてねぢ過ぐせば、いりほがのいりくり歌とて、堅固ならぬ姿の心得られぬは、心無きよりはうたてく見苦しき事にて侍る。この境がゆゆしき大事にて侍る。なほなほよくよく斟酌あるべきにこそ。(中略)今この十躰の中に有心躰とていだし侍るは、余躰の歌の心有るにては候はず。一向有心の躰をのみさきとして詠めるばかりを選びいだして侍るなり。いづれの躰にても、ただ有心躰を存ずべきにて候。

後鳥羽院御口伝

定家は、左右《さう》なき者なり。さしも殊勝なりし父の詠をだにもあさあさと思ひたりし上は、まして余人の歌、沙汰にも及ばず。やさしくもみもみとあるやうに見ゆる姿、まことにありがたく見ゆ。道に達したるさまなど、殊勝なりき。歌見知りたるけしき、ゆゆしげなりき。但し、引汲《いんぎふ》の心になりぬれば、鹿をもて馬とせしが如し。傍若無人、理《ことわり》も過ぎたりき。他人の詞を聞くにも及ばず。惣じて、かの卿が歌存知の趣、些も事により折によるといふ事なし。又ものにすきたるところなきによりて、わが歌なれども、自讃歌にあらざるをよしなど

う)の中に詳論されているが、それらは幽玄と有心とを特に重要視する傾向を示しており、その歌体解釈も本書の説明とは異なっている。「鬼拉の躰」もそれらの書で注意され解説されている。

〇**後鳥羽院御口伝**―後鳥羽法皇が隠岐に流された後にまとめたもの。最も中心をなすのは近代歌人評の部分で、掲出部分はその中でも多くの量を占める定家評の箇所である。俊成については「釈阿は、やさしく艶に、心も深く、あはれなるところもありき。殊に愚意に庶幾する姿なり」とあり、西行については「おもしろくて、しかも心も殊に深く、ありがたくいできがたき方も共に相兼ねて見ゆ。生得の歌人とおぼゆ。おぼろげの人、まねびなどすべき歌にあらず。不可説の上手なり」とし、

いへば、腹立の気色あり。（中略）惣じてかの卿が歌の姿、殊勝のものなれども、人のまねぶべきものにはあらず。心有るやうなるをば庶幾せず。ただ、詞・姿の艶にやさしきを本躰とする間、その骨すぐれざらむ初心の者まねばば、正躰なき事になりぬべし。定家は生得の上手にてこそ、心何となけれども、うつくしく言ひ続けたれば、殊勝のものにてあれ。

無名抄

すべて歌のさま、代々に異なり。昔は文字の数も定まらず、思ふさまに口に任せて言ひけり。かの出雲八重垣の歌よりこそは五句三十文字に定められにけれ。万葉の比までは、懇《ねんごろ》なる心ざしを述ぶるばかりにて、あながちに姿・詞をば選ばざりけるにやと見えたり。中比古今の時、花実共に備はりて、そのさままちまちに分れたり。後撰には、宜しき歌古今にとり尽されて後いく程も経ざりければ、歌得難くして姿をば選ばず、ただ心を先とせり。拾遺の比よりぞその躰ことの外に物近くなりて、理《ことわり》隈なく現れ、姿すなほなるを宜しとす。その後、後拾遺の時、今少しやはらぎて、昔の風を忘れたり。「ややその時の古き人などは是を請《うけ》ざりけるにや、後拾遺姿と名付けて口惜しき事にしける」とぞ或先達語り侍りし。金葉はまたわざとをかしからむとして、軽々《きやう〱》なる歌多かり。詞花・千載、大略後拾遺の風なるべし。歌の昔より伝はり来れるやう、かくの如し。（中略）ここに今の人、歌のさまの世々に詠

さらに「釈阿・西行などは、最上の秀歌は、詞も優にやさしき上、心が殊に深くいはれもある故に、人の口にある歌、あげて計ふべからず」と評している。

◯**無名抄**―約八十段の歌話から成り、長明が和歌の師俊恵の談話を記したものが多い。承元末年位までにほぼ成ったようであるが、順徳朝に入ってから書き加えられた部分があるとも推定されている。掲出部分は「近代歌躰」を説いた一節の一部で、問答体をなす、その答の部分である。掲出部分のあとに「幽玄躰」を説明する文が続いている。長明の「近代歌躰」についての解説、及びその背景となっているここに抄出したような和歌史論は、俊成の「慈鎮和尚自歌合」十禅師跋と定家の「近代秀歌」の説の影響を強く受けている。

み古されにける事を知りて、更に古風に帰りて幽玄の躰を学ぶ事の出できたるなり。是によりて、中古の流れを習ふ輩《ともがら》、目を驚かして譏《そし》り嘲《あざ》ける。然れども、真には心ざしは一なれば、上手と秀歌とはいづ方も背《そむ》かず。いはゆる清輔・頼政・俊恵・登蓮などがよみ口をば、今の人も捨て難くす。今様姿の歌の中にも、よく詠みつるをば謗家も譏る事なし。(中略)されば、一方に偏執すまじき事にこそ。(中略)

中古の躰は学びやすくして、然も秀歌は難かるべし。詞古りて風情ばかりを詮とすべき故なり。今の躰は習ひ難くて、よく心得つれば詠みやすし。その珍しきにより、姿と心とにわたりて興あるべき故なり。

無名草子

「巻々のなかに、いづれか勝れて心にしみてめでたくおぼゆる」といへば、「『桐壺』に過ぎたる巻やは侍るべき。いづれの御時にか、とうち初めたるより、源氏初元結《はつもとゆひ》の程まで、言葉続き有様をはじめ、あはれに悲しき事この巻にこもりて侍るぞかし。『帚木』の雨夜の品定め、いと見所多く侍るめり。『夕顔』は一筋にあはれに心苦しき巻にて侍るめり。『紅葉賀』『花宴』、とりどりに艶におもしろく、えもいはぬ巻々に侍るべし。(中略)『御法《みのり》』『幻』、いとあはれなる事ばかりなり。宇治のゆかりは『小島《こじま》』に様《やう》変りて、言葉づかひも何事もあれ

*清輔・頼政・俊恵・登蓮など—これらの歌人たちは、俊恵が主宰した歌林苑の活動に参加した人々である。

○**無名草子**—内容は主として物語・歌集及び女性の批評で、「大鏡」にならって会話体をとっているが、女性による女性を主な対象とする批評の形式である。建久七年〜建仁二年(一一九六〜一二〇二)の間の成立で、作者は俊成卿女説が有力である。

*宇治のゆかり—宇治八宮の娘大君と中君姉妹をめぐる「橋姫」から「宿木」に至る五巻を指す。

*『小島』—「浮舟」巻のことか。同巻の歌「橘の小島は色も変らじをこの浮舟ぞ行方知られぬ」により「浮舟」巻と呼ばれるが、「小島」とも呼んだか。

ど、姉宮の失せを始め、中の君などいといとほし」など口々に言へば、この若き人「めでたき女は誰々か侍る」と言へば、「桐壺の更衣、藤壺の宮、葵の上のわれから心もちひ、紫の上さらなり。明石も心にくくいみじといふなり。又いみじき女は朧月夜の尚侍《ないしのかみ》。源氏流されるほどなどもいといみじ。（下略）」

鎌倉中期の勅撰和歌集

崇徳院、近衛殿にわたらせ給ひて、遠尋山花といふ題を講ぜられ侍りけるに、よみ侍りける

皇太后宮大夫俊成

面影に花の姿を先立てていくへ越え来ぬ峰の白雲

（新勅撰集・巻一・春上・四〇）

寛喜元年女御入内屏風

正三位家隆

風そよぐならの小川の夕暮はみそぎぞ夏のしるしなりける

（同・巻三・夏・一九二）

後京極摂政、左大将に侍りける時、月五十首歌よみ侍りけるによめる

権中納言定家

明けば又秋の半ばも過ぎぬべしかたぶく月の惜しきのみかは

（同・巻四・秋上・二六一）

建保六年内裏歌合、恋歌

権中納言定家

*いかなる方に落つる涙にか—源氏の兄朱雀院が朧月夜に言ったことば、「さりや、いづれに落つる涙にか」(須磨巻)。

*崇徳院—第七十五代の天皇。保元の乱後、讃岐に流され、一一六四年没。46歳。

〇新勅撰集—表参照。定家の独撰で、その晩年の好尚を反映しているといわれる。

*寛喜元年女御入内屏風—一二二九年十月道家女嫥《(そん)》子が後堀河天皇の女御として入内する折の屏風歌。

*ならの小川—上賀茂神社の近くを流れる川。この歌は、「みそぎするならの小川の川風に祈りぞわたる下に絶えじと」(古今六帖・八代女王)、「夏山の楢の葉そよぐ夕暮れはことしも秋の心地こそすれ」(後拾遺集・二三一・源頼綱)が本歌。

*月五十首—建久元年（一一九〇）良経邸披講。花五十首・月五十首歌（花月百首）。

来ぬ人をまつほの浦の夕なぎに焼くや藻塩の身もこがれつつ　（同・巻十三・恋三・八五一）

入道前太政大臣

落花をよみ侍りける

花誘ふ嵐の庭の雪ならでふりゆくものはわが身なりけり　（同・巻十六・雑一・一〇五四）

建長二年詩歌を合はせられ侍りし時、江上春望　　参議為氏

人問はば見ずとやいはむ玉津島かすむ入江の春のあけぼの　（続後撰集・巻一・春上・四一）

題しらず　　順徳院御製

百敷や古き軒端の忍ぶにもなほあまりある昔なりけり　（同・巻十八・雑下・一二〇二）

岸山吹を　　前大納言為家

早瀬河波のかけこすいはぎしにこぼれて咲ける山吹の花　（続古今集・巻二・春下・一六六）

堤千鳥を　　藤原光俊朝臣

霜枯れの横野の堤風さえて入潮遠く千鳥鳴くなり　（同・巻六・冬・六一一）

三百首の歌講じ侍りしに、述懐を　　前大納言為家

たらちねの道のしるべの跡なくは何につけてか世に仕へまし　（同・巻十九・雑下・一七八二）

弘長三年内裏の百首の歌奉りし時、春月を　　前大納言為氏

春の夜の霞の間より山の端をほのかにみせていづる月影　（続拾遺集巻二・春下・一二九）

*建保六年内裏歌合―実際は建保四年（一二一六）閏六月百番歌合の歌。

*まつほの浦―淡路島の北端にある浜。「万葉集」九三五・笠金村の長歌「淡路島松帆の浦に…夕なぎに藻塩やきつつあま乙女…」の詞をとる。

*入道前太政大臣―西園寺公経。親幕派の公家。定家の妻の弟。一一七一～一二四四。

*建長二年…―一二五〇年九月、後嵯峨院仙洞での詩歌合。

*為氏―為家の長子。のち権大納言。「続拾遺集」の撰者。一二二二～一二八六。

*玉津島―和歌の浦にある島の名。この歌、「玉津島よく見ていませあをによし平城《なら》なる人の待ちとはばいかに」（万葉集・巻七・一二一五）が本歌。「井蛙抄」によると、初案は「見つつ」で、為家の意見で「見ず」と改めた。

*かけこす―大観本「影こす」とあるが、「掛け越す」の方がよいか。

*藤原光俊―法名真観。定家の弟子であったが、為家には反抗。「続古今集」撰者の一人。一二〇三～一二七六。

*弘長三年―一二六三年。

秋の歌の中に　前大納言為世

里人もさすがまどろむ程なれやふけて砧の音ぞ少き　（新後撰集・巻五・秋下・四一四）

玉葉和歌集

春の御歌の中に　永福門院

33 なほさゆる嵐は雪を吹きまぜて夕暮寒き春雨の空（巻一・春上）

春雨をよませ給うける　院御製

97 山の端も消えていくへの夕霞かすめるはては雨になりぬる（同）

夏の歌の中に　前大納言為兼

419 枝にもる朝日の影の少なきに涼しさ深き竹の奥かな（巻三・夏）

秋の歌とて　永福門院内侍

542 吹きしをる四方の草木の裏葉見せて風に白める秋のあけぼの（巻四・秋上）

冬の歌の中に　前大納言為兼

1011 閨の上はつもれる雪に音もせでよこぎる霰窓たたくなり（巻六・冬）

題をさぐりて歌つかうまつり侍りし時、冬木といふ事を　前大納言為兼

1023 木の葉なき空しき枝に年暮れてまためぐむべき春ぞ近づく（同）

＊為世—為氏男。二条。一二五〇〜一三三八。

○**玉葉和歌集**—46頁表参照。十三代集中、京極派の撰集で、「風雅和歌集」と共に異色あるものとされる。

＊永福門院—西園寺実兼女鏱子。伏見天皇中宮。一二七一〜一三四二。

＊院—伏見院。九十二代の天皇。一二六五〜一三一七。

＊為兼—為教男。持明院統の謀臣としても活躍。一二五四〜一三三二。

＊永福門院内侍—藤原基輔女。

*為子—為教女。為兼の姉。

*為相—為家六十六歳の子。母は阿仏尼。冷泉家の祖。「玉葉集」二五一七に「たらちねの老の齢に生れあひて久しくそはぬ身をぞ恨むる」ともある。

*嘉元の百首—一三〇三年後宇多院に詠進。

○風雅和歌集—46頁表参照。京極派の撰集として異色あるものとされる。

野夕雨といふことを　従三位為子

1203 雨の脚も横さまになる夕風に蓑吹かせ行く野辺の旅人（巻八・旅）

五十首の歌の中に　前大納言為兼

1368 人も包み我も重ねて訪ひ難み頼めし夜半はたゞふけぞ行く（巻十・恋二）

海辺の眺望を　前大納言為兼

2087 浪の上にうつる夕日の影はあれど遠つ小島は色暮れにけり（巻十五・雑二）

嘉元の百首の歌に、山家を　前参議為相

2198 いほ近きつま木の道や暮れぬらむ軒端にくだる山人の声（巻十六・雑三）

風雅和歌集

題しらず　前大納言為兼

27 沈みはつる入日のきはに現れぬ霞める山のなほ奥の峰（巻一・春上）

夕花を　永福門院

189 花の上にしばしうつろふ夕づく日入るともなしに影消えにけり（巻二・春中）

秋の御歌に　永福門院

468 真萩散る庭の秋風身にしみて夕日の影ぞ壁に消えゆく（巻五・秋上）

月の歌とて　藤原為秀朝臣

609 霧晴るゝ遠の山本あらはれて月影みがく宇治の川浪（巻六・秋中）

冬の歌の中に　権大納言公蔭

753 吹きとほす梢の風は身にしみて冴ゆる霜夜の星清きそら（巻八・冬）

冬夕の心を詠ませ給ひける　院御製

868 暮れやらぬ庭のひかりは雪にして奥暗くなる埋火のもと（巻八・冬）

世の中騒がしく侍りける頃、三草山を通りて大倉谷といふ所にて　前大納言尊氏

923 今向ふかたは明石の浦ながらまだ晴れやらぬわが思ひかな（巻九・旅）

雑の御歌に　太上天皇

1635 夕日影田面はるかに飛ぶ鷺のつばさのほかに山ぞ暮れぬる（巻十六・雑中）

雑歌に　徽安門院

1665 灯は雨夜の窓にかすかにて軒のしづくを枕にぞ聞く（同）

新葉和歌集

吉野の行宮におましましける時、雲井の桜とて世尊寺のほとりにありける花の

---

*藤原為秀―為相男。風雅撰集の寄人。?〜一三七二。

*公蔭―正親町実明男。若いころ為兼の猶子。風雅撰集の寄人。

*院―花園院。九十五代の天皇。伏見天皇皇子。一二九七〜一三四八。

*世の中…―建武三年二月尊氏が正成らに敗れて西走した事。

*三草山―神戸の北方。

*大倉谷―明石市の内。

*尊氏―足利幕府第一代の将軍。一三〇五〜一三五八。

*太上天皇―光厳天皇。北朝一代の天皇。後伏見院皇子。「光厳院御集」には「灯に我も向はず灯も我に向はず己がまにまに」等のすぐれた歌が多い。

*徽安門院―花園天皇皇女。光厳天皇妃。一三一八〜一三五八。

○新葉和歌集―46頁表参照。南朝方の准勅撰和歌集。宗良親王撰。二条歌風を基調とするが、南朝君臣（主として元弘の乱以後）の苦難の境涯を詠出した歌も含まれる。

咲きたるを御覧じてよませ給うける　後醍醐天皇御製

83 ここにても雲井の桜咲きにけりただかりそめの宿と思ふに（巻二・春下）

元弘三年九月十三夜、三首歌講ぜられし時、月前擣衣といふ事を　後醍醐天皇御製

375 聞きわびぬ八月長月ながき夜の月の夜さむに衣うつ声（巻五・秋下）

題しらず　前中納言為忠

441 あさな〳〵霜おく山の岡べなる苅田の面にかるるいなくき（巻六・冬）

関白三百番歌合に、寄鳥恋といふ事をよみてつかはしける　右近大将長親

661 歎きつゝひとりやさ寝む葦べ行く鴨の羽がひも霜さゆる夜に（巻十一・恋一）

千首歌めされし次に、花挿頭といふ事をよませ給うける　御製

1029 おさまらぬ世の人ごとのしげければ桜かざしてくらす日もなし（巻十六・雑上）

元弘元年八月、俄かに比叡山にのぼりたりけるに、湖上の有明ことにおもしろく侍りければ　文貞公

1104 思ふ事なくてぞ見ましほの〴〵と有明の月の志賀の浦浪（同）

題しらず　後村上院御製

*雲井の桜―紫宸殿の前の桜（左近の桜）に思いをよせたもの。

*世尊寺―吉野にあった寺という。

*後醍醐天皇―第九十六代の天皇。北条氏を亡ぼして建武新政をうちたてたが、やがて足利氏と対抗、吉野に逃れ、同地で没。一二八八～一三三九。

*元弘三年九月―一三三三年九月。朝権回復後の歌会である。

*前中納言為忠―藤原（二条）為藤男。南朝に参仕し、その歌道師範的地位にあったらしいが、のち北朝に帰参。一三七三年没。

*関白三百番歌合―二条教頼が一三七一年に催した歌合。

*長親―文貞公の孫。花山院家。のち出家して耕雲と称した。一四二九年没。

*661の歌は、「万葉集」の「葦辺行く鴨の羽がひに霜ふりて寒き夕は大和し思ほゆ」（巻一・六四・志貴皇子）を本歌とする。

*千首歌―天授千首。一三七六年催行。

*御製―長慶天皇。南朝第三代。第九十八代の天皇。一三四三～一三九四。

*文貞公―花山院師賢。元弘元

1138 とりのねにおどろかされて暁のね覚しづかに世を思ふ哉（巻十七・雑中）

正平廿四年の春、吉野の行宮におましましけるを、年月をへて後、又かの山に行幸ありける比、名所松といふ事をよませ給うける　　中　宮

1149 契りあれば又みよしのの峯の松まつらむとだに思はざりしを

海眺望　　中務卿宗良親王

1174 いほざきや松原しづむ浪間より山はふじのね雲もかからず（同）

百首歌よませ給うて、前大納言為定のもとへつかはされける中に　　後村上院御製

1194 哀れはや浪おさまりて和歌の浦にみがける玉をひろふ世もがな（同）

1195 をろかなることばの花も昔より吹きつたへたる風にまかせむ（同）

前大納言為定のもとへ、千首の哥よみてつかはし侍りし時、贈従三位為子の事など思ひ出でて申しつかはし侍りし　　中務卿宗良親王

1199 散りはてし柞の杜の名残とも知らるばかりのことの葉もがな（同）

天野行宮にてよみ侍りける歌の中に　　前中納言為忠

1202 君すめば嶺にも尾にも家居してみ山ながらの都なりけり（同）

あづまの方に久しく侍りて、征東将軍の宣旨など下されしも、思ひのほかなる

年八月、後醍醐天皇の身代りとして叡山に上った。これはその折の歌。「思ふことなくこぞ見ましもみぢ葉を嵐の山の麓ならずは」（藤原輔尹。新古今秋下）、「ほの〴〵と有明の月の月影に紅葉吹きおろす山おろしの風」（源信明。同冬）を本歌とする。なお師賢はこの乱後、下総に流されて没。

*後村上院—第九十七代の天皇。南朝第二代。後醍醐天皇の皇子。一三二八〜一三六八。

*中宮—長慶天皇中宮。

*宗良親王—後醍醐天皇皇子。東海・北陸・信濃に転戦。「新葉集」の撰者。家集に「李花集」がある。一三一一〜？

*為定—為子は宗良の母。為子は為定の叔母。宗良と為定とは従兄弟同士。この歌の次に、宗良は「続後拾遺集」（為定撰）に入集せず、今度撰集されたとかいう「風雅集」に為定は関与しないのを嘆いた歌（いかなれば身は下(しも)ならぬ言の葉の埋もれてのみ聞えざるらん）がある。これはその千首に書添えたものである。

やうにおぼえてよみ侍りし　　中務卿宗良親王

1231 思ひきや手もふれざりし梓弓起き臥しわが身なれむものとは（巻十八・雑下）

同天皇《（後醍醐）》御陵にまうで給ひてよませ給うける　　新待賢門院

1368 引きつれし百の司のひとりだに今は仕へぬ道ぞ悲しき（巻十九・哀傷）

南北朝期以後の和歌

双の岡に無常所まうけてかたはらに桜を植ゑさすとて　　兼　好

契りおく花とならびの岡の辺にあはれ幾代の春を過ぐさむ（兼好自撰家集）

手枕の野辺の草葉の霜がれに身は習はしの風の寒けさ（新続古今集・巻六・冬・六五〇）

頓　阿

春の夜の明け行くまゝに山のはの霞の奥ぞ花になりゆく（草庵集・巻二・春下）

老いて見ることよひの月ぞあはれなるわが身もいつか半ばなりけむ（同・巻五・秋下）

伝　浄　弁

湊江の氷に立てる声の葉に夕霜さやぎうら風ぞ吹く（風雅集・巻十五・雑上・一五八八）

慶　運

庵結ぶ山の裾野の夕雲雀あがるも落つる声かとぞ聞く（新後拾遺集・巻七・雑春・六四一）

---

*思ひきや…—この歌の次に、正平七年（一三五二。文和元）小手差原（今、所沢市内）の戦に当って武士たちに示した歌（君のため世のためなにか惜しからむすててかひある命なりせば）がある。共に「李花集」にみえるが、上記詞書「征東将軍」が「征夷将軍」とある。なおこの戦は親王・新田義興と足利尊氏との戦いであったが、親王方の敗戦に終った。

*新待賢門院—阿野廉子。後醍醐天皇後宮。?〜一三五九。

*兼好—卜部兼好。109頁参照。

*双の岡—洛外仁和寺の近辺にある丘。

*頓阿—俗名二階堂貞宗。為世門。歌学書に「井蛙抄」「愚問賢注」など、家集に「草庵集」がある。「愚問賢注」に「所詮人のいまだ詠まざる風情を、やすらかに艶なる詞にてつづくべきなり」とあり、これがその歌論の中心であった。一二八九〜一三七二。

*老いて見る—「八月十五夜」という題の歌。

*伝浄弁—「風雅集」には「読人しらず」とあるが、中世末に成ったという「和歌難波津」には浄弁作とする。浄弁は為世門。一三四四年以後まもなく九十余歳で没か。

秋の日は糸よりよわきさゝがにの雲のはたてに荻の上風

正徹 （草根集・巻三 永享五年七月）

ことのはをえらぶ数には入らずともたゞかばかりを哀れとも見よ

（同・巻三）

返ラジト兼ネテ思ヘバ梓弓無キ数ニ入ル名ヲゾ留ムル

楠木正行 （太平記・巻二十六）

汝や知る都は野べの夕雲雀あがるを見ても落つる涙は

飯尾彦六左衛門 （応仁記）

潮をふく沖のくぢらのわざならで一筋曇る夕立の空

木戸孝範 （武州江戸歌合・二番左 勝）

海原や水まく龍の雲の波はやくもかへす夕立の雨

太田道灌 （同・二番右）

山河や岩越す波の音しるく晴れぬ高嶺の五月雨の雲

東常縁 （常縁集）

山里は垣ほの小鳥庭におりて木の葉色づく秋の夕暮

足利義尚 （常徳院殿御集）

春近き二十日あまりのいたづらに身もうづもるゝ埋火のもと

（同）

*慶運―浄弁の子。一三六九年以後、七十余歳で没か。

*正徹―庵号松（招）月。別号清巌。今川了俊の門。一時、東福寺の書記を勤め、徹書記と称せられた。家集を「草根集」といい、一万一千余首を収める。歌論書に「正徹物語」（後掲）がある。一三八一～一四五九。

*ことのはを…―永享十一年（一四三九）八月、玉津島社法楽十首の内。この年六月成立の「新続古今集」に入集しなかった事と関係あるか。

*楠木正行―正成の子。一三四八年四条畷出陣の折に如意輪堂の壁板に書いたという歌。

*飯尾彦六左衛門―清房・常房などの説がある。室町幕府の臣。

*孝範―室町中期の関東の武家歌人。

*武州江戸歌合―文明六年（一四七四）道灌主催の歌合。心敬判。

*太田道灌―本名資長（俗に持資）。扇谷上杉定正の臣。一四三二～一四八六。

*常縁―美濃国郡上の領主。代々二条系の武家歌人で、常縁も頓阿の曽孫堯孝の弟子であった。宗祇に「古今集」等を講じ、秘説を伝授した。「古今集両度聞書」「百人一首抄」はその講説。?～一四八四頃。

三条西実隆

花の木も緑にかすむ庭の面にむら〳〵白き有明の月　（雪玉集）

竹の葉に玉ぬきちらし夕立のなごり涼しき軒のした風　（再昌草 永正三年二月）

十市遠忠

大比叡や傾く月の木の間より湖《うみ》半ばある影をしぞ思ふ　（遠忠三十六番自歌合）

細川幽斎

降りそめし去年の高根にほの〴〵とまだ消え残る雪を見るかな　（衆妙集の内、百首）

豊臣秀吉

露と落ち露と消えにしわが身かなにはのことも夢のまたゆめ　（大阪城天守閣蔵短冊）

詠歌一体

和哥を詠ずる事、必ず才学によらず。只、心よりおこれる事と申したれど、稽古なくては上手の覚え取りがたし。おのづから秀逸を詠み出したれど、後に比興の事などしつれば、先の高名もけがれて、いかなる人にあつらへたりけるやらむと誹謗せらるゝなり。さ様に成りぬれば、物憂くて、哥を捨つる事も有り。是すなはち此の道の荒廃なるべし。されば有るべき筋をよく〳〵心得いれて、哥ごとにおもふ所を詠むべきなり。　（冒頭）

*義尚―足利九代将軍。義政の子。鈎（まがり）の陣中に没。追号常徳院。一四六五〜一四八九。

*春近き…―近江の守護六角氏征討の長陣中の作。

*実隆―宗祇門の堂上歌人・古典学者。内大臣。出家して逍遥院堯空と称した。家集に「再昌草」「雪玉集」がある。一四五五〜一五三七。なお同時代の歌人下冷泉政為の「碧玉集」、後柏原院の「柏玉集」を合せて三玉集という。

*遠忠―大和の豪族。武家歌人。実隆やその子公条に歌を学び、多くの古典も書写した。一四九七〜一五四五。

*幽斎―本名藤孝。別号玄旨。戦国大名。三条西実枝（公条男）の門。歌人・古典学者。一六〇〇年古今伝授の血脈を智仁親王に伝えた。家集に「衆妙集」。一五三四〜一六一〇。

*秀吉―中年以後、幽斎に学び、かなり熱心に詠歌した。

〇**詠歌一体**―藤原為家晩年の作か。歌論書。

詞なだらかに言ひ下し、清げなるは、姿のよきなり。同じ風情なれど、悪く続けつれば、「あはれ、よかりぬべき材木を、惜事《あたら》かな」と難ぜらるゝなり。されば、案ぜんをり、上句を下になし、下句を上になして、事柄を見るべし。上手といふは、同じ事を聞きよく続けなすなり。聞き難《にく》き事は、只一字二字も耳にたちて、卅一字ながらけがるゝなり。まして一句悪《わろ》からんは、よき句混りても更々詮有るべからず。　（哥の姿の事）

近き世の事、まして此のごろ人の詠みいだしたらむ詞は、一句も更々に詠むべからず。

春

霞みかねたる　うつるも曇る　花の宿かせ　嵐ぞ霞む　月にあまぎる　霞におつる　空しき枝に　（以下略）　（哥の詞の事）

為兼卿和歌抄

万葉の頃は、心の起るところのまゝに、同じ事再び言はるゝをも憚らず、褻晴もなく、歌詞・たゞのことばとも言はず、心の起るに随ひて、ほしきまゝに言ひ出せり。心自性を使ひ、中《うち》に動く心を外にあらはすに巧みにして、心も詞も躰も性も優に、勢ひもおしなべてあらぬことなる故に、高くも深くも重くもあるなり。　（中略）

詞にて心をよまむとすると、心のまゝに詞の匂ひゆくとは、変れるところあるにこそ。

*霞みかねたる—今日見れば雲も桜に埋もれて——み吉野の山（新勅撰・七二・家隆）。

*うつるも曇る—難波潟霞まぬ波も霞みけり——おぼろ月夜に（新古今・五七・源具親）。

*花の宿かせ—思ふどちそことも知らず行き暮れぬ——野辺の鶯（新古今・八二・家隆）。

*嵐ぞ霞む—会坂や梢の花を吹くからに——関の杉むら（新古今・一二九・宮内卿）。

*月にあまぎる—山高み嶺の嵐に散る花の——明けがたの空（新古今・一三〇・讃岐）。

*霞におつる—暮れて行く春のみなとは知らねども——宇治の柴舟（新古今・一六九・寂蓮）。

*空しき枝に—芳野山花の故郷跡絶えて——春風ぞ吹く（新古今・一四七・良経）。

*以下、夏・秋・冬・恋・旅にわたって歌句を掲げ、「か様の言葉は主々有る事なれば、詠むべからず」とある。

○為兼卿和歌抄—為兼の歌論書。弘安十年（一二八七。為兼三十三歳）頃の成立という説もあるが不明。

○**正徹物語**―正徹の歌論書。前半を徹書記物語、後半を清巌茶話ともいう。一四四〇年代の後半の成立か。

＊**摩醯首羅**―大自在天。三目八臂という。

＊「夕まぐれ」の歌―「草根集」巻六。

正徹物語

此の道にて定家をなみせん輩は冥加も有るべからず、罰をかうむるべきことなり。其末流二条冷泉両流と別れ、為兼一流とて三の流れ有りて、摩《ま》醯《けい》首羅《しゅら》の三目の如くなり。互ひに抑揚褒貶あれば、いづれをさみし、いづれをもつてなすべきことにもあらざるか。これらの一流は皆わづかに一体を学び得て、各々争ひあへり。全くその流れには目をかくべからず。叶はぬまでも定家の風骨をうらやみ学ぶべしと存じ侍るなり。（冒頭）

春恋

夕まぐれそれかと見えし面影の霞むぞかたみ有明の月

夕暮の霞みわたれるころ、人をそと見て、これはわが恋しく思ふ人か、やれ、と思ひて、その俤《おもかげ》を心にちやうと持ちて、暁有明の月を見て俤を思ひ出づれば、さだかにもなかりし形見とはいひたるなり。月に薄雲のおほひ、花に霞のかかりたる風情は、詞心にとかくいふ所にあらず、幽玄にも、やさしくあるなり。詞の外なることなり。（上巻）

【**参考**】（日本古典文学大系本奥書）

右遣一冊東素珊以自筆本書写畢

二、連　歌

奈良・平安時代の連歌

尼頭句を作り、大伴宿祢家持の尼に誂《あとら》へらえて末句を続ぎて和ふる歌

佐保川の水を塞き上げて植ゑし田を　尼作る
刈る早飯はひとりなるべし　家持続ぐ
（万葉集・巻八・一六三五）

内にさぶらふ人を契りてはべりける夜、遅くまうで来けるほどに、うしみつと時申しけるを聞きて女のいひつかはしける

人心うしみつ今は頼まじよ　良岑宗貞
夢に見ゆやとねぞすぎにける
（拾遺集・巻十八・一一八四）

田の中に馬のたてるをみて　永源法師
田にはむ駒はくろにぞありける
苗代の水にはかげと見えつれど　永成法師
（金葉集・巻十・六九七）

和泉式部がかもに参りけるに、わらうづに足をくはれてかみをまきたりけるを見て　神主忠頼

*大伴家持―旅人の子。「万葉集」第四期の代表的歌人。中納言に至る。七八五年没。

*宗貞―僧正遍昭の俗名。六歌仙の一人。八一六～八九〇。

*永源・永成―「後拾遺」以下の作者。

千早ふるかみをば足にまくものか
これをぞしものやしろとはいふ　　和泉式部　　（同・七〇二）

またある時に、
奈良の都を思ひこそやれ
といはれ侍りけるに、大将殿有仁
八重桜秋の紅葉やいかならむ
と付けさせ給へりけるに、越後の乳母
時雨るゝ度に色や重なる　　（今鏡・御子たち・花のあるじ）

菟玖波集

宝治元年八月十五夜百韻連歌に
山陰しるき雪のむら消　と侍るに
あらたまのとしのこえ来る道なれや　　後嵯峨院御製
絶ぬけぶりと立のぼるかな
春はまだ浅間の嶽の薄霞　　前大納言為家
山の梶井坊にて百韻連歌侍りけるに

*和泉式部—大江雅致女。平安中期の女流歌人。

*有仁—源氏。輔仁親王の子。一一四七年没。四十五歳。

*越後の乳母—越後守季綱女。有仁の乳母。

〇**菟玖波集**—連歌准勅撰集。二十巻。文和五年（一三五六）頃成る。二条良基撰、救済助成。佐々木導誉の推進力が大きく、後光厳天皇から准勅撰の綸旨を得る。二千百九十句所収。

*宝治元年—一二四七年。

*後嵯峨院—第八十八代の天皇。一二二〇～一二七二。

猶もこほるは滋賀の浦なみ
二品法親王

雪間より道ある山となりぬるに
月影寒く夜こそふけぬれ
前大納言尊氏

初春は霞ながらも冬に似て

右大臣に侍りし時、家百韻連歌に

花遅げなる山里の春　といふ句に
これを見よ霞に残る松の雪
関白前左大臣

浦の春とや波にはなさく
導誉法師

遠山は霞にもなり雪に見て
舟路のあとの山はいづくぞ
救済法師

松原のきのふは見えし朝霞

（以上、巻一・春連歌、巻頭部分）

後鳥羽院の御時、三字中略・四字上下略の連歌に

むすぶちぎりのさきの世もうし
前中納言定家

夕顔の花なきやどの露の間に
（巻三・夏）

後鳥羽院の御時、白黒賦物の連歌めされけるに

*二品法親王—尊胤。後伏見院皇子。一三五九年没。五十四歳。

*関白前左大臣—二条良基。南北朝時代の公家。歌人・連歌作家・古典学者。

*導誉—俗名佐々木高氏。近江の守護大名。一二九六〜一三七三。

*救済(ぐさい)—善阿の門。地下連歌師の大立物。一三七五年前後に没。

*以下ほぼ時代順に配列する。

乙女子がかつらぎ山を春かけて
かすめどいまだ嶺のしらゆき　従二位家隆（巻一・春上）

後鳥羽院の御時、白黒の賦物の連歌の中に
とよのあかりの雪のあけぼの　といふ句に
こはいかにやれうへのきぬみぐるしや　按察使光親（巻十九・雑体・誹諧）

正和元年三月法輪寺千句に
花も老木のすがたなりけり
枝のこる柳のまゆの薄みどり　善阿法師（巻一・春上）

鷲尾の花下にしのびて院の御車立てられける日の連歌
明日もたて薄花ぞめの峰の雲　善阿法師（巻二十・発句）

泉すゞしき松風ぞふく
住吉のうらの南に月みえて　救済法師（巻五・秋下）

千本の花見侍るとて和漢連句に
客心雨滴愁
とまれかし草の庵のけふのくれ　関白前左大臣（巻十九・雑体・聯句連歌）

二品法親王家の七百韻連歌に

*光親―藤原氏。後鳥羽院の臣。承久の乱で斬られた。
*正和元年―一三一二年。
*善阿―鎌倉末期、地下連歌師の大立物。
*鷲尾―清水寺の東裏辺。
*院―伏見院か。

めぐる車は世中にあり

落椎の深山がくれの小笹原　　　周阿法師　(巻五・秋下)

水無瀬三吟何人百韻注

賦何人連歌

雪ながら山本かすむ夕べかな　　宗祇

見わたせば山本霞む水無瀬川夕べは秋となにかおもひけむ

此の本歌の心也。たゞ山本霞む夕べさへ面白きに雪ながらの景気珍重とぞ。

行く水とほく梅にほふさと　　肖柏

嶺には雪ながら、ふもとに雪げの水悠々とながるゝ躰也、里は山本の里なるべし。

川風に一むら柳春見えて　　宗長

梅は川辺・入江などに縁ある花也。一句は柳は風なき時はみどり見えぬ物也。されば風に春見えてとなり。

舟さす音もしるきあけがた　　祇

舟さす音のかすかなる明けがたに、一むら柳、そと見えたると也。惣而、見えてと云ふは、一句にも付くるにも大事也、明けがたにて、春見えてと云ふ所、おもしろきとぞ。

*周阿—南北朝時代の連歌師。救済門。

〔水無瀬三吟—長享二年(一四八八)正月宗祇とその高弟肖柏・宗長によって、水無瀬の後鳥羽院御影堂に奉納された百韻。

*宗祇—歌人・連歌師・古典学者。別号種玉庵・自然斎。連歌を宗砌・専順・心敬らに、和歌を東常縁らに学んだ。一四二一〜一五〇二。

*見わたせば—新古今。末句「何思ひけむ」。

*肖柏—歌人・連歌師・古典学者。別号夢庵・牡丹花。中院通淳の子。宗祇門。一四四三〜一五二七。

*宗長—宗祇門の連歌師。別号柴屋軒。駿河島田の人。一四四八〜一五三二。

月や猶霧りわたる夜に残るらん　　柏

夜は明けぬれど、霧にてくらきにより夜《よる》のやうに月の残りたると也。一句は秋の夜の月の景気なり。

霜おく野はら秋は暮れけり　　長

常に月は残るものなれど、こゝにては残月を暮秋に取りて付け給ふ也。月は霧わたる夜に残りて、霜おく野は秋暮れたると也。霧と霜と対したる也。

なく虫の心ともなく草かれて　　祇

草のかれ、霜おくを、虫のきらふことなれば、さて心ともなくと也。

かきねをとへばあらはなるみち　　柏

かきほあれてさむく見えたる時分、虫も哀れに見えたると也。ともと云ふてにはの付けやうとぞ。

新撰菟玖波集

うらかおもてかころもともなし

しのゝめのあしたの山のうすかすみ　　宗砌法師　（巻一・春上）

名もしらぬ小草花さく川辺かな　　智蘊法師

○新撰菟玖波集―連歌准勅撰集。宗祇・兼載ら撰。二十巻。明応四年（一四九五）成り、後土御門院の准勅撰の綸旨をえた。付句約千八百句、発句約二百五十句。

*宗砌―高山民部少輔時重。山名氏の臣。正徹・梵灯の門。一四五五年没。

*智蘊―蜷川親当。幕臣。梵灯門。一四四八年没。

*心敬—紀伊の人。聖護院院室十住心院に住し、権大僧都。正徹門。歌人としてもすぐれ、歌論・連歌論書が多い。相模大山に没。一四〇六〜一四七五。

*専順—六角堂頂法寺執行。梵灯・宗砌門。一四一一〜一四七六。

*兼載—会津の猪苗代盛実の子。心敬門。「新撰菟玖波集」の撰集に関与。宗匠。一四五二〜一五一〇。

*実隆—71頁参照。

*誹諧之連歌独吟千句—天文九年（一五四〇）成る。守武千句。

*荒木田守武—伊勢内宮の神官。一四七三〜一五四八。

しばふがくれのあきのさは水　権大僧都心敬
夕ま暮きりふる月に鳴なきて　法眼専順（巻五・秋下）

　夢うつゝともわかぬあけぼの
月にちる花はこの世の物ならで　権大僧都心敬（巻二・春下）

　我が心たれにかたらむ秋のそら
荻にゆふかぜ雲にかりがね　権大僧都心敬（巻四・秋上）

　雲なき月のあかつきの空
さ夜枕しぐれも風も夢さめて　宗祇法師（巻六・冬）

　うづみ火きえてふくる夜の床
人はこでほたるばかりの影もうし　法橋兼載（巻十・恋下）

　内裏にて和漢聯句の百韵に
五月まつ花の香ちかきみぎりかな　権大納言実隆（巻十九・発句）

【参考】　誹諧之連歌独吟千句　荒木田守武
とび梅やかろぐ〳〵しくも神の春
われも〳〵のからすうぐひす

○犬筑波集―誹諧撰集。山崎宗鑑撰。諸本によって異同があるが、付句約三百三十句、発句四十余句。

＊とんぼうに―在原行平「わくらばにとふ人あらばすまの浦に藻塩たれつゝわぶと答へよ」(古今)による。

犬筑波集

月日のしたにわれは寝にけり
暦にて破れをつゞるふるぶすま　(冬部)
風さむしやぶれ障子の神無月　(冬部・発句)
とんぼうに似たる虫飛ぶ須磨の浦
問ふ人あらば蚎とこたへよ　(雑部)
切りたくもあり切りたくもなし
ぬす人をとらへてみればわが子なり
さやかなる月を隠せる花の枝
こゝろよき的矢のすこし長きをば　(雑部)
あの宮でどうこの宮でどう
のりつけぬ馬に神主のけぞりて　(雑部)
無念ながらもうれしかりけり
去りかぬる老妻《おいめ》を人にぬすまれて　(雑部)
さびしくもありさびしくもなし

世をそむく柴の庵に銭もちて（雑部）

連理秘抄

連歌は歌の雑体なり。むかしは百韻・五十韻などとて連ぬる事はなくて、只上の句にても下の句にても言ひかけつれば、いま半らを付けるなり。万葉に尼が、

佐保河の水をせきあげて植ゑし田を

といふに家持卿

刈る初稲はひとりなるべし

と付けける。かやうの事、ふるき勅撰にもおほく見ゆ。天暦の御門

さ夜ふけていまは眠たくなりにける

滋野内侍

夢に逢ふべき人や待つらん

これらはみな口ずさみのやうにてただ言ひ捨てたるばかりなり。一座の懐紙などは見えず。中比もつゞけ歌といひて月の夜・雪の朝、扇・畳紙《たゝうがみ》風情の物に、二・三句など書き付けたり。

しかあるに、建保の頃より、後鳥羽院ことにこの道を好ましめ給ひて、定家・家隆卿など、細々《さいさい》に申し行なはれけるにや。懸物百種を句にしたがひて給はせけるなど、この人々も

○連理秘抄―二条良基が貞和五年（一三四九）頃著わしたもの。連歌概説・入門（前半）、式目（後半）より成る。

*佐保河に―「万葉集」巻八。下句（付句）「刈る早飯はひとりなるべし」。

*天暦の御門―村上天皇。

*さよふけて―「拾遺集」巻十八・一一八三。

*滋野内侍―小弐命婦とも。豊前守橘仲遠の妻か。

*建保の頃―元年は一二一三年。

おほく記しおかれたり。八雲の御抄にも、末代ことに存知すべしとて、式目など少々しるさるゝにや。為家・為氏卿みな相続して賞翫せられける故に、この道いよ〳〵盛りにして、家々の式など多く流布せり。近比、為世・為相卿、為道朝臣みな達者にて、朝夕にもてあそばれけり。地下にも花の下・月の前の遊客上手おほくきこゆ。当時も本式・新式などいひて、方々にわかれ所々に集会す。時移り風変じ侍れば、何事も株《くひぜ》を守るべきにあらず。たゞ人の好むところにしたがひて、偏執をなさずして、当時の明匠、代の用ゐる所をあふぐべし。

(冒頭)

筑波問答

一、問ひて云はく、「連歌は善き事にてあれば、此の世一ならず、菩提の因縁にもなり侍るべし」など申すはあまりの事にや。

答へて云はく、おほかた、過去現在の諸仏も、歌を唱へ給はずといふ事なし。あらゆる神仏いにしへの聖たちも、歌にておほく群類をみちびき給へば、今さら申すに及ばず。連歌はこと心あらん人思ひ入りてし給ふべきにや。されば近く仏国禅師・夢想《(ママ)》国師など昼夜もてあそばれし事、さだめて様あるらん、さだめて得も侍るらし。

つら〳〵これを案ずるに、連歌は前念後念をつかず。又盛衰憂喜、境をならべて移りもて

*八雲の御抄—順徳院の著した歌学書。

*為道朝臣—二条為世男。他の歌人は既出。

○筑波問答—二条良基著。応安五年(一三七二)以前に成る。問答体による連歌論書。

*仏国禅師—法諱は顕日。後嵯峨院皇子。臨済僧。一二四一〜一三一六。

*夢想国師—夢窓疎石。一二七五〜一三五一。

行くさま、浮世の有様にことならず。昨日と思へば今日に過ぎ、春と思へば秋になり、花と思へば紅葉に移ろふさまなどは、飛花落葉の観念もなからんや。歌の道は昔の人あまりに執心し侍りし程に、或は一首に命をかへ、難をおひては思ひ死にしたるためしも侍りき。連歌はさやうの事は侍らぬ事なり。たゞ当座の逸興を催すまでなれば、さのみ執着執心なき事なるうへ、一座に更に余念なければ、悪念もおのづから盛りは侍るべき事なし。あまりに入りほがなるや強ひ侍ると、翁が心の中に思ふ事をありのまゝに申せば、さだめて吹毛の難もおほく侍らん。

一、問ひて云はく、連歌はいつも同じやうに上手はし侍るにや。又ちと風情も変はる事あるべきにや。

答へて云はく、大かた秀逸の体は定まれる事なれば、いつもうるはしき姿をこそすべけれども、時の好悪《かうを》によりて、ちと変ふる事もあるべきなり。千句の初めの一・二百韻などをば、ちと思はせてし侍るべきにや。当座の百韻は如何程もうき〳〵とさゞめかして、面白きやうにすべし。千句などに成りぬれば、発句より、長高くきずもなき連歌のまことしきを、しと〳〵とし侍る事なり。又たゞの連歌にも、一の懐紙の面の程は、しとやかの連歌をすべし。てにはも浮きたる様なる事をばせぬ事なり。二の懐紙よりさめき句をして、三・四の懐紙をことに逸興ある様にし侍る事なり。楽にも序・破・急のあるにや。連歌も一の会紙は

*飛花落葉の観念—花もやがて散り、青葉も枯れて落ちるように、この世は無常だという理を心中に観じ思う事。

*命をかへ—「今鏡」にみえる源頼実の話（167頁参照）など。

*難をおひては—藤原長能が公任からその詠を難ぜられて病死した事が「袋草紙」にみえる。

*時の好悪—その折々の参会者の好み。

*ちと思はせて—少し思案させて。

*さめき句—浮き浮きとした、にぎやかな句。

*会紙—懐紙

序、二の会紙は破、三・四の会紙は急にてあるべし。鞠にもかやうに侍るとぞ其の道の先達は申されし。連歌の面に、名所めづらしき言葉、また常になき異物・浮かれたるやうなるてには、ゆめ〳〵し給ふべからず。これ先達の口伝なり。

さゝめごと

さても此の道は幽玄体を中にも心にとめて修行し侍るべきにや。

古人語り侍りし。いづれの句にもわたるべき姿なり。いかにも修行最用なるべし。されども昔の人の幽玄体と心得たると、大やうのともがらの思へると、遥かに変はりたるやうに見え侍るとなむ。古人の幽玄体と取りおけるは心を最用とせしにや。大やうの人の心得たるは姿の優ばみたるなり。心の艶なるには入りがたき道なり。　（さゝめごと本）

此の道はおよそ応長の比より世にさかりに翫ぶと見えたり。其の比の先達は善阿法師なり。彼が門弟、順覚・信照・救済・良阿などなり。其の後、貞治・応安の比よりは、ひとへに救済法師この道の聖なり。彼が門弟、周阿法師・素眼《そげん》などとて、やむごとなきもの侍り。彼等が身まかりて後、応永の比よりは梵灯菴主この道のともし火と見え侍り。その末つかたは真下満広・四条道場相阿などぞ心も細く言葉もやさしく侍りけるとなむ。其の後、永享の比より世に知られぬるは、宗砌法師・智蘊などなるべし。彼らは清岩和尚の下に久しく候ひ

○さゝめごと―寛正四年（一四六三）頃成る。心敬が土地の好士の求めに応じて著わした歌論・連歌論書。

*幽玄体―この文の後に「幽玄体歌」が七首掲げてある。「後撰集」（三〇二）、「新古今集」（九〇〇）、「後撰集」（九六一）、「新古今集」（八五八）、「同」（四九五）、「拾遺愚草」（忘れぬやさは忘れけりあふことを夢になせとぞいひて別れし）、慈円（誰ぞこの目をしのごひてたてる人ひとの世わたる道のほとりに）。

*応長―一三一一〜一三一二。

*善阿―以下、鎌倉末から室町初にかけて活躍した連歌師。

*貞治―一三六二〜一三六八。

*応安―一三六八〜一三七五。

*応永―一三九四〜一四二八。

*永享―一四二九〜一四四一。

*清き岩ほ―清岩（巌）。師正徹のこと。

*ほの〴〵と―「新古今集」冬。

*源信明（さねあきら）―三十六歌仙の一人。九七〇年没。

侍りて、歌の道をも知れるにや。其の比より連歌の道も漸く絶えたるを起こすと見え侍り。今は清き岩ほよりうち出でし光も消え侍れば、この道又かき暮れぬこそ悲しけれ。この後いかなる賢き人出で侍るとも、いづれの光をつぎ、誰のしるべに問ひてか、末遠き世をも照し侍らん。

（さゝめごと本）

昔の歌仙にある人の、歌をばいかやうに詠むべき物ぞと尋ね侍れば、「枯野のすゝき、有明の月」と答へ侍り。

これは言はぬ所に心をかけ、冷え寂びたるかたを悟り知れとなり。さかひに入りはてたる人の句は、此の風情のみなるべし。されば枯野の薄といへらむ句にも、有明の月ばかりの心にて付くる事侍るべし。此の修行なき人はたどり侍るべし。

又古人の歌を教へ侍るに、此の歌を胸におきて歌を案じ給へといふ。

ほの〴〵と有明の月の月影に紅葉吹きおろす山おろしの風　　源信明朝臣

これも艶にさしのびのどやかにして、面影・余情《よせい》に心をかけよ、といふなるべし。この道に入らむともがらは、先づ艶をむねと修行すべき事といへり。艶といへばとて、ひとへに句の姿・言葉の優ばみたるにはあるべからず。胸のうち人間の色欲もうすく、よろづに跡なき事を思ひしめ、人の情けを忘れず、其の人の恩には一つの命をも軽《かろ》く思ひ侍らん人の胸より出でたる句なるべし。

（さゝめごと末）

本より歌道は吾が国の陀羅尼なり。綺語《きぎょ》を論ずる時は、経論をよみ禅定を修行するも妄想《まうざう》なるべし。（さゝめごと末）

定家卿は、「疎句にのみ秀逸はあり、親句には稀なり」となむ。（さゝめごと末）

吾妻問答

一、稽古にはいづれの抄物を見てよく侍るべく候哉。

答へて云はく、此の事何れと申しがたし。愚意には万葉より此のかた代々の勅撰、其の外家々の集、皆もつて稽古によろしく侍るべし。拙者などは、何となく世上の器物にて侍れば、万葉以下八代集・源氏・伊勢物語・大和物語・狭衣・宇津保・竹取などやうの物をも集めて、自然不審の事侍れば引きても侍るなり。如ㇾ此申し候ばとてへ、人のためにも我がためにも、其の徳有る事候はぬ、遺恨のみにて候。或は政道にたづさはり、又は奉公に隙なき人などは、いかでか事広く稽古し侍らん。但し三代集・千載・新古今・名所の抄などは是非とも眼《まなこ》にかけられ候はではと存じ候。さりながら老学の人・小児などの上には、是程の事も大事たるべきにや。しからん人は古今・新古今・名所集等ばかりをも用ひらるべし。

＊定家卿……「三五記」にみえる。

〇吾妻問答―文正二年（一四六七）または文明二年（一四七〇）成る。宗祇の連歌論書。二十六条の問答から成る。

＊何となく……何という事もなく世間で連歌の師として扱ってくれるので。

＊同書の、この後の方で、「只何となく長高く幽玄有心なる姿、肝要に候。連歌も歌の風情を離るまじき事に候へども、其の趣を心得る人まれにして、やゝもすれば言葉こはく心いやしきのみ候」と述べ、具体的に、人丸・赤人・業平以下、定家・家隆らの歌、宗砌・親当・心敬・専順らの句の内のよきを手本とすべき旨を説いている。

○連歌至宝抄—紹巴が天正十三年（一五八五）秀吉に進献した連歌論書。

＊紹巴—奈良出身の連歌師。周桂、のち昌休門。里村北家の祖。一五二四〜一六〇二。なお天正十年（一五八二）五月廿七日明智光秀らと賦した百韻は有名である。「時は今あめが下なる五月かな」（光秀）、「水上まさる庭の夏山」（行祐）、「花落る池の流をせき留めて」（紹巴）。

＊宗祇—宗碩—周桂—昌休
　　　　　└宗牧—宗養

連歌至宝抄

又連歌に本意と申す事候。たとへば春も大風吹き、大雨降れども、雨も風も物静かなるやうに仕り候ふ事、本意にて御座候。（中略）又秋は常に見る月も一入光りさやけく面白様にながめ、四季共に置く露も殊更秋はしげくして、草にも木にも置きあまる風情に仕るものに候。されば秋の心、人により所により賑はしき事も御入候へども、野山の色もかはり物淋しく哀れなる体、秋の本意なり。

［参考］百韻の句割

- 初　折—表八句／裏十四句
- 二の折—表十四句／裏十四句
- 三の折—表十四句／裏十四句
- 名残の折—表十四句／裏八句

三、歌　謡

梁塵秘抄

仏は常に在せども、現ならぬぞあはれなる、人の音せぬ暁に、仄かに夢に見え給ふ（法文歌）

我を頼めて来ぬ男、角三つ生ひたる鬼になれ、さて人に疎まれよ、霜雪霰降る水田の鳥となれ、さて足冷かれ、池の萍《うきくさ》となりねかし、と揺りかう揺り揺られ歩け（四句神歌）

黄金の中山に、鶴と亀とは物語、仙人童の密かに立ち聞けば、殿は受領になり給ふ（同）

遊びをせんとや生れけむ、戯れせんとや生れけん、遊ぶ子供の声聞けば、我が身さへこそ動《ゆる》がるれ（同）

鷲の棲む深山には、なべての鳥は棲むものか、同じき源氏と申せども、八幡太郎は恐ろしや（同）

山伏の腰に着けたる法螺貝の丁と落ちていと割れ、砕けて物を思ふ頃かな（二句神歌）

○**梁塵秘抄**―歌謡集。もと二十巻。現存するのは巻一の一部分と巻二及び口伝集巻十である。平安中期から流行した歌謡を、十二世紀後半に後白河院がまとめたもの。

宴　曲（「和歌」）

伝《つて》に聞く、日本尊の哥は是、天地開始り、人事《じんじ》定まらざりしより、心内に動きて、理世の道

○**宴曲**―中世において主として宴席で歌われた歌謡をいう。「早歌《そうか》」と呼ばれた。宴曲を集めたものに「宴曲集」（五巻）、「宴曲抄」（三巻）、真曲

抄「究白集」(以上計十巻、正安三年〈一三〇一〉明空撰)、拾菓集(二巻、嘉元四年〈一三〇六〉明空撰)、拾菓抄(正和三年〈一三一四〉成る)、別紙追加曲・玉林苑(二巻。以上文保三年〈一三一九〉成る)がある。以上、大体明空・月江(明空改名。早大本による)によるもののようだ。計百六十一曲。これらの曲目を示したものに「撰要目録」がある。

*此—拍子詞。以下小字同じ。

*究百集—上述。早大本「撰要目録」によると「和歌」は冷泉武衛為相の作らしい。

も備はり、詞外に顕れて、撫民の信《まこと》を先とす、されば日域《じちゐき》朝庭の、本主は専ら我国の、習俗を捨てずして、時雨降りおける楢のはの、侍臣に仰せし万葉、勅集の源なりけり、其後代は十嗣をへ、年は百年あまりかとよ、延喜の聖の御代には、古今集を撰びて、此巻を廿《はた》に調へ、品を六種に分てり、梨壺の五人を、昭陽舎に置きて、後撰集を集めしむ、拾遺は花山の製作、長保寛弘の比とかや、後拾遺の奏覧は、応徳三の長月、金《こがね》の葉を重ぬるも、同じき御《ぎょ》宇とこそ聞け、彼よりおほくの春をへて、詞の花を手折りしは、崇徳の賢き翫、千載は文治の夏の天、彼宇治山の跡を訪ねて、松の枢《とぼそ》を出でたるや、傍《かたへ》に越えし誉ならむ、さても新古今を集む、其名を興すのみならず歌を二千《ふたち》々《ぢ》にかさねつゝ、君もさながら難波津の、よしあしを分るゆゑに、手づから集め、自ら撰る跡を留め、臣も又あさか山、浅き深きに迷はねば、心の林詞の露、洩れたる玉やなかりけん、花の匂鳥の声、此月の光雪の色、景趣こゝろすごくして、眺望眼に浮ぶより、尽せぬ恋を駿河なる、富士の烟に身を焦し、鏡の影の朝毎に、雪と浪とは厭しく、長柄の橋の橋柱、朽ちぬる昔を忍びつゝ、鶴亀によそへても、あの万代を祈るまで、げに磯城島の道無くば、知るもしらぬもうづもれぬ、其名をば何にか残すべき、すべて百福《はくふく》の宗は悉く、六義の内に演《のべ》尽し、万物の徳は何れも、八雲の奥に納れり、大空の月も住吉の、囲《ゐ》墻の松の葉散る事なく、代々に絶えせぬ此の歌も、まさきのかづらながからん

(究百《はく》集)

浄業和讃

無常讃　十日 廿日

初重

[頭]人間[和]怱怱《ソウソウ》タルコトハ衆務ヲイトナムユヱゾカシ日夜ニイノチノサルコトヲサトラザリケルハカナサヨ

[頭]親踈[和]オナジクサリユケドワガミノ無常ヲカヘリミズ老少トモニサキダテド不定ノサカヒニオドロカズ人ノイノチトドマラズ山水ヨリモハナハダシワヅカニケフマデタモテドモアスノイノチ期《ゴ》シガタシ月日《ツキヒ》ノツモルニシタガヒテツヅムルイノチヲシラヌカナ屠所ニオモムクヒツジノ歩歩ノオモヒヤコレナラン

二重

[頭]イマコノ[和]娑婆世界ハアルマジカリケルトコロカナ生老病死輪廻シテタノシブベキコトサラニナシ人身《ニンジン》フタヽビウケガタシ仏教アフコトマタカタシミナヒトココロヲヒトツニテ弥陀ノ名号トナフベシ無常須臾ノアヒダナリ日暮イツトカワキマヘムワレラモ人《ヒト》モネガハクハ頭然《ヅネン》ヲハラフガゴトクセヨ長夜《ヂヤウヤ》ノネフリヒトリサメ五更ニイメオドロキテシヅカニコノヨヲ観ズレバワヅカニ刹那ノホドゾカシ三界スベテ無常ナリ四生《シヤウ》イツレモ幻化《ゲンケ》ナリコノ

〇浄業和讃―近世文政期に時宗僧一道が編集した時宗和讃集。三巻。三十二編の和讃を収める。各讃には詠唱する日付と「新」「本」の符号が記してある。新は新作、本は本作（古伝）の和讃と考えられる。時宗は和讃を重視したので、教団に伝えられる和讃をこのような形で集成したのである。

*無常讃―無常讃は「本」とあるから古和讃に属するものであろう。作者はわからない。善導の「往生礼讃」の句をとり入れ、また「空也和讃」と共通する句も持っている。

*十日廿日―この和讃をとなえる日付。

*初重―三重の一。音階を示した。

*頭―導師が最初に一人で唱詠することを示す符号。

*和―参会者が唱和することを示す符号。

*人間怱々…―善導「往生礼讃偈」に「人間悤々《トシテ》営《ミ》二衆務《ヲ》一不レ覚《エ》二年命《ノ》日夜《ニ》去《ルコトヲ》一」とある。

ナカニスムヒトハミナタトヘバイメニゾニタリケル

閑吟集

花の都のたてぬきに、知らぬ道をも問へば迷はず、恋路など通ひなれてもまがふらん。
世間《よのなか》はちろりに過ぐる、ちろり〳〵。
なにせうぞ、くすんで、一期は夢よ、たゞ狂へ。
さて何とせうぞ、一目見しおもかげが身を離れぬ。
宇治の川瀬の水車、なにと憂き世をめぐるらう。
思ひ出すとは、忘るゝか、思ひ出さずや、忘れねば。
清見寺へ暮れて帰れば、寒潮月を吹いて袈裟にそゝぐ。
木幡山路に行き暮れて、月を伏見の草枕。
宇津の山辺のうつゝにも、夢にも人の逢はぬもの。
人買舟は沖を漕ぐ、とても売らるゝ身を、たゞ静かに漕げよ、船頭殿。
後ろ影を見んとすれば、霧がなう、朝霧が。
せめて時雨れよかし、ひとり板屋のさびしきに。
余り言葉のかけたさに、あれ見さいなう、空行く雲の速さよ。

○閑吟集―室町時代の歌謡集。小歌を中心に当時の歌謡三百十一首を集める（数は毛詩に倣ったもの）。序に「ここに一人の桑門あり。富士の遠望をたよりに庵をむすびて、十余歳の雪を窓につむ」とあり、更に尺八を愛したことがみえるが、撰者は明らかでない。

*宇津の山辺―「伊勢物語」「駿河なる宇津の山辺の現にも夢にも人の逢はぬなりけり」。

*せめて―日本古典全書本『隆達節小歌集成』には「雨が降れがなはら〳〵とひとり板屋の淋しきに」が載る。

田子の浦浪、浦の浪、立たぬ日はあれど、日はあれど。
余り見たさに、そと隠れて走て来た、先づ放さいなう、放して物を言はさいなう、そゞろいとほしうて、何とせうぞなう。

宗安小歌集

帰る後ろ影を見んとしたれば、霧がの、朝霧が。
せめてしぐれよかし、独り板屋の淋しきに。
濡れぬ前こそ露をも厭へ、濡れての後にはとも角も。
花が見たくは三吉野へおりやれなう、吉野の花は今がさかりぢや。

隆達小歌集

かへる姿を、見むと思へば、霧がの、朝霧が。
雨の降る夜の、独寝は、いづれ雨とも、涙とも。
悋気心か、枕な投げそ、投げそ枕に、咎はよもあらじ。
月の夜にさへ、来ぬ人を、中々待たじ、雨の夜に。

*田子の浦浪―「駿河なる田子の浦波たたぬ日はあれども君を恋ひぬ日はなし」(古今・四八九)による。

○宗安小歌集―二百二十首を収める小歌集。宗安(諸説あって確定しがたい)の編。久我《こが》庵三休(権大納言久我敦通。またその叔父日勝上人とも)の序がある。

○隆達小歌集―堺の富商高三隆達が編した小歌集。文祿・慶長頃盛んに行われた小歌を集めている。

四、日記・紀行

海　道　記

社のうしろの小河を渡れば小夜の中山にかかる。この山口を暫くのぼれば、左も深き谷、右も深き谷、一峯に長き路は堤の上に似たり。両谷の梢を目の下に見て、群鳥の囀りを足の下に聞く。谷の両片《へん》はまた山高し。この間を過ぐれば中山とは見えたり。山は昔の山、九折の道、旧きが如し。梢は新たなる梢、千条の緑、皆浅し。この処はその名殊に聞えつる処なれば、一時の程に、ももたび立留まつて打眺め行けば、秦蓋《しんがい》の雨の音はぬれずして耳を洗ひ、商絃の風のひびきは色あらずして身にしむ。

分けのぼるさやの中山なかなかに越えてなごりぞ苦しかりける

時に鴾馬《はうば》蹄つかれて日鳥《にちう》翅さがりぬれば、草命を養はんが為に菊川の宿にとどまりぬ。ある家の柱に、中御門中納言宗行卿かく書きつけられたり。

彼の南陽県の菊水、下流を汲んで齢を延ぶ、
此の東海道の菊河、西涯に宿りて命を全くせんことを。

まことにあはれにこそ覚ゆれ。（中略）さてもあさましや承久三年六月中旬、天下風あれて、

〇**海道記**―作者不明。洛東白川に隠遁していた五十余歳の人物が、貞応二年（一二二三）四月東海道を下り、翌月帰途につこうとするまでの事を記した紀行文学。

*社―「事任(ことのまま)といふ社」、今の日坂駅の八幡宮。

*小夜の中山―静岡県の掛川市と金谷町との間にある坂路で、左右に深い谷がある。歌枕。

*秦蓋の雨の音―松風の音。

*商絃の風―秋風。

*鴾馬―あしげの馬。

*草命―露命。

*菊川―今、静岡県金谷町にある。

*南陽県―中国の南陽県の菊水は飲むと長命したという。

海内波さへかへりき。闘乱の乱将は花域より飛びて合戦の戦士は夷国より戦ふ。暴雷、雲を響かして、日月光を覆はれ、軍虜地を動かして弓劔威を振ふ。その間、万歳の山の声、風忘れて枝を鳴らし、一清の河の色、波あやまつて濁りを立つ。茨山汾水《しざんふんすゐ》の源流、高く流れて遥かに西海の西に下り、卿相羽林の花の族《やから》、落ちて遠く東関の東に散りぬ。（中略）錦帳玉瑠《ぎよくたう》の床は主を失ひて武客の宿となり、麗水蜀川の貢は、数を尽して辺民の財《たから》となりき。夜昼に戯れて衿を重ねし鴛鴦は、千歳比翼の契、生きながら絶え、朝夕に敬ひて袖を収めし童僕も、多年知恩の志、思ひながら忘れぬ。げに会者定離の習ひ、目の前に見ゆ。（下略）

東関紀行

小夜の中山は古今集の歌に、「よこほりふせる」とよまれたれば、名高き名所なりとは聞きおきたれども、見るにいよいよ心ぼそし。北は深山にて、松杉、嵐はげしくて、南は野山にて、秋の花、露しげし。谷より嶺にうつる道、雲にわけ入る心ちして、鹿のね、涙をもよほし、虫のうらみ、あはれ深し。

　踏み通ふ峯のかけはしとだえして雲にあとゝふ小夜の中山

この山をも越えつつ、なほ過ぎ行くほどに、菊川といふ所あり。いにし承久三年の秋のころ、中御門中納言宗行ときこえし人の、罪ありて東へ下られけるに、この宿に泊りけるが、

*茨山汾水……—上皇が遠島に流された事をいう。

*麗水蜀川の貢—共に中国の川。その地方から貢物として献ぜられた貴族の所用物。

◯東関紀行—仁治三年（一二四二）八月、作者(不明。五十歳に近い京の人)が鎌倉に下向した折の紀行文学。

*よこほりふせる—「古今集」に「甲斐がねをさやにも見しがけけれなく横ほりふせるさやの中山」（巻二十・東歌）とある。

「昔は南陽県の菊水、下流を汲みて齢をのぶ、今は東海道の菊川、西岸に宿して命を失ふ」と、ある家の柱に書かれたりけりと聞きおきたれば、いとあはれにて、その家をたづぬるに、火の為に焼けて、かの言の葉も残らずと申す者あり。今は限とて残しおきけむかたみさへ、跡なくなりにけるこそ、はかなき世の習ひ、いとどあはれに悲しけれ。

　書きつくるかたみも今はなかりけり跡はちとせと誰かいひけむ

くれかかるほどに下りつきぬれば、何がしのいりとかやいふ所に、あやしの賤が庵をかりてとどまりぬ。前は道にむかひて門なし。行人征馬、すだれのもとに行きちがひ、うしろは山ちかくして窓に望む、鹿の音、虫の声、かきの上にいそがはし。旅店の、都にことなる、さま変りて心すごし。

嵯峨のかよひ

十七日、ひるほどに渡る。源氏はじめんとて講師にとて女あるじを呼ばる。簾《す》の内にて読まる。まことに面白し。世の常の人の読むには似ず、習ひあべかめり。若紫まで読まる。夜にかかりて酒のむ。あるじがたより女二人をかはらけとらす。女あるじ、簾のもとに呼びよせて、「このあるじは千載集の撰者のむまご、新古今・新勅撰の撰者の子、続後撰・続古今

*下りつきぬれば—鎌倉へ。

*いり—谷(やつ)か。

〇嵯峨のかよひ—文永六年（一二六九）、飛鳥井雅有が病気静養のため小倉山の麓の山荘に籠った折の日記。近くの為家を訪れ、古典の講義を受けた。雅有は雅経の孫。

*十七日—九月。

*女あるじ—阿仏尼。

の撰者なり。まらうどは同じく新古今撰者のむまご、続古今の作者なり。昔よりの歌人、かたみに小倉山の名高き住みかにやどして、かやうの物語のやさしき事どもいひて心をやるさま有難し。この頃の世の人さはあらじ」など、「昔の人のここちこそすれ」など、やうやうに色をそへていはる。男あるじ、なさけある人の、年老いぬれば、いとど酔ひさへそひて涙おとす。暁になればあかれぬ。

十六夜日記

目離《めか》れせざりつるほどだに荒れまさりつる庭もまがきも、ましてと見廻されて、慕はしげなる人々の袖のしづくも慰めかねたる中にも、侍従・大夫などのあながちにうちくんじたるさまいと心苦しければ、さまざまに言ひこしらへ、ねやのうちを見やれば、昔の枕のさながら変らぬを見るにも、今さら悲しくて、傍らに書き付く。

　とどめおく古き枕の塵をだにわがたち去らば誰か払はむ

あづまにて住む所は月影の谷《やつ》とぞいふなる。浦近き山もとにて風いと荒し。山寺の傍《かたは》らなれば、のどかにすごくて、浪の音松の風絶えず。都のおとづれはいつしかおぼつかなきほどにしも、宇津の山にて行きあひたりし山伏のたよりに言伝《ことつて》申したりし人の御もとより、確

○**十六夜日記**―藤原為家の側室阿仏尼の日記。播磨国細川庄に関する訴訟のため、弘安二年（一二七九）十月十六日都を出て鎌倉に下り、月末に鎌倉に着くまでの道の記と、翌三年秋にわたっての鎌倉滞在中の記とから成り、末尾に弘安五年に鶴岡八幡宮に奉納した長歌を付してある。また冒頭には序がある（105頁写真版参照）。

○**阿仏尼**―平度繁の養女。安嘉門院四条などの女房名がある。貞応二年（一二二三）前後～弘安六年（一二八三）。為家との間に冷泉為相・為守らを生む。「うたたねの記」「夜の鶴」の著者。

*目離れせざりつる……―序に続く離京のことを述べた部分の書き出し。

*侍従・大夫―「侍従」はこの時十七歳の為相、「大夫」は十五歳の為守。

*月影の谷―鎌倉市の西南。

かなる便《びん》に付けて、ありし御返り事とおぼしくて、

旅衣涙を添へてうつの山しぐれぬひまもさぞしぐれけむ

ゆくりなくあくがれ出でしいざよひの月やおくれぬ形見なるべき

都を出でしことは神無月十六日なりしかば、いざよふ月をおぼし忘れざりけるにや、いとやさしくあはれにて、ただこの御返り事ばかりをぞまた聞ゆる。

めぐりあふ末をぞ頼むゆくりなく空にうかれしいざよひの月

前《さき》の右兵衛の督為教君のむすめ、歌詠む人にて、度々の勅撰にも入り給へりし大宮の院の権中納言と聞ゆる人、歌の事ゆゑ、朝夕申し馴れしかばにや、道の程のおぼつかなさなど、おとづれ給へる文に、

はるばると思ひこそやれ旅衣涙しぐるる袖やいかにと

返し、

思へただ露もしぐれも一つにて山路わけこし袖のしづくを

この御せうと中将為兼の君も、同じさまにおぼつかなさなど書きて、

ふるさとはしぐれに立ちし旅衣雪にやいとどさえまさるらむ

返し、

旅衣浦風さえて神無月しぐるる雲に雪ぞ降り添ふ

*山寺—極楽寺。

*ありし御返り事—阿仏尼が宇津山(静岡県)をこえる時、行き会った山伏に託して送った歌二首の第二首目「つたかへでしぐれぬひまもうつの山涙に袖の色ぞこがるる」への返し歌。この相手は誰であるか不明。

*大宮の院の権中納言—大宮院は西園寺実氏の女で、後嵯峨院中宮、後深草院・亀山院の母。その女房で権中納言と呼ばれたのは京極為教の娘為子。為子は京極派の代表歌人の一人。「続古今集」以下の勅撰集に多数入集。ここには「せうと(兄)」とあるが、実際は為兼の姉。

○**とはずがたり**―後深草院二条の自伝的作品。文永八年（一二七一）から嘉元四年（一三〇六）に至る。全五巻（巻三と巻四との間に記事の欠落があるとする説あり）のうち、前三巻は、宮仕女房としての宮廷生活、後の二巻は出家して諸国を旅した紀行を主な内容としている。後深草院二条は、大納言久我(源)雅忠女。母は四条隆親女大納言典侍。正嘉二年（一二五八）～没年不詳。文永八年後深草院の愛人となり、その後「雪の曙」（西園寺実兼か）、「伏見の人」（近衛兼平か）、「有明の月」（性助法親王か）とも関係を結ぶ。弘安七年（一二八四）頃宮仕えを解かれ、その後出家した。

*こぞ出でき給ひし御方―文永十年（一二七三）二月十日に二条が生み奉った後深草上皇の皇子。

*神無月の初めの八日―文永十一年十月八日。この年九月、雪の曙の子を密かに出産。出生の女子は雪の曙が直ちに連れ去る。

*いとど四千―「八万四千」「八億四千」の誤りとする説あり。

とはずがたり

さても、こぞ出でき給ひし御方、人知れず隆顕のいとなみぐさにておはせしが、この程御悩《おんなやみ》と聞くも、身のあやまちの行末はかばかしからじと思ひもあへず、神無月の初めの八日にや、時雨《しぐれ》の雨のあまそそぎ、露と共に消えはて給ひぬと聞けば、かねて思ひまうけにし事なれども、あへなくあさましき心のうちおろかならむや。前後相違の別れ、愛別離苦《あいべちりく》の悲しみ、ただ身一つにとどまる。幼稚にて母におくれ、盛りにて父を失ひしのみならず、今またかかる思ひの袖の涙、かこつ方なきばかりかは。馴れゆけば、帰るあしたは名残を慕ひてまた寝の床に涙を流し、待つ宵にはふけ行く鐘にねを添へて、待ちつけて後はまた世にやきこえむと苦しみ、里に侍る折は君の御面影を恋ひ、傍《かたはら》に侍る折はまたよそに積る夜な夜なを恨み、わが身に疎くなりまします事も悲しむ。人間の習ひ、苦しくてのみ明け暮るる一日一夜にいとど四千とかやの悲しみも、ただわれ一人に思ひ続くれば、しかじ、ただ恩愛の境界を別れて仏弟子となりなむ。九つの年にや、西行が修行の記といふ絵を見しに、かたかたに深き山をかきて、前には川の流れをかきて、花の散りかかるにゐて眺むるとて、

　風吹けば花の白波岩こえて渡りわづらふ山川の水

と詠みたるを書きたるを見しより、羨しく、難行苦行は叶はずとも、われも世を捨てて、足

にまかせて行きつつ、花のもと露のなさけをも慕ひもみぢの秋の散る恨みをも述べて、かかる修行の記を書きしるして、なからむ後の形見にもせばやと思ひしを、三従《さんしょう》のうれへ遁れざれば、親に従ひて日を重ね、君に仕へても今日までうき世に過ぎつるも、心のほかになど思ふより、うき世を厭ふ心のみ深くなりゆくに、この秋頃にや、御所さまにも、世の中すさまじく、後院《ごゐん》の別当《べたう》など置かるるも御面目なしとて、太上天皇の宣旨を天下へ返し参らせて、御随身《みずゐじん》ども召し集めて皆祿ども賜はせて暇《いとま》たびて、ひさのり一人後しに侍るべしとありしかば、面々に袂をしぼりてまかり出で、御出家あるべしとて人数定められしにも、女房には東《ひんがし》の御方・二条とあそばされしかば、憂きは嬉しきたよりにもやと思ひしに、鎌倉よりなだめ申して東の御方の御腹の若宮位にゐ給ひぬれば、御所ざまも花やかに、角《すみ》の御所には御影《みえい》御わたりありしを正親町《おほぎまち》殿へ移し参らせられて、角の御所春宮の御所になりなどして、京極殿とて院の御方に候ふは昔の新典侍殿《しんすけどの》なれば、何となくこの人はすごさねど、うかりし夢のゆかりにもおぼえしを、立返り大納言の典侍《すけ》とて春宮の御方に候らひなどするにつけても、よろづ世の中もの憂ければ、ただ山のあなたにのみ心は通へども、いかなる宿執なほ遁れ難きやらむ、歎きつつまた旧年《ふるとし》も暮れなむとする頃、いといたう召しあれば、さすがに捨てはてぬ世なれば、参りぬ。

（巻一）

*西行が修行の記―現存するものでは、鎌倉中期の成立かと推定されている伝土佐経隆筆の西行物語絵巻が最も古いが、それにはここの叙述に該当する絵や絵詞がない。この前後の文と関係のありそうなのは文明十二年本「西行物語」であるが、それにも「風吹けば」の歌はなく、そっくり該当する場面もない。「風吹けば」の歌は「新勅撰集」巻二に西行作として入る。

*後院の別当など置かるる―亀山天皇が後院を設けたのは、前年の文永十年五月。

*天下へ返し参らせ―史実では文永十二年四月。後深草皇子煕仁親仁の立坊は同年十一月。

*角の御所―後深草上皇の仙洞御所富小路殿の一部。

*京極殿―二条の父雅忠の妹か。

○**竹むきが記**―典侍日野名子の日記。上下二巻。上巻は元徳元年（一三二九）量仁親王（光厳天皇）の元服から元弘三年（一三三三）六月まで。下巻は建武四年（一三三七）から貞和五年（一三四九）春まで。上下巻の間に四年半の空白あり、この間に夫が殺されている。

○**名子**―日野資名女。？～一三五八。

*卯月廿日あまり―元弘三年。後醍醐天皇は既に隠岐から脱出し、反北条氏の軍が各地に競い立っていた。そこに夫西園寺公宗が訪れるのである。公宗は親鎌倉幕府の公卿、光厳天皇も北条氏に擁立された天皇。

*鬢櫛―黄楊（つげ）製の横に長いくし。

*六波羅―当時、光厳天皇、後伏見・花園両上皇もここを行宮としていたが、この日、両六波羅、天皇・上皇を奉じて出京。

竹むきが記

世の中今日や今日やと思ひつゝ卯月廿日あまりになりぬ。事のついでをなん求められたるとて、まだ宵の程に立寄り給へる程、鳴く鳥の声、鐘の音、こなたかなたに聞ゆ。そらねにこそはなどおぼめき給ふさまなるに、明けなばいと便あしかるべきをと、たび〳〵おとなへば、妻戸押しあけられたるに、有明の月いとさやかにて、軒近き萩のはもなべてこの頃の程にもあらず高やかなるに、ひまなく置き渡して、下葉も隠れなき露の光など、秋の空めきたる暁の眺めは、さらでもあはれなるべきを、これや限りと、なべて世を思ひ乱れたる折からのあはれに、まして行くもとまるもいと心細し。明けはなるゝけしきなれば、鬢櫛《びんぐし》など召して立出で給ひしも、さながらにてうちふしつゝ猶ながめいでたるに、にはかに空さへかき曇りて、わづかに残りつる月影も見えずなりぬれば、なにとなく思ひつゞけられしもをかし。

　いかゞせむ面影したふ有明の月さへ曇るきぬ〴〵の空（中略）

（五月）おなじき七日、六波羅の四方に押寄せてうち囲む。聞えつる事なれど、さしあたりてはあきれ惑はる。夜に入りて火をかけぬれば、煙の下に見やり聞ゆる心の中どもは、夢うつゝとも思ひわかれず。さすが火の中をば逃れさせ給ひぬるにやと、魂も身にそはず思ひあかしたるに、東《ひんがし》ざまへなりぬと聞ゆるも、その行先たのもしかるべきにもあらねば、さてしも如何聞きなし奉らんと、かきくれつゝ思ひ惑ふ。いつしか、人の心もあらせぬ世になりぬれば、つゝむべき事ありてこの宿もうかれ出でつゝ御堂にまづしのびてうつりつゝ、九日ふとさとにかへりぬれど、これも怖畏あるべければ、安居院《あぐゐ》の寺に知る便りあれば、忍びて立ち入りぬ。十日かの御方なる女房、この寺に知る人あるを便りにて、我がゆくへ尋ねらるゝなるべし。（中略）

五月廿七日御所さま都に返り入らせ給ふ。おやはらからも苔の衣にたち返りぬと聞くにも更に驚かるゝ世になん有りける。（中略）いといみじう聞きどころなき、いたづらのとはずがたりは、なほ残り侍るべきにやとぞ。　（上巻）

雪のあしたに日ごとの所作なる文を人々よませ聞ゆるに、よみ給へる。

　雪ふりて寒き朝にふみよめとせめらるゝこそ悲しうはあれ　（下巻）

内には道行を励み、外には家門安全を念ずれば、内外ひまなくして、花をもてあそび、月をめづるなさけも知らず。さすが世にふるならひにて、さりがたき友に誘はるゝといへど、心にとまらざれば興遊にもあらず。うき世の色は自づから捨て果つる心地すれど、なほ晴れがたき心の闇は、すまさんとする山水もかつ濁るらんかし。　（下巻）

*人の心も—(世が変って)人の心も違うさま。作者はこのころ清水辺の仮の住いにいた。

*御堂—不明。

*安居院—京都市紫野にあった寺。

*かの御方なる女房—公宗方の女房。なお公宗は天皇のお供をしていたが、事後処理のため人々のすゝめで帰京したのである。

*御所さま—天皇。

*おやはらから—父資名は東国へ下る途中出家、兄弟の氏光は流れ矢にあたって傷ついた。

*雪のあした—暦応三年（一三四〇）、一子実俊（六歳）をひたすら育てて行く一日の記事。

*内には……—康永二、三年（一三四二、三）頃のこと。

宗長手記

（三年）越年は薪酬恩庵傍捨蜜下、爐辺六七人あつまりて、田楽の塩噌のついで俳諧たび〳〵に、

（中略）

をひつかん〳〵とやはしるらん
高野ひじりのあとのやりもち　宗鑑
高野ひじりのさきのひめごぜ　宗長

愚句はをひつかむといふ心付、まさり侍らんや。

碁盤のうへにはるは来にけり
うぐひすのすごもりといふつくり物　宗鑑
朝がすみすみ〳〵までは立いらで　宗長

是も愚句つけまさりはべらんかし。

大永四年正月一日、薪酬恩庵、早朝に遁世者とて、門外より案内するを聞て、

新玉の初もとひきり一年を小僧とや云ん小沙弥とやいはん

宗祇年忌七月廿九日、

○宗長手記―大永二年（一五二二）から七年に至る宗長の身辺手記。駿府の閑居生活、京を中心に、各地を旅行し、それらの見聞感懐を詳しく記述。本文は類従本により仮名づかいなどはもとのままとした。

*薪酬恩庵傍捨蜜―酬恩庵は京都府綴喜郡田辺町薪にある寺。一休が結庵したので通称を一休寺という。宗長は一休のもとに参禅したので、常にここを訪れ、滞在した。「捨蜜」は舎寮か。

*高野ひじり―高野山から諸国に派遣された僧をいうが、一般に乞食の僧をさす。

*うぐひすのすごもり―「犬筑波集」にもある句。春らしい置物をいうが、また碁で、相手の石を囲み、死石にする布石法を鶴の巣ごもりというのに対応させた。

*初もとひ―初元結。

*宗祇年忌七月廿九日―大永七年。

あさがほや花といふ花のはなのゆめ

柴屋むかひなる峯の畑に、鹿をふこゑを聞て、

独吟

鹿のねやとを山はたのゆふあらし

又我園に大豆あづきをうへ、いほりを結び、鳴子をかけて、朝夕の自愛に、

まめ〳〵しくもなれる老かな

畑の菜をつみて人につかはすとて、

つまでこそみすべかりつれ朝な〳〵我山はたの秋の露けさ

おあむ物語

又子ども、彦根の話被ㇾ成よといへば、おれが親父は知行三百石とりて居られたが、その時分は軍《いくさ》が多くて何事も不自由な事でおぢやつた。勿論用意はめん〳〵たくはへもあれども、多分あさ夕雑水を食べておぢやつた。おれが兄様《あに》は折々山へ鉄砲うちに参られた。其時に朝、菜飯をかしきて、昼めしにも持たれた。その時にわれらも菜飯を貰うて食べておぢやつた故、兄様をさい〳〵すゝめて鉄砲うちに行くとあれば、嬉しうてならなんだ。さて衣類もなく、おれが十三の時、手作りのはなぞめの帷子一つあるよりほかにはなかりし。そのひと

*柴屋―いま静岡市丸子。

〇おあむ物語―寛文頃、八十余歳で没した、おあむという老女の、大垣落城その他の体験談を某が筆録したもの。同類の作に、大坂落城の事を記した「おきく物語」がある。厳密には日記とも随筆ともいえないが、便宜上ここに収載しておく。

つの帷子を十七の年まで着たるによりて、すねが出て難儀にあつた。せめてすねの隠れる程の帷子ひとつ欲しやと思うた。此様に昔は物事不自由な事でおぢやつた。またひる飯などくふといふ事は夢にもないこと。夜にいり夜食といふ事もなかつた。今時の若衆《わかい》は衣類のものずき、心を尽くし、金《こがね》を費し、食物にいろ〳〵のこのみ事めされる、沙汰の限りな事とて、又しても彦根の事をいうて叱り給ふ故、後々には子ども、しこ名を彦根ばゝといひし。

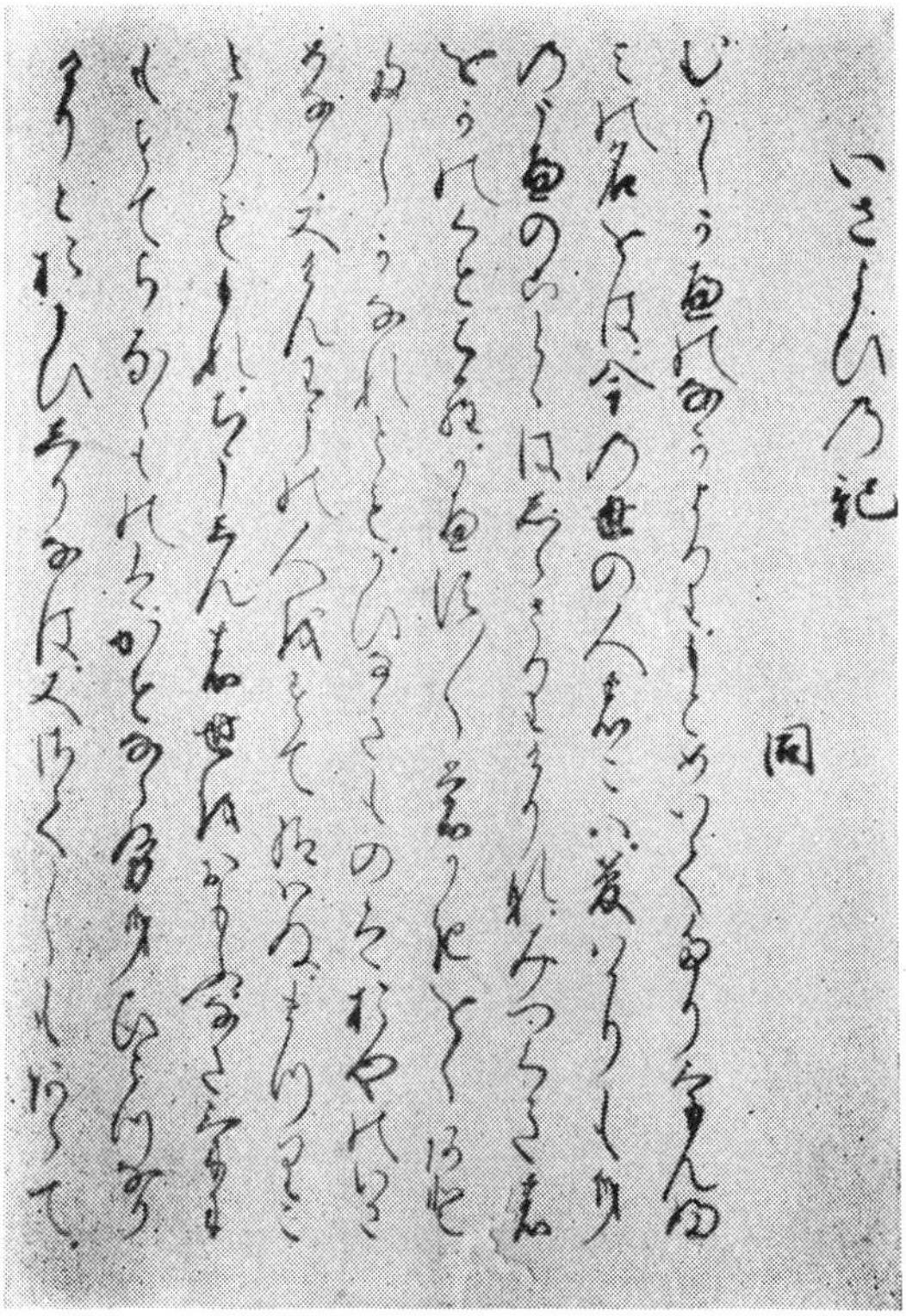

十六夜日記（扶桑拾葉集本，巻頭）

五、随筆

方丈記

わが身、父方の祖母の家をつたへて、久しくかの所に住む。その後、縁欠けて身衰へ、しのぶかた〴〵しげかりしかど、つひにあととむる事を得ず、三十《みそぢ》あまりにして、更にわが心と、一の菴をむすぶ。これをありしすまひにならぶるに、十分《じふぶ》が一なり。居屋《ゐや》ばかりをかまへて、はか〴〵しく屋をつくるに及ばず。わづかに築地《ついひぢ》を築けりといへども、門《かど》を建つるたづきなし。竹を柱として車をやどせり。雪降り、風吹くごとに、あやふからずしもあらず。所、河原近ければ、水の難も深く、白波のおそれもさわがし。

すべて、あられぬ世を念《ねむ》じ過《すぐ》しつゝ、心をなやませる事、三十余年なり。その間、をり〳〵のたがひめ、おのづからみじかき運をさとりぬ。すなはち、五十《いそぢ》の春を迎へて、家を出で、世を背けり。もとより妻子なければ、捨てがたきよすがもなし。身に官禄あらず、何に付けてか執を留めん。むなしく大原山の雲にふして、また五かへりの春秋をなん経にける。

こゝに六十《むそぢ》の露消えがたに及びて、更に末葉《すゑは》の宿りを結べる事あり。いはゞ、旅人の一夜《ひとよ》の宿をつくり、老いたる蚕の繭を営むがごとし。これを中比の栖にならぶれば、また百分

○**方丈記**―一巻。建暦二年（一二一二）成立。鴨長明作。随筆。人と家の無常を嘆じた序章から、自分の経験した大災害や社会的事件を述べ、社会生活の不安を深く内省して自己の出家遁世の由来を語り、日野の方丈の庵の生活を自讃、最後は真の仏道に入り込めずにいる自分に疑問を投げかけて結ぶ。無常観によって人生をみつめ、真の生き方を見出そうと苦悩する様子が流麗な和漢混淆文で記されている。王朝女流日記の自照性をも継承する。本文は古典文学大系の「方丈記 徒然草」によった。

○**鴨長明**―久寿二年頃〜建保四年（一一五五頃〜一二一六）。歌人・随筆家。京都の賀茂神社の祢宜の家に生まれた。父を早く失い、家職を継げないことに苦しみ、隠遁生活に入り仏門に帰した。後鳥羽院に召されて和歌所の寄人ともなり、また源実朝に招かれて再三鎌倉へ下った。後に日野の外山に方丈の庵を結び閑居、ここで「方丈記」を著わした。著書「方丈記」「無名抄」「発心集」「鴨長明集」。

が一に及ばず。とかくいふほどに、齢は歳々にたかく、栖は折々にせばし。その家のありさま、よのつねにも似ず。広さはわづかに方丈、高さは七尺がうちなり。所を思ひ定めざるがゆゑに、地を占めてつくらず。土居《つちゐ》を組み、うちおほひを葺きて、継目ごとにかけがねを掛けたり。若、心にかなはぬ事あらば、やすく外へ移さむがためなり。その、あらため作る事、いくばくのわづらひかある。積むところ、わづかに二両、車の力を報ふほかには、さらに他の用途《ようとう》いらず。

いま、日野山の奥に跡をかくしてのち、東に三尺余の庇をさして、柴折りくぶるよすがとす。南、竹の簀子を敷き、その西に閼伽棚をつくり、北によせて障子をへだてて阿弥陀の絵像を安置し、そばに普賢をかき、まへに法花経をおけり。東のきはに蕨のほどろを敷きて、夜《よる》の床《ゆか》とす。西南に竹の吊棚《つりだな》を構へて、黒き皮籠《かはご》三合をおけり。すなはち、和歌・管絃・往生要集ごときの抄物を入れたり。かたはらに、琴・琵琶おの〳〵一張をたつ。いはゆる、をり琴・つぎ琵琶これなり。仮りの菴のありやう、かくのごとし。

その所のさまをいはば、南に懸樋あり。岩を立てて、水を溜めたり。林の木ちかければ、爪木をひろふに乏《とも》しからず。名をと山といふ。まさきのかづら、跡埋めり。谷しげけれど、西晴れたり。観念のたより、なきにしもあらず。春は藤波を見る。紫雲のごとくして、西方に匂ふ。夏は郭公を聞く。語らふごとに、死出の山路を契る。秋はひぐらしの声、耳に満

*父方の祖母―長明の祖父季継の妻。伝未詳。
*河原―京都左京を流れる鴨川の河原。
*白波―盗賊の異名。
*日野山―京都市伏見区日野にある山。
*閼伽棚―「あか」は梵語で供養、功徳の意。仏前に供える水（閼伽水）やその容器、花などを置く棚をいう。
*阿弥陀―西方極楽浄土の教主。
*普賢―ふつう釈迦の脇士。智恵を代表する文殊に対して、仏の教化、済度の実行を代表する菩薩。
*法花経―ふつう法華経と書く。妙法蓮華経の略称。
*往生要集―恵心僧都源信著。永観三年（九八五）成立。三巻。念仏往生の入門書で経論の中から往生の要文を集め、これを問答体に綴ったもの。

てり。うつせみの世をかなしむほど聞こゆ。冬は雪をあはれぶ。積り消ゆるさま、罪障にたとへつべし。若、念仏ものうく、読経まめならぬ時は、みづから休み、身づからおこたる。さまたぐる人もなく、また恥づべき人もなし。ことさらに無言をせざれども、独り居れば、口業《くごふ》を修めつべし。必ず禁戒を守るとしもなくとも、境界《きやうがい》なければ何につけてか破らん。若、あとの白波に、この身を寄する朝には、岡の屋にゆきかふ船をながめて、満沙弥が風情を盗み、もし、桂の風、葉を鳴らす夕には、潯陽の江を思ひやりて、源都督のおこなひをならふ。若、余興あれば、しば〳〵松のひゞきに秋風楽をたぐへ、水のおとに流泉の曲をあやつる。芸はこれつたなけれども、人の耳をよろこばしめむとにはあらず。ひとりしらべ、ひとり詠じて、みづから情《こゝろ》をやしなふばかりなり。

抑、一期《いちご》の月影かたぶきて、余算、山の端に近し。たちまちに三途の闇に向はんとす。何のわざをかかこたむとする。仏の教へ給ふおもむきは、事にふれて執心なかれとなり。今、草菴を愛するもとがとす。閑寂《かんせき》に著《ちやく》するもさはりなるべし。いかゞ要なき楽しみを述べて、あたら時を過ぐさむ。

しづかなる暁、このことわりを思ひつゞけて、みづから心に問ひていはく、世を遁れて、山林にまじはるは、心を修めて道を行はむとなり。しかるを、汝、すがたは聖人にて、心は

*岡の屋―宇治市宇治川の東岸で、今の木幡五箇荘。
*満沙弥―谷名笠朝臣麻呂。八世紀初期の人。万葉歌人。美濃守を勤めたが、後剃髪。「沙弥」は出家得度した男子の称。「風情」というのは満誓の「世の中を何にたとへん朝ぼらけこぎ行く船のあとの白波」(拾遺集・巻二十)という歌をさしている。
*潯陽の江―中国江西省にある河。白詩「琵琶行」に見ゆ。
*源都督―源経信のこと。長和五年〜承徳元年(一〇一六〜一〇九七)。歌人。源俊頼の父。桂大納言といわれる。和漢の学識深く、「難後拾遺」を著わす。詩文・音楽に通じ、琵琶の名手で桂流の祖。
*秋風楽―雅楽の琵琶の名曲。
*流泉の曲―琵琶の秘曲の名。
*三途の闇―死後、悟りを得られなかった人々の行く三悪道(地獄道・餓鬼道・畜生道)のこと。

濁りに染めり。栖はすなはち、浄名居士の跡をけがせりといへども、保つところは、わづかに周利《しゆり》槃特《はんどく》が行にだに及ばず。若これ、貧賎の報のみづからなやますか、はたまた、妄心のいたりて狂せるか。そのとき、心更に答ふる事なし。只、かたはらに舌根をやとひて、不請の阿弥陀仏、両三遍申してやみぬ。

于時《ときに》、建暦のふたとせ、やよひのつごもりごろ、桑門の蓮胤、外山の菴にして、これをしるす。

徒然草

第三十二段

九月廿日の比、ある人にさそはれたてまつりて、明くるまで月見ありく事侍りしに、おぼしいづる所ありて、案内《あない》せさせて入り給ひぬ。荒れたる庭の露しげきに、わざとならぬ匂ひ、しめやかにうち薫りて、しのびたるけはひ、いとものあはれなり。

よきほどにて出で給ひぬれど、なほ事ざまの優におぼえて、物のかくれよりしばし見ゐたるに、妻戸を今少しおしあけて、月見るけしきなり。やがてかけこもらましかば、くちをしからまし。跡まで見る人ありとは、いかでか知らん。かやうの事は、たゞ朝夕の心づかひによるべし。その人、ほどなく失せにけりと聞き侍りし。

*浄名居士―維摩詰のこと。釈迦在世中のインドの仏弟子で、在家のまま菩薩道を行じたという。

*周梨槃特―釈迦の弟子。最も愚かだといわれたが、後に大悟した。

*不請の阿弥陀仏―衆生が招かなくても、すすんで衆生のために慈悲を行ずる阿弥陀仏。

*建暦のふたとせ―一二一二年。

*桑門―出家して仏道を修める人の総称。沙門に同じ。

*蓮胤―鴨長明の法号。

○**徒然草**―二巻。元徳二年（一三三〇）末から翌元弘元年（一三三一）秋にかけて成立か。以後に書継がれたとも。兼好法師作。随筆。自然・人生・趣味など多方面にわたって作者の感興のままに自由に論じた書。中心思想は無常観であるが、絶望的厭世観ではなく、無常を積極的に肯定しようとする態度をとる。題材は漫然と並べられながら、基盤には内省・批判が底流しており、叙述は論理的である。王朝の貴族文化を尊重し、実用主義の無風流に嘆息をもらすこともある。本文は、古典文学大系「方丈記　徒然草」によった。

○**兼好**―弘安六年頃〜観応三年以後（一二八三頃〜一三五二

以後）。歌人・随筆家。本名、卜部兼好（かねよし）。出家後「けんこう」と音読。卜部家は京都吉田神社の神官の家の分れで、兼好は神官兼顕の三男。大僧正慈遍の弟。和歌を二条為世に学び、老荘・儒教にも通じていた。後二条天皇に仕え六位の蔵人、左兵衛佐になったが、天皇崩御後の某年、出家。はじめ比叡山横川にこもったが、後に仁和寺の辺の雙の岡に住んだ。

*京極入道中納言—藤原定家。定家の邸は京都の京極にあった。

第百三十九段

家にありたき木は、松・さくら。松は五葉《ごえふ》もよし。花はひとへなる、よし。八重桜は奈良の都にのみありけるを、この比ぞ、世に多く成り侍るなる。吉野の花、左近《さこん》の桜、皆一重にてこそあれ。八重桜は異様《ことやう》のものなり。いとこちたくねぢけたり。植ゑずともありなん。遅ざくら、またすさまじ。虫のつきたるもむつかし。梅は白き、うす紅梅。ひとへなるが疾《と》く咲きたるも、かさなりたる紅梅の匂ひめでたきも、みなをかし。おそき梅は、さくらに咲き合ひて、覚えおとり、けおされて、枝にしぼみつきたる、心うし。「ひとへなるが、まづ咲きて散りたるは、心疾く、をかし」とて、京極入道中納言《きやうごくのにふだうちうなごん》は、なほ一重梅をなん軒ちかく植ゑられたりける。京極の屋の南向きに、今も二本《ふたもと》侍るめり。柳、またをかし。卯月ばかりのわかかへで、すべて万の花・紅葉にもまさりてめでたきものなり。たち花・かつら、いづれも木はものふり、大きなるよし。

草は、山吹・藤・杜若《かきつばた》・撫子《なでしこ》。池には蓮《はちす》。秋の草は荻《をぎ》・薄《すゝき》・きちかう・萩・女郎花《をみなへし》・藤袴《ふぢばかま》・しをに・われもかう・かるかや・りんだう・菊。黄菊も。つた・くず・朝顔、いづれもいと高からず、さゝやかなる墻《かき》に、繁からぬ、よし。この外の、世に稀《まれ》なるもの、唐《から》めきたる名の聞きにくゝ、花も見馴《な》れぬなど、いとなつかしからず。

おほかた、何《なに》もめづらしくありがたき物は、よからぬ人のもて興ずる物なり。さやうのもの、なくてありなん。

第百四十六段

明雲《めいうん》座主《ざす》、相者《さうじや》に逢ひ給ひて、「己《おのれ》、若《もし》兵仗《ひやうぢやう》の難やある」と尋ね給ひければ、相人、「誠にその相おはします」と申す。「いかなる相ぞ」と尋ね給ひければ、「傷害《しやうがい》の恐れおはしますまじき御身にて、仮にもかくおぼし寄りて尋ね給ふ、これ既に、その危ぶみの兆《きざし》なり」と申しけり。

はたして矢に当りて失せ給ひにけり。

第百五十五段

世に従はん人は、先機嫌を知るべし。ついで悪しき事は、人の耳にもさかひ、心にもたがひて、その事成らず。さやうのをりふしを心得べきなり。但し、病をうけ、子うみ、死ぬる事のみ、機嫌をはからず。ついで悪しとてやむことなし。生・住・異・滅の移りかはる実の大事は、たけき河のみなぎり流るゝが如し。暫《しばし》も滞《とゞこほ》らず、たゞちに行ひゆくものなり。されば、真俗につけて、必ず果し遂げんと思はん事は、機嫌をいふべからず。とかくのもよひなく、足を踏み止むまじきなり。

春暮れて後、夏になり、夏果てて、秋の来るにはあらず。春はやがて夏の気をもよほし、夏より既に秋はかよひ、秋は則ち寒くなり、十月は小春の天気、草も青くなり、梅もつぼみ

*明雲座主―太政大臣久我雅実の孫。天台座主をつとめる。寿永二年（一一八三）源義仲が法住寺殿を襲ったとき、流れ矢を受けて死亡。

*機嫌―潮時。ころあい。

*きざしつはる—内部から新しい芽ぶきがはじまること。

ぬ。木の葉のおつるも、まづ落ちて芽ぐむにはあらず。下よりきざしつはるに堪へずして落つるなり。迎ふる気、下に設《まう》けたる故に、待ちとるついで甚だはやし。生・老・病・死の移り来る事、またこれに過ぎたり。四季はなほ定まれるついであり。死期《しご》はついでをまたず。死は前よりしも来らず、かねて後に迫れり。人皆死ある事を知りて、まつこと、しかも急ならざるに、覚えずして来る。沖の干潟《ひかた》遥かなれども、磯より潮の満つるが如し。

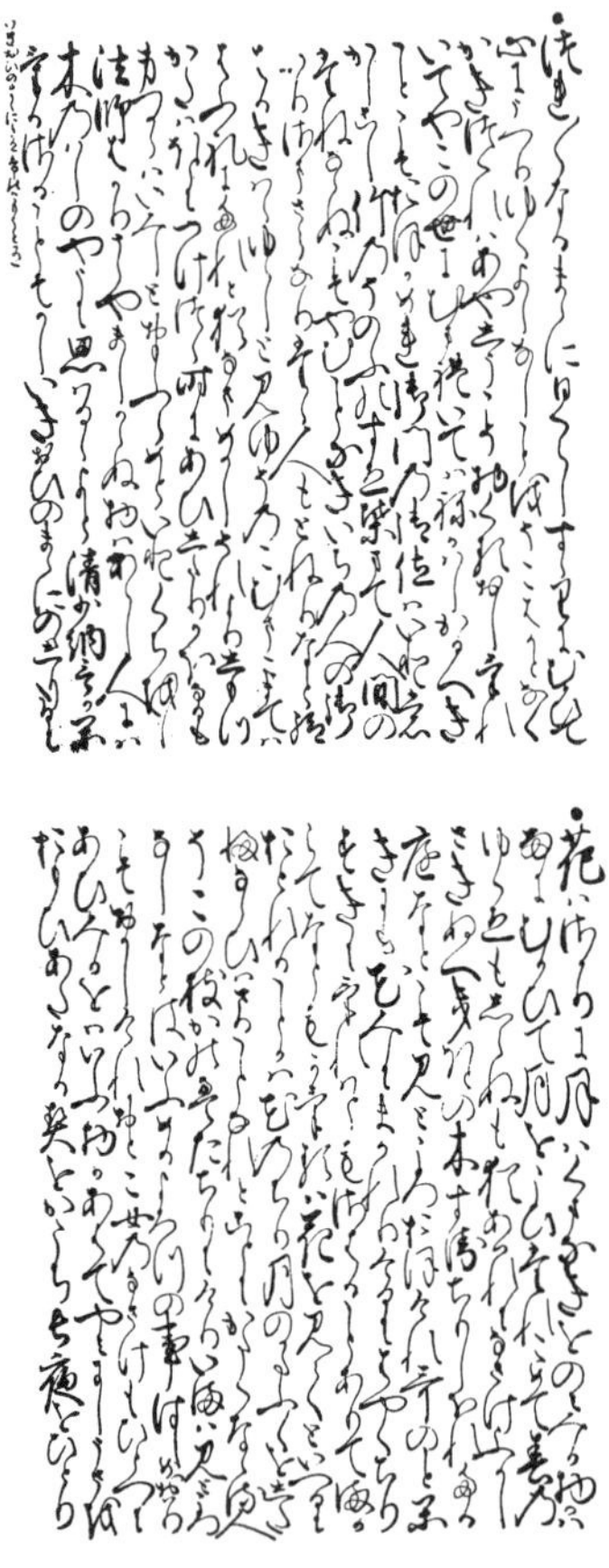

徒然草（正徹本・上下巻各巻頭）

六、法語・五山文学

栂尾明恵上人遺訓

我常に志ある人に対して云、「仏になりても何かせん。道を成しても何かせん。一切求め心を捨はてゝ、徒者《いたづらもの》に成還りて、兎も角も私にあてがふ事なくして、飢来れば食し、寒来れば被るばかりにて、一生はて給はゞ、大地をば打はづすとも、道をうちはづす事は有まじき」と申を、傍《そば》にて人聞て、さては徒ら者に成たるがよき事ござんなれと、我も左様にならんと思て、飽まで食し、飽まで眠り、或は雑念に引れて時を移し、或は雑談を述べて日を暮し、衆の為に墓無き益をもなさず、寺の為に仮にも扶けにならず、明ぬ暮ぬと過行て、我こそ何もせずして徒者に成ぬれと思はゞ、是は畜生のいたづら者に成還りたり。如《ク》ㇾ是《クノ》ならば、必定して地獄の数と成べし。何ぞ仏果を成ぜんや。我いふ所の徒者といふは、先身心を道の中に入れて、恣に睡眠せず、引まゝに任て雑念をも起さず、自由なるに随て坐相をも乱らず。終日終夜、志如《ク》ㇾ此《クノ》して、能をも嗜まず、芸をも求めず、仏に成らんとも思はず、道を成ぜんとも願はず。人中の昇進更に投捨て、一切求る心なくして、徒者に成かへりて一生はてんと、大願を立給へとなり。仏に成らむと思てこそ、出家学道をもするに、仏に成んとも思ふなと云ふ、畏《をそ》ろしなんど疑ふべからず。左様にては、道を成ずる事は更にあるまじきな

〇**栂尾明恵上人遺訓**―一巻。冒頭に「人は阿留辺幾夜宇和と云七文字を持つべきなり」の一文があるところから別名「阿留辺幾夜宇和」とも呼ぶ。明恵の高弟高信が文暦二年（一二三四）以来師の法語を蒐集しはじめ、嘉禎四年（一二三八）に集録を終った。高信は別に「明恵上人歌集」「明恵上人伝記」なども編んでいる。明恵の人がらや信仰を知る上で極めて貴重な書である。本文は古典文学大系「仮名法語集」によった。

〇**明恵**（みょうえ）―承安三年〜貞永元年（一一七三〜一二三二）。法名は高弁。九歳にして父母と死別、養和元年（一一八一）叔父上覚を頼って神護寺に入り、文治四年（一一八八）出家。自らを律することに厳しく、学業にも打込んだ。神護寺をとりまく喧騒を避け、しばしば故郷紀州湯浅にこもった。建永元年（一二〇六）後鳥羽院より栂尾（とがのお）山を賜わり、高山寺を創建して華厳宗興隆に努めた。法然流浄土教に対して、旧仏教側に立った。著「摧邪輪」ほか。

*私にあてがふ事なくして―自分の才覚で弁別することをせず。

*事ござんなれ―「事にてこそあるなれ」がつまった。

り。我は人を仏になさんとこそ思へ、人を邪路に導かんとする事はなし。但我を憑て信ずるとならば、此方便を信ずべし。生涯如《ク》レ此《クノ》徒者に成還らば、豈徒なる事あらんや。

歎異抄

一《ひとつ》、「善人なをもちて往生をとぐ、いはんや悪人をや。しかるを、世のひとつねにいはく、『悪人なを往生す、いかにいはんや善人をや』と。この条、一旦《いちたん》そのいはれあるににたれども、本願他力の意趣にそむけり。そのゆへは、自力作善《じりきさぜん》の人は、ひとへに他力をたのむこゝろかけたるあひだ、弥陀の本願にあらず。しかれども、自力のこゝろをひるがへして、他力をたのみたてまつれば、真実報土《しんじちほうど》の往生をとぐるなり。煩悩具足《ほむなうぐそく》のわれらは、いづれの行にても生死《しやうじ》をはなるゝことあるべからざるを哀たまひて、願をおこしたまふ本意、悪人成仏《あくにんじやうぶち》のためなれば、他力をたのみたてまつる悪人、もとも往生の正因なり。よりて善人だにこそ往生すれ、まして悪人は」と仰さふらひき。

一《ひとつ》、「慈悲に聖道《しやうどう》・浄土《じやうど》のかはりめあり。聖道の慈悲といふは、ものをあはれみ、悲み、はぐくむなり。しかれども、おもふがごとく助《たすけ》とぐること、きはめてありがたし。浄土の慈悲といふは、念仏《ねむぶち》して、いそぎ仏《ぶち》になりて、大慈大悲心《だいじだいひしむ》をもて、おもふがごとく衆生を利益す

○**歎異抄**（たんにしょう）—一巻。親鸞語録、唯円編述。成立は親鸞没後三十年ごろと推定。当時、真宗教団内部に親鸞の教義と異なる諸説が弥漫しており、これを歎いた唯円が師の真説を述べ、異説を批判するために編述した。前半九章は親鸞の語録を直接法で記し、後半九章では自説を開陳する。抄中には他力本願説・悪人正機説などの有名な説が展開されており、親鸞の信仰告白をじかに聞く思いがする。最古写本は蓮如自筆西本願寺本。本文は古典文学大系「親鸞集」によった。

○**唯円**—生没年不詳。親鸞の門弟二十四輩の一人。「親鸞門侶交名」に常陸住とある。「慕帰絵」巻三に、「かの唯円大徳は鸞聖人の面授なり。鴻才弁説の名誉あり」と記されている。「歎異抄」は、彼の著と見られる。

○**親鸞**—承安三年～弘長二年（一一七三～一二六二）。浄土真宗の開祖。日野有範の子とされるが、定かではない。九歳で出家後、比叡山で修業、のち法然門に入り、専修念仏に励む。旧仏教側の排斥にあって越後に配流されたりしたが、許されて東国などで布教した。著「教行信証」。

るを云《いふ》べきなり。今生《こむじやう》に、いかに、いとをし、不便とおもふとも、存知《ぞんち》のごとくたすけがたければ、この慈悲、始終《しじゆ》なし。しかれば、念仏《ねむぶち》まうすのみぞ、すゑとをりたる大慈悲心《だいじひしむ》にてさふらふべき」と云々《うんぬん》。

正法眼蔵随聞記

示云《じにいはく》、昔、智覚禅師ト云《いひ》シ人ノ発心出家ノ事、此師ハ初ハ官人也。誇《ホコルニ》レ富ニ正直《の》賢人也。有時《ある》国司タリシ時、官銭ヲ盗《ぬすん》デ施行ス。旁人《ばうにん》、是ヲ官奏ス。帝、聴《きい》テ大《おほき》ニ驚キ恠ム。諸臣皆恠ム。罪過已ニ不レ軽、死罪ニ行ナハルベシト定リヌ。爰ニ帝、議シテ云、「此臣ハ才人也、賢者也。今コトサラ此《この》罪ヲ犯ス、若深《もしふかき》心有《あらん》カ。若頸《もしクビ》ヲ斬《きら》ン時、悲《かなしび》愁《うれへ》タル気色有《あら》バ、速ニ可《し》レ斬《る》。若其ノ気色無ンバ、定メテ深心有リ、不レ可《から》レ斬《る》」敕使ヒキサリテ欲《する》レ斬《らんと》時、少《すこし》モ愁《うれへ》ノ気色無シ。返リテ喜ブ気色アリ。自《みづから》云《いはく》、「今生ノ命ハ一切衆生ニ施《ほどこす》」ト。

使《つかひ》、驚キ恠《あやしん》デ返リ奏聞ス。

帝云《いはく》、「然リ。定テ深《ふかき》心有ラン。此事有ルベシト、兼《かね》テ是ヲ知レリ」仍《よつ》テ其ノ故《ゆゑ》ヲ問《とふ》。

師云《いはく》、「官ヲ辞シテ命ヲ捨テ、施《せ》ヲ行ジテ衆生ニ縁ヲ結ビ、生《しやう》ヲ仏家《ぶつけ》ニ稟《ウケ》テ、一向《に》仏道ヲ行ゼント思《おもふ》」ト。

帝、是ヲ感ジテ許シテ出家セシム。仍《よつ》テ延寿ト名ヲ賜キ。可《き》レ殺《す》ヲ、是ヲ留ムル故也。

*本願他力―阿弥陀仏の衆生済度の願力にすがって往生を期する教え。浄土門。
*自力作善―自分の一個の力によって善を営み悟りも開こうとする教え。聖道門。
*弥陀の本願にあらず―西方極楽浄土の教主阿弥陀仏は衆生済度のため四十八の願を立てたという。その願の対象に入らないの意。
*真実報土―方便化土の対語。本当の浄土。
*慈悲―仏の慈悲。慈は与楽、悲は抜苦の機能をもつという。
*聖道―聖道門。浄土門の対。自力で悟りを開くことを説く仏教。天台・真言など。
*浄土―浄土門。弥陀の本願による救済を説く仏教。浄土宗・真宗など。
○**正法眼蔵随聞記**（しょうぼうげんぞうずいもんき）―六巻。道元の垂示を高弟懐奘が筆録した語録。嘉禎元年（一二三五）から四年にかけて、道元が語った講話や夜話を集成したもの。迷妄を脱脚して悟りに達するための求道心を喚起すべきこと、仏道修行の道場に入るべきこと、坐禅に集中すべきことなどが口語によって語られている。道元の深遠な哲理を知る最適の書で、その述作「正法眼蔵」の入門書的役割を担っている。本文は古典文学大系「正法眼蔵随聞記」によった（かたかなのルビは底本のまま）。
○**懐奘**―建久九年～弘安三年

今ノ衲子《のつす》モ、是ホドノ心ヲ、一度発《ひとたびおこ》スベキ也。命ヲ軽クシ、生《しやう》ヲ憐《あはれ》ム心深クシテ、身ヲ仏制ニ任セント思フ心ヲ発《おこ》スベシ。若前《もしさき》ヨリ此心一念モ有ラバ、失ハジト保ツベシ。コレホドノ心一度不《たびも》レ発《おこさ》シテ、仏法悟ルコトハアルベカラズ。

日蓮上人遺文

土籠御書

日蓮は明日佐渡国へまかる。今夜のさむきに付けても、ろうのうちのありさま、思ひやられていたはしくこそ候へ。殿は、法華経を一部色心二法共にあそばしたる御身なれば、父母六親一切衆生をたすけ給べき御身也。法華経を余人のよみ候は、口ばかりことばばかりはよめども心はよまず。心はよめども身によまず。色心二法共にあそばされたるこそ貴く候へ。「天《てん》諸童子《しよどうじ》　以為給使《いゐきふじ》　刀杖不加《たうぢやうふか》　毒不能害《どくふのうがい》」と説かれて候へば、別《べち》の事はあるべからず。籠《ろう》をばし出させ給候はば、とくとくきたり給へ。見たてまつり、見えたてまつらん。恐恐謹言。

筑後殿

日蓮御判

（一一九八～一二八〇）。道元の嗣法の門人。永平寺二世。宋より帰朝後の道元にあい、その人格に傾倒して入門。道元に常随、「正法眼蔵随聞記」以下の道元の語録は彼の手に成るものが多い。

○道元—正治二年～建長五年（一二〇〇～一二五三）。曹洞宗の開祖。内大臣久我通親の子。十三歳で出家、のち栄西門に入り、貞応二年（一二二三）入宋。帰朝後、越前（福井県）に永平寺を開基、求道者に仏法を伝えた。著「正法眼蔵」ほか。

*示云—師道元の垂示に言う。

*智覚禅師—宋の僧。九〇四～九七五。法名延寿。天台山徳韶に止観を学ぶ。法眼宗第三祖。著「宗鏡録」百巻ほか。

*帝—文穆王。

*衲子—衲衣を着る者（禅僧）の意。衲衣は布をつづり合わせて作る袈裟をいう。

○日蓮—貞応元年～弘安五年（一二二二～一二八二）。日蓮宗の開祖。安房（千葉県）小湊の漁師の子に生まれ、十二歳で清澄山に上り、十六歳で出家。その後真仏教を求めて諸寺を遍歴、二十二歳で「法華経」こそ真理であると悟り、故郷に帰って「南無妙法蓮華経」を唱えて民衆の帰依を求めた。しかし余りにも激しい布教であったため、しばしば法難にあう。佐渡配流後身延山に隠棲して教化に努める。弟子や檀越に与えた多数の書簡等が「日蓮上人遺文」に収められている。本文は古典文学大系「日蓮集」によった。

*明日佐渡国へ—日蓮は文永八年（一二七一）十月十日佐渡に流された。

*ろう—鎌倉の宿屋光則の邸内にあった土牢。

一言芳談

又云、「近来《このごろ》の遁世の人といふは、もとゞりきりはつれば、いみじき学生《がくしやう》・説経師《せつきやうし》となり、高野にのぼりつれば、めでたき真言師《しんごんし》、ゆゝしき尺論《しやくろん》の学生《がくしやう》になり、或はもとは仮名の「し」文字だにもはかぐ〵しくかきまげぬものなれども、楚漢《ぼんかん》さるていに書きならひなどしあひたるなり。然而《しかうして》生死《しやうじ》界《かい》を厭《いとふ》心もふかく、後世《ごせ》のつとめをいそがはしくする様《やう》なる事は、きはめてありがたき也。はやもとゞりなどきりけん時は、さりとも、此心をばよもおこしたてじとおぼゆる様なるを、我《が》執《しう》・名聞《みやうもん》甚しき心をさへ、おこしあひたる也。某《それがし》が遁世したりし比までは、猶世をのがるゝ様にはあるをだにもこそすつれ、なきをもとむる事はうたてしき事なりと、ならひあひたりしあひだ、世間出世《せけんしゆせ》につけて、今生《こんじやう》の芸能ともなり、生死の余執とも成て、つひに後世のあだとなりぬべきは、ちかくもとほくも、とてもかくても、あひかまへてせじとこそ、このみならひしか。されば、大原高野にも、其久《そのひさび》さありしかども、声明《しやうみやう》一も楚字一もならはで、やみにしなりと云々。たゞ、とてもかくても、すぎならひたるが、後世のためにはよきなり」。

又云、「遁世者は、なに事もなきに、事闕《ことかけ》ぬ様《やう》をおもひつけ、ふるまひつけたるがよきなり」。

*殿―この手紙をあてた筑後殿をさす。日蓮の高弟日朝（一二四三～一三二〇）。

*色心二法―肉体と精神。「法華経」を身心ともに行ずるの意。

*天諸童子…―「法華経安楽行品」末尾にみえる句。天部の諸童子が守護するによって、刀杖・毒をもって危害を加えることができぬの意。

〇一言芳談―二巻。編者未詳。鎌倉時代中期から末期にかけて成立。鎌倉時代の念仏者の求道に関する短いことばを集めた法語集。「或人云く」「法然上人いはく」のような形で求道者の真のあり方を一三二項にわたって記している。法然、明遍、敬仏、聖光らのことばが目立つ。その編集方針は発言者の法語をそのままに記すことで一貫し、編集者の評語はみられない。本文は古典文学大系「仮名法語集」によった。

*又云―敬仏房のことば。敬仏は法然、明遍両人の弟子。生没未詳。「沙石集」巻十本に「常州ニ真壁ノ敬仏房トテ明遍ノ弟子ニテ道心ト聞シ高野ヒジリハ」と見える。

*尺論―「釈摩訶衍論」の略称。「起信論」の注釈書。

*大原高野―大原と高野。大原は京都市左京区にあり、声明

の中心地。
*声明―梵唄。節をつけてとなえる。仏を讃嘆する句。
*裘荷・籠負―つづらと背負いかご。仏道修行者の用いる道具。

又云、「裘荷《きうか》・籠負《ろうふ》など執しあひたるは、彼も用《もちゆ》る本意《ほい》をしらざる也。あひかまへて、今生は一夜《や》のやどり、夢幻《ゆめまぼろし》の世、とてもかくてもありなむと、真実に思ふべきなり。生涯をかろくし、後世《ご》をおもふ故、実《まこと》にはいきてあらんこと、今日ばかり、たゞいまばかりと真実に思ふべきなり。かくおもへば、忍びがたきこともやすく忍ばれて、後世のつとめもいさましき也。かりそめにも、一期《ご》を久からむずる様《やう》にだに存じつれば、今生《こんじやう》の事おもくおぼえて、一切の無道心《むだうしん》のこと出来《いでくる》也。某《それがし》は三十余年《よねん》、此理《ことわり》をもて相助け、今日まで僻事《ひがごと》をしいだささるなり。今年ばかりとまでは思しかども、明年までとは存ぜざりき。今は老後也。よろづはたゞ今日ばかりと覚ゆる也。出離の詮要《せんよう》無常を心にかくるにある也」。

○雪村友梅―正応三年〜貞和二年（一二九〇〜一三四六）。越後の人。初め鎌倉建長寺の一山一寧に師事、のち京都建仁寺に参禅、徳治二年（一三〇七）渡元、二十四年後に帰朝し、主に建仁寺に住む。詩文集「岷峨集」のほか語録がある。
*鹿苑寺―王維が晩年陝西省西安府藍田県輞川に隠栖したときの住宅を寺にしたものか。
*王維―六九九〜七五九。盛唐の詩人。字は摩詰。唐玄宗皇帝に仕えた。
*短綃―丈の短い絹布。夕日を受ける遠い連山の比喩。

雪村友梅

宿鹿苑寺　王維百第

索莫タリ唐朝ノ寺
昔ノ人今ハ已ニ非ナリ
短綃ハ千畳ノ嶂タリ
浮世モ幾クノ残暉ナルゾ
塔影ハ揺嵐ニ側チ

鐘声咽《モ》吹《ニ》微《ナリ》
客窓《ニ》休《メ》二自《ラ》恨《ムコトヲ》一
華表《ヨリ》会《ハン》二仙《ノ》帰《ルニ》一
（岷峨集）

義堂周信

竹雀

不レ啄《マ》二太倉《ノ》粟《ヲ》一
不レ穿《タ》二主人《ノ》屋《ヲモ》一
山林《ニ》有《たもチツツ》二生涯《ヲ》一
暮《ニハ》宿《ル》二一枝《ノ》竹《ニ》一
（空華集）

絶海中津

新秋書懐

辺雁《ノ》初声夕露繁《ケレバ》
客心一倍《ニ》感《ズ》二徂年《ヲ》一
封書曾《テ》附《スルモ》二安期《ノ》鶴《ニ》一

*華表―墓の入り口の門。
*仙―友梅が訪れた鹿苑寺の僧をさす。
○**義堂周信**―正中二年〜嘉慶二年（一三二五〜一三八八）。土佐出身の臨済宗の学僧。夢窓国師の弟子。初期五山文学の代表者の一人。建仁寺・南禅寺の住持。詩文集「空華集」、日記に「空華日用工夫略集」。
*太倉―官有の米倉。
○**絶海中津**―建武三年〜応永十二年（一三三六〜一四〇五）。土佐出身の臨済宗の僧。義堂周信と並ぶ五山文学の代表者。夢窓疎石に師事、応安元年（一三六八）渡明（みん）、帰朝後は天竜寺首座や等持寺・相国寺の住持を歴任。著「蕉堅藁」など。
*客心―明に旅する中津の心。
*徂年―往年に同じ。
*安期鶴―秦の始皇が賢人安期生に使者をつかわしたこと。生は清廉潔白の士で、死後始皇は魂のありかを捜させたが見つからなかったという故事がある。ここでは中津が日本に書信を送ったことの比喩。

隔テレ歳ヲ未ダレ還ラ徐福ノ船
久雨ハ南山ニ荒スラン二紫荳ヲ一
清秋ハ北渚ニ落スラン二紅蓮ヲ一
遠遊雖モレ好シト令ムレバ二人ヲシテ老イ一
季子ヨ休メヨレ嫌フコトヲ二二頃ノ田ヲ一　（蕉堅藁）

一休宗純

蛙

慣レテレ釣ルニ二鯨鯢ヲ一咲ヘドモ二一場ヲ一
泥沙ニ碾歩シテ太ダ忙忙タリ
可シレ憐ム井底ニ称シテ二尊大ヲ一
天下ノ衲僧ハ皆子陽ナリトス　（狂雲集）

題画

山寺ノ長松ニ風颯颯タリ
水亭ノ脩竹雨瀟瀟タリ

*徐福船—始皇帝の命により不老不死の仙薬を求めて日本に行ったまま帰らなかったという秦代の方士。中津が手紙を託した中国人の使者の比喩。
*紫荳—唐小豆(とうあづき)か。
*季子—中国戦国時代の政客蘇秦。合縦を説き燕趙など弱小国を連合させ秦と対峙させた。彼は洛陽の田二頃が与えられたら六国の宰相にならなかったと述べたことがある。中津が安静の地を求める心を蘇秦の故事を借りて言った。
*二頃田—二百畝の田。
〇一休宗純—応永元年〜文明一三年（一三九四〜一四八一）。号は狂雲。室町時代の禅僧。後小松天皇の庶子とも言われる。無因和尚や宗曇華叟から大灯派の宗風を継承、文明六年（一四七四）に大徳寺住持となる。洒脱で貴賤の分け隔てがなく、ために幼児にまで慕われたが、法門の腐敗には厳しく、奇行・狂詩でこれを風刺した。「一休頓智咄」は近世の仮託書。詩集「狂雲集」「続狂雲集」。
*慣釣鯨鯢—鯨は雄くじら、鯢は雌くじら。大寺の高僧が高官らを相手とし、多数の弟子たちの前に君臨している様を暗示した。
*泥沙碾歩……—泥にまみれて忙

しげだ。高僧が世俗にまみれてあくせくすることを暗示。

*子陽―蛙。自分が蛙なのに、天下の坊主は皆井の蛙だというのは滑稽至極だ。

○和漢兼作集―鎌倉中期成立の詩歌撰集。撰者未詳。平安時代から鎌倉中期に至る詩人にして歌人を兼ねた人の詩歌を集めたもの。現存十巻。上記漢詩に因んで参考掲出した。

利名ノ路断エテ無ケレバ二人ノ渡ル一
閑ニ看ル二梅楊ヲ一独木ノ橋ニ

（続狂雲集）

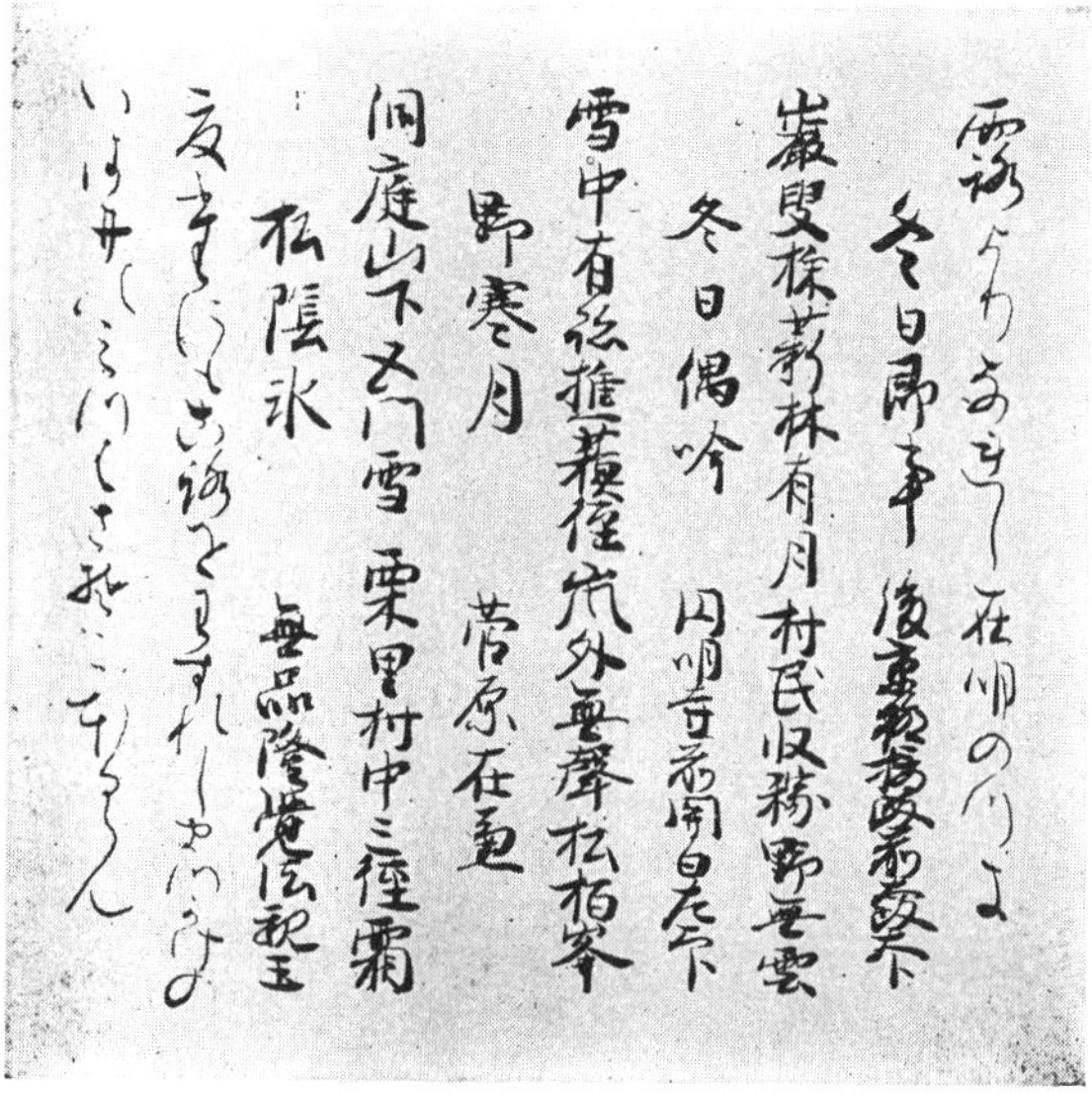

和漢兼作集（巻末）

七、説　話

宇治拾遺物語

三川入道遁世の事　巻四ノ七

参川入道、いまだ俗にて有ける折、もとの妻をば去りつゝ、わかくかたちよき女に思つきて、それを妻にて、三川へ率てくだりける程に、その女、久しくわづらひて、よかりけるかたちもおとろへて、うせにけるを、かなしさのあまりに、とかくもせで、よるもひるも、かたらひふして、口を吸ひたりけるに、あさましき香の、口より出きたりけるにぞ、うとむ心いできて、なく〳〵葬りてける。

それより、世はうき物にこそありけれと、思ひなりけるに、三河の国に風祭《かざまつり》といふことをしけるに、いけにへといふことに、猪を生けながらおろしけるをみて、此国退きなんと思ふ心つきてけり。雉子《きじ》を生けながらとらへて、人のいできたりけるを、「いざ、この雉子、生けながらつくりて食はん。いますこし、あぢはひやよきとこゝろみん」といひければ、いかでか心にいらんと思《おもひ》たる郎等《らうどう》の、物もおぼえぬが、「いみじく侍なん。いかでか、あぢはひまさらぬやうはあらん」など、はやしいひける。すこしもの心しりたるものは、あさましきことをもいふなど思ける。

○宇治拾遺物語―古本上下二巻。流布本十五巻。鎌倉時代初期に成立した説話集。作者(編者)未詳。全体に仏教説話が多く、百九十七編中八十四編は「今昔物語集」と重複している。鎌倉期説話文学中で最も代表的かつ秀でた説話集である。題材には地方的・庶民的・世俗的なものが多くとられ、新時代に生きる民衆の姿がいきいきと描かれている。文章は王朝の流麗さを引き継いでおり、文芸的香りの高いものである。その反面教訓・啓蒙の意識は低い。本文は古典文学大系「宇治拾遺物語」によった。

*参川入道―俗名大江定基。応和元年～長元七年（九六一～一〇三四）。法名寂昭。三河守、正五位下。寛和二年（九八六）に出家、長保四年（一〇〇二）に入宋し、杭州で没した。

*三河の国―現在の愛知県。

*風祭―秋の豊作を祈り、風が吹き荒れぬよう風の神を祭って祈った。古来朝儀として行なわれた。

かくて前にて、生けながら毛をむしらせければ、しばしは、ふた〳〵とするを、おさへて、たゞむしりければ、鳥の、目より血の涙をたれて、目をしばたゝきて、これかれに見あはせけるをみて、え堪へずして、立ち退くものもありけり。「これがかく鳴《なく》事」と、興じわらひて、いとゞなさけなげにむしるものもあり。むしりはてて、おろさせければ、刀にしたがひて、血のつぶ〳〵といできけるを、のごひ〳〵おろしければ、あさましく堪へがたげなる声をいだして、死《しに》はてければ、おろしはてて、「いりやきなどして心みよ」とて、人々心みさせければ、「ことの外に侍けり。死したるおろして、いりやきしたるには、これはまさりたり」などいひけるを、つく〴〵と見聞きて、涙をながして、声をたててをめきけるに、「うましき」といひけるものども、したくたがひにけり。さて、やがてその日国府をいでて、京にのぼりて法師になりにける。道心のおこりければ、よく心をかためんとて、かゝる希有《けう》の事をしてみける也。

乞食といふ事しけるに、ある家に、食物えもいはずして、庭にたゝみをしきて、物を食はせければ、このたゝみにゐて食はんとしける程に、簾《すだれ》を巻上《まきあげ》たりける内に、よき装束《しやうぞく》きたる女のゐたるを見ければ、我《わが》さりにしふるき妻なりけり。「あのかたゐ、かくてあらんを見んとおもひしぞ」といひて、見あはせたりけるを、はづかしとも、苦しとも思ひたるけしきもなくて、「あな貴と」といひて、物よくうち食《く》ひて、かへりにけり。

*国府―諸国に置かれた国司の役所の所在地。定基は国守としてそこにいたのである。

*かたゐ―こじき。物もらい。

有がたき心なりかし。道心をかたくおこしてければ、さる事にあひたるも、くるしとも思はざりけるなり。

仮名暦《かなごよみ》あつらへたる事　巻五ノ七

是も今は昔、ある人のもとに生《なま》女房のありけるが、人に紙こひて、そこなりけるわかき僧に、「仮名暦書きてたべ」といひければ、僧「やすき事」といひて、書きたりけり。はじめつかたはうるはしく、神ほとけによし、かんにち、くゑにちなど書きたりけるが、やう〳〵末ざまになりて、あるひは、物くはぬ日など書き、又、これぞあればよく食ふ日など書きたり。此女房、やうがる暦かなとは思へども、いとかう程には思ひよらず、さることにこそと思ひて、其まゝにたがへず。又あるひは、はこすべからずと書きたれば、いかにとは思へども、さこそあらめとて、念じてすぐす程に、ながくゑにちのやうに、はこすべからず〳〵と、つゞけ書きたれば、二日三日までは念じゐたる程に、大かた堪ふべきやうもなければ、左右の手にて尻をかゝへて、「いかにせん〳〵」と、よぢりすぢりする程に、物も覚《おぼえ》ずしてありけるとか。

*かんにち—坎日。万事に凶であるとする日。坎は墓穴の意。水・かくれる・なやむ・月・悪人・険難などの象徴。
*くゑにち—凶会日。陰陽が相剋して異変がおこるとされている日。
*はこすべからず—大便してはならぬの意。はこは大便器または大便のこと。
*物も覚えず—この一文、「物も覚えず、してありける」ととるか「物も覚えずして、ありける」ととるかで意味がことなるが、いずれにも解釈できる。

発心集

発心集序

仏の教へ給へる事あり。「心の師とは成るとも、心を師とする事なかれ」と。実《まこと》なる哉此の言。人一期すぐる間に、思ひと思ふわざ悪業に非ずと云ふ事なし。若し、形をやつし衣を染めて世の塵にけがされざる人すら、野《そとも》のかせぎ繋《つな》ぎがたく、家の犬常になれたり。何況《いかに》や、因果の理《ことわり》を知らず、名利の謬《あやまり》にしづめる哉《をや》。空しく五欲のきづなに引かれて、終に奈落の底に入りなんとす。心有らん人、誰か此の事を恐れざらん哉。かゝれば、事にふれて、我が心のはかなく愚なる事を顧みて、彼の仏の教のまゝに、心を許さずして、此の度生死をはなれて、とく浄土に生れん事、喩へば牧士のあれたる駒を随へて遠き境に至るが如し。但《たゞ》此の心に強弱《かうにやく》あり、浅深あり。且自心をはかるに、善を背くにも非ず、悪を離るゝにも非ず。風の前の草のなびき安きが如し。又浪の上の月の静まりがたきに似たり。何《いか》にしてか、かく愚なる心を教へんとする。仏は衆生の心のさまぐ〵なるを鑒《かゞ》み給ひて、因縁譬喩を以て、こしらへ教へ給ふ。我等仏に値ひ奉らましかば、何《いか》なる法に付いてか、勧め給はまし。（今智者の云事を聞とも彼宿命智も無く）他心智も得ざれば、唯我が分にのみ理を知り、愚なるを教ふる方便はかけたり。所説妙なれども、得る所は益すくなき哉。此により、短き心を顧みて、殊更に深き法《みのり》を求めず。はかなく見る事聞く事を註しあつめつゝ、しのびに座の

〔発心集―八巻。鴨長明著。「方丈記」を書いて間もなく、建暦二年（一二一二）から建保三年（一二一五）にかけての成立。仏教説話集。序文に天竺・震旦の説話はとりあげないとの収集方針をうち出し、実際その例は二例にすぎない。内容は信仰に生きた隠遁僧のものがほとんどで、その仏教思想は欣求浄土・厭離穢土を中心とする浄土思想である。極楽往生を願う往生談・出家遁世談・因果説話などを通して、仏道へ入る心を喚起している。本文は「鴨長明全集」によった。

*心の師とは成るとも―「往生要集」中・大文五に「常為二心師一不レ師二於心一」とある。

*野のかせぎ継ぎがたく―「往生要集」中・大文五に「野鹿難レ繫家狗自訓」とある。この場合鹿は菩提、狗は煩悩の象徴。野は外面の意。

*（今智者の云事を聞とも彼宿命知も無く）―神宮文庫本によって補入。宿命智は他心智とともに五通の一つ。

右における事あり。即ち賢きを見ては、及び難くともこひねがふ縁とし、愚なるを見ては、自ら改むる媒《なかだち》とせむとなり。今此を云ふに、天竺震旦の伝へ聞くは、遠ければ、かかず。仏菩薩の因縁は、分にたへざれば、是を残せり。唯我が国の人の耳近きを先として、承る言の葉をのみ注す。されば、定めて謬は多く、実は少からん。若し又、ふたたび問ふに便なきをば、所の名、人の名をしるさず。いはゞ、雲をとり、風をむすべるが如し。誰人か是を用ゐん。ものしかあれど、人信ぜよとにもあらねば、必ずしもたしかなる跡を尋ねず。道のほとりのあだ言の中に、我が一念の発心を楽しむばかりにやといへり。

或《ある》上人不《ざる》レ値《あは》ニ客人《きやくにんに》ニ事

年来道心深くして、念仏おこたらぬ聖ありけり。相知りたりける人の対面せんとて、わざと尋ねて来りければ、「大切に暇ふたがりたる事ありて、えあひ奉るまじき」と云ふ。弟子あやしと思ひて、其の人帰りて後なむ、「本意なくては帰し給へるぞ。指し合ふ事も見え侍らぬを」と云へば、「あひ難くして人身を得たり。此の度生死を離れて、極楽に生れんと思ふ。是身にとりて、極りたる営みなり。何事か是に過ぎたる大事あらむ」とぞ云ひける。此の事、あまりきびしく覚ゆるは、我が心のおよばぬなるべし。

坐禅三昧経に云はく、

今日営ミ二此事ヲ一、明日造ル二彼事ヲ一、楽著シテ不レ観シテ苦ヲ、不レ覚エ二死賊ノ至ルヲ一云々

*この説話は永観の「往生拾因」に「伝聞聖有。念仏為レ業。専惜ニ寸分一。若人来謂ニ自他要事一。聖人陳曰、今有ニ火急事一。既逼ニ於旦暮一。塞レ耳念仏。終得ニ往生一」とあるのを基にして記されているか。

*坐禅三昧経―鳩摩羅什《くまらじゆう》訳、二巻。次の引用句は初句「今日営ニ此業一」として同書上巻にみえる（「大正新修大蔵経」十五巻二七〇頁上）。

世の中にある人、さすがに後世を思はざるなし。「けふは此の事をせん。あすは彼の事を営まむ」と思ふほどに、無常のかたきの漸く近づきて、命を失ふ事をば知らざる也。

十訓抄

〇十訓抄―三巻。建長四年（一二五二）に成立した説話集。作者については古来三説ある。橘成季、菅原為長等の説もあるが、妙覚寺本の奥書には六波羅二臈左衛門入道とある。序文に年少者への教訓啓蒙を目的とすることが記され、「可レ定ニ心操振舞一事」以下十の徳目のもとに二百八十二話の説話が分けて配列されている。内容は道徳的・教訓的だが、王朝の風流韻事に関する話も多く、新しい時代に生きる人間像は鮮明にされていない。本文は岩波文庫「十訓抄」によった。

第七　可レ専ニ思慮一事　二七

世の常にある人の、いみじく手づゝに、心づきなく見ゆるは、不覚に思慮なきものを、人まへに取出ることとは、事かくともすまじき事ぞかし。さしあたりて人なき時は、よく〳〵おしへ戒めて、有べき様云知せて、とり出せるに、其上猶あやまちをも僻事をもし出づるは、さおもひつること迚、云かひなければ、さてこそあれ。其を、内にては云も教をかで、人前にて、声をたてゝさいなみ腹立こそ、人目見苦く、すべて、其日の事もさむるこゝちすれ。其に従者も相添て、つき〴〵敷のべしゞめ、あつかひおる事、主に劣らずにくけれ。「客人の前には、犬をだにもいさかふまじ」とこそ、文にも見えたれ。まして、人をかんだうし、興をさまさむこと、有べきにあらず。か様の事を見には、余所にても汗あふること多かり。人〴〵寄合て、さるべき遊びなどせむには、たとひ身に取て安からず、口おしき事に逢たりとも、構て其日のさわりあらせじと、はからふべきなり。「其人の有て、しか〴〵の折、事さめにき」と云るゝ、口おしき事なり。然れば、行ぬさきよりはからひ、あしかるべき所へは、指出ぬにはしかじ。若悪くはからひて、交り居なむ後は、朧気ならぬ身の、徒に成べき程のきずなるべくは、事なき様にいひなし、戯にもてなして、おとなしかるべき也。いはんや、我つかわん人の、あやしからん為に、今せゝがみさいなむこと、いとゞ見苦しかるべし。かやうの方は、福原大相国禅門、いみじかりける人なり。おりあしくにがく〱敷事なれども、其主の戯れとおもひてしつるをば、彼がとぶらひに、おかしからぬゐをもわらひ、如何成謬をし、物を打ちらし、浅間敷業をしたれども、云甲斐なしとて、荒き声をも立ず。冬寒き頃は、小侍ども、我衣のすその下に臥て、つとめては、彼等が朝ゐしたれば、やおらぬき出て、思ばかり寝させけり。召仕にもおよばぬ末の者なれども、それが方様の者の見所にては、人数なる由をもてなし給ければ、いみじき面目にて、心にしみて嬉しとおもひけり。か様の情にて、有とある類思付けり。人の心を感しむとは是也。

古今著聞集（変化第二十七）

薩摩守仲俊水無瀬山中古池の変化を捕ふる事

水無瀬山のおくに、ふるき池あり。水鳥おほく居たり。件《くだんの》鳥を人とらんとしければ、この池に人とりありて、おほく人死にけり。源右馬允《の》仲隆・薩摩守《の》仲俊・新右馬助《の》仲康、この兄弟三人、院の上北面《しやうほくめん》にて、水無瀬殿に祗候の比、各《おのおの》相議《あひぎ》して、かの水鳥とらんとて、もちな

*今せゝがみさいなむ—せい急にせがみいじめる。

*福原大相国禅門—平清盛。元永元年〜養和元年（一一一八〜一一八一）。桓武平氏の流れを引く平忠盛の嫡男。六波羅入道太政大臣、平相国とも号す。法名浄海。十二歳で従五位下左兵衛佐に任じられ、肥後守、安芸守を歴任、保元・平治の乱で勲功をあげ、四十九歳で内大臣、翌年太政大臣となって一門は繁栄を極めたが、六十四歳で没した。

◎古今著聞集—二十巻。鎌倉時代の説話集。橘成季著。建長六年（一二五四）成立。三十篇、説話数七百十余話。全体の序跋並びに各篇ごとに序が付され、全体の編成、説話の配列が整然となされている。本書は尚古思想を中心とし、平安朝宮廷文化の価値と伝統を、説話によって後世に伝えようとしたものである。従って雅びな貴族の生活を実録的に記した話が多い。「今昔物語集」「宇治拾遺物語」とともに、日本の三大説話の一つに数えられる。本文は古典文学大系「古今著聞集」によった。

〇橘成季―文永九年（一二七三）没。生年不明。従五位下、右衛門尉、大隅守。「古今著聞集」の編者。藤原孝時（法深房、馬介入道）に管絃を学んだ。和歌は「古今著聞集」に一首伝わるのみであまり得意とはしなかったらしい。性格は磊落で、ユーモアに富んでいた。尚古思想・懐古趣味の持主であったらしく、「古今著聞集」にもこの影響がみられる。宗教的には狂言綺語の思想が強かった。

*水無瀬山―水無瀬川は大阪府三島郡を流れて桂川に注ぐ川で、下流に離宮水無瀬殿があった。この付近の山を言ったのであろう。

*源右馬允仲隆―宇多源氏。仲国の子。「従五下、下野守、右馬頭」（尊卑分脈）。

*薩摩守仲俊―「従五上、薩摩守、宣陽門院判官、被打石死」（尊卑分脈）。

*新右馬助仲康―「右馬頭、従五上」（尊卑分脈）。

*上北面―四位、五位の諸大夫で、北面の侍となって院の昇殿を許された者の称。

はの具など用意して行きかはんとするを、或人いさめて、「その池には昔より人とりありて、おほくとられぬ。はなはだむかふべからず」といひければ、まことは無益《むやく》の事也とてとゞまりぬ。其中に仲俊一人おもふやう、さるとても人にいひおどされて、させるみたる事もなきに、とゞまるべきかは、けぎたなきことなり、われひとりゆきて見むとて、小冠一人に弓矢もたせて、我身は太刀ばかりうちかたげて、暗夜にて道も見えねど、しらぬ山中をたどる〳〵件の池のはたに行きつきてけり。松の池へおひかゝりたるがありける、もとにゐてまつ所に、夜ふくる程に、池のおもて振動して、浪ゆはめきて、おそろしきことかぎりなし。弓矢うちはげてまつに、しばしばかりありて、池の中ひかりて、其体はみえねども、仲俊がゐたる所の松のうへに、とびうつりけり。弓をひかんとすれば、池へとびかへり、矢をさしはづせば、又もとのごとく松へうつりけり。かくする事たび〳〵になりければ、この物射とめむ事はかなはじと思ひて、弓をうちおきて、太刀をぬきてまつ所に、又松にうつりて、やがて仲俊がゐたるそばへきたりけり。はじめはたゞ光ものとこそ見つるに、ちかづきたるをみれば、光の中に、としよりたるうばの、ゑみ〳〵としたる形をあらはしてみえけり。ぬきたる太刀にてきらんと思ふに、むげにまぢかきを、よくみれば、物がらあんぺいにおぼえければ、太刀うちすてゝ、むずととらへてけり。とられて、池へ引きいれんとしけれど、松の根をつよくふみはりて、ひき入《いれ》られず、しばしからかひて、腰刀を抜きてさしあてければ、さゝれては力もよわり光もうせぬ。毛むく〳〵とある物、さしころされてあり。みれば狸なりけり。これをとりて、そのゝち御所へまゐりて、局へ行きてねぬ。夜あけて仲隆等きて、「夜前ひとり高名《かうみやう》せんとて行《ゆき》し、いかほどの事したるぞ」とて見ければ、「すは見給へ」とて、古狸をなげ出《いだ》したりけれ。かなしくせられたりとて、見あさみけるとなん。

沙石集

能説房《の》説法事《の》（巻六の十六）

峨嵯ニ能説《のうせつ》坊ト云《いふ》説経師アリケリ。随分ノ弁説ノ僧也ケリ。隣ニ酤《こ》酒家《しゆか》ノ徳人ノ尼アリ。能説坊キハメタル愛酒ニテ、布施物ヲモテ、一向《いつかう》ニ酒ヲ買《かひ》テノミケリ。或《アル》時、ヲキノリテ布施物出来《もついでく》レバヤリケリ。此《の》尼公仏事スル事アリテ、能説坊ヲ導師ニ請ズ。近辺《ちかきあたり》ノ物コレヲキヽテ、能説坊ニ申ケルハ、「此《の》尼公ノ一物《いちもつ》ノ酒ヲ売《うり》候ニ、一ノ難ニハ、水ヲ入ル、ニヨテ、思フホドモナシ。今日ノ御説法ノ次《ついで》ニ、酒ニ水入《いれ》テ売《うる》ハ、罪ナルヨシ被《られ》レ仰《せ》候ヘ。我等ガ為モ可《く》レ然《る》候ナン」ト云《いふ》。能説坊、「各《おのおの》ノ仰《おほせ》ラレヌサキニ、法師モ存《ぞんじ》テ候ゾ。日来ノ本懐申開クベシ」トテ、仏経ノ釈《しやく》ハ只大方計《ばかり》ニテ、酒ニ水入ル、罪障ヲ、カンガヘ集《あつめ》テ、少々ナキ事マデ、コマヤカニ思《おもふ》程イヒケリ。サテ説法ヲハリテ、尼公其《の》辺ノ聴衆マデ呼《よび》テ、大ナル桶ニ、タブラカニ酒ヲ入《いれ》テ、トリ出《いで》テス、メケリ。能説坊一座セメテ、盃《サカヅキ》トリアゲテ呑ケ

〇沙石集―十巻。弘安二年（一二七九）から弘安六年にかけての成立。無住法師著。仏教説話集。一三四篇の説話を集録し、作者の豊富な知識から一宗に偏ることなく、広い視野のもとに仏教思想を説いている。煩瑣で高度な仏教教理を説いた、晦渋な評論的文章がしばしば目につく一方、わかりやすい、庶民的な笑話の類もはさみ込まれている。また、無住が東国出身のため、関東地方の説話が多いことも注目される。本文は古典文学大系「沙石集」によった。

〇無住―嘉祿二年～正和元年（一二二六～一三一二）。大円国師、無住法師一円。鎌倉に誕生し、梶原景時の末裔と伝えられる。三十七歳の時尾張に移り、霊鷲山長母寺を開きそこで没した。密教を基調として、禅を志したようだが一宗派に固執せず、仏教の巾広い知識と教養を身につけており、自由かつ洒脱な態度で民衆を教化した。著書に「沙石集」「雑談集」「聖財集」などの説話のほか法語「妻鏡」がある。

*嵯峨―京都市の西北、右京区の地名。嵐山を中心に桜・紅葉の名所として知られ、名刹が多い。

*能説坊―伝不詳。

＊変成就―真言宗の一派（立川流）が唱えたもので、男女の交合を理知冥合の至極とした邪法。

リ。此《の》尼公、「アサマシク候ケル事哉《かな》。酒ニ水入ル、ハ罪ニテ候ヒケルヲ、シリ候ハデ」ト云《いひ》ケレバ、「水ノスコシ入《いり》タルダニモヨキ酒也。今日イカニ目出《めでた》カルラム」ト、オモフ程ニ、能説坊、「ア、」ト云《いひ》ケレバ、「イカニヨカルラム。感ズル音《こゑ》カ」ト、聞《きく》ホドニ、「日来ハチト水クサキ酒ニテ候ニ、コレハチト酒クサキ水ニテ候ハイカニ」ト云《いひ》ケレバ、「サモ候ラム。酒ニ水入ル、ハ罪ゾト被《られ》レ仰候ツル時ニ、コレハ、水ニ酒ヲ入《いれ》テ候」トテ、大ナル桶ニ水ヲ入テ、酒ヲ一鍉《ひさげ》バカリゾ入《いれ》タリケル。此《の》尼公興懐《けうくわい》ニシタリケルニヤ。又アシク心エタリケルニヤ。

仏法モ詞ヲアシク心エツレバ邪法ニナル。近代ハ、変成就《へんじやうじゆ》ナンド云《いふ》真言ノ法ハ、仏知見ノ悟《さとり》ノ境界《きやうがい》、凡情ツキ執心ナクテ、能所《のうじよ》ワスレ彼我《ひが》タエテ、金剛ノ不思儀ノ妙用《めうゆう》ヲイタス時、陰陽モ男女モ、理智ノ二法ニ出《いで》ヌヨシバカリヲ聞《きく》ヲ、凡情ノ染着《ぜんちやく》ヲモテ、定恵冥合《ぢやうゑめうがふ》ナンド名《なづけ》テ、不可思儀ノ非法邪行ヲ憚《ハヾカラ》ヌモ、文《もん》ノ料簡ノアシキナリ。委《くはし》ク申サバ、教相ヒロクシテ難《し》レ記《シルシ》。大綱、法ノ体《たい》ハ迷悟ナク、凡聖ナシ。真空寂滅ノユエニ、機情ニハ、是《ぜ》アリ、科《くわ》アリ、得アリ、失アリ。ヨテ煩悩業苦タヘズ。シカレバ行門ハ機情ヲ調《トヽノ》ヘ、見知ハ法ノ体《たい》ヲシル。イヅレノ仏法モ、内ニ染着ナク、外ニ邪業ナキ、是通相《これつうさう》ナリ。凡心ヲ養《やしなひ》テ妄業ヲナサバ、一切ノ仏法ニ可《し》レ背《く》。斯ル邪見、近代サカリナリ。如《く》レ此《の》ノタグヒノアラム国ハ災難キタルベシト、仏頂経《ぶつちやうきやう》ニハミエタリ。ヨク〳〵恐《ヲソル》ベシ〳〵。破戒ナレドモ、正見《しやうけん》ナルハ人天《にんでん》ノ師ト

○撰集抄—九巻。十三世紀中葉の成立。西行自記に仮託した説話集で、作者不詳。西行らしき漂泊僧が諸国を巡り歩く体裁をとり、内容は霊験談・発心談・縁起説話など多彩である。説話のあとに西行的人間の批評や感想が書き加えられることが多く、西行像を通しての文芸世界が構成されたところに特色がある。長い間西行著と信じられ、後代の遁世人に与えた影響は少なくない。本文は岩波文庫「撰集抄」によった。

*筑前—現在の福岡県。

*御笠の郡—現在の福岡県。「今水城村、太宰府村并に御笠村なるべし」（大日本地名辞書）。

*小野の里—現在の福岡県。「北谷とも曰ふ、安楽寺の北にして思川の源頭なり」（大日本地名辞書）。

*天台山—ここでは比叡山延暦寺をさす。

ナル。持戒ナレドモ、邪見ナルハ、国ノ仇ナリトイヘリ。

撰集抄

青蓮院真誉法眼之事（巻三第二）

過にしころ、筑前の国へさそらへ罷りて侍りしに、人かたりしは、「中比この国の御笠《みかさ》の郡、小野の里と云ふ所の山の中に、いづくの物ともなくてすみわたる僧あり。いたく思ひくたすべき品の人とは見えず。さりながら、あさましくやつれ侍りて、髪ひげなむどもそりあげずして、つたなき様にしたるありけり。およそ物なんども多くは食はず。たゞ、いつとなくうちしめり、とき〴〵念仏しなんどしても、涙を目に浮めてのみ侍り。狩すなどりし、あみ引《ひき》なむどするを見ては、けしからず泣きもだへて、『あひ構へて念仏し給へ』となん云て、山の中に入て座せりしが、此所に一とせばかり住みて、其後は里へも出ざんめれば、すでに身まかりにけるにこそと、人々あはれみて、ある時、かの庵にたづねまかりたるに、その身は見え侍らで、かたばかりなる板にかず〳〵に物をかきたる。見はむべれば、

昔は天台山の禅徒として、三千の貫首《くわんじゆ》にいたらむ事を思ひ、今は小野の山中に住みて、弥陀の来迎に預らん事を願ふ。

世の中はうきふししげき呉竹のなど色かへてみどりなるらん

久寿二年三月九日、青蓮院法眼真誉

とかゝれ侍り。又おなじき手して、はるかなる山の奥なる木をけづりて、書付けり。

　心からくらはし山の世をわたり問はんともせず法の道をば

とかゝれて、見えずなり侍りき」とて、今の世までかなしみあひ侍り。

　都までも、さる人や聞きおよび侍りき。「手跡のいみじくて、一文字二文字づゝ、みな分ちとり侍りき」と、かたり聞え侍りしに、そゞろに涙のせきかねて、たもとをはやにおち侍りしは、陸奥の衣川とは是ならんと覚えて侍りき。

　この青蓮院の真誉法眼と申すは、鳥羽院の第八の宮、伏見の大夫俊綱の御むすめ藤壷の女御の御腹の子にていまそかりき。女御はかなくならせ給ひしかば、かの御菩提のためとて、七つの御年山へのぼせ参らせられけり。智行めでたく、世の末にはありがたき程に聞えさせ給へりしが、法眼までならせ給ひて、十八と申ける長月の中の十日比になむ、いづちともなく失せさせ給へりき。山より比よし奏せしかば、法皇、ことにさりがたく思しめされて、みことのりをあまねく国々に下されて、たづね奉るべしと侍りしかども、甲斐なくて、鳥羽院もかくれさせ給へるに侍り。

　あさましや、さてはこれまで流浪していまそかりける事よ。御齢はたちにおよび給はぬほどなれば、御こころの中、よろづいぶせく思ひやられて侍り。かてのとぼしく、御身の苦し

*青蓮院法眼真誉―青蓮院は京都市東山区粟田口にある天台宗山門三門跡の一つ。法眼は法印に次ぐ僧位で僧都に相当する。真誉は青蓮院の僧。「僧真誉、甫七歳、勅入青蓮院為僧、叙法眼、一旦出院、不知所之、時年十八、勅諸国求之不得、後有人至筑前、土人語曰、昔年御笠郡小野山中、有一僧、不知許人、常唱仏名、見漁猟者、則哭泣勧念仏、居一年、勿心夫所在…」(大日本史)。

*衣川―岩手県にある。西磐井郡平泉町の北で北上川に注ぐ。

*鳥羽院―第七十四代天皇。康和五年〜保元元年（一一〇三〜一一五六)。堀河天皇の子、名宗仁。嘉承二年即位。後に出家し、空覚と号す。

*伏見の太夫俊綱―藤原俊綱。「号伏見、修理大夫、正四上」(尊卑分脈)。

*山―比叡山延暦寺。

き事のみこそわたらせ給ひけめ。何とて、げに筑紫まで、さそらへましく／＼けるにや。御足もかけかせてぞ侍りけんと、かへすぐ／＼あはれに侍り。うき世の中を、みどりに色もかはらずなげき、心とくらはし山にたどり侍りて、法の道をばありとも知らぬわざのうきを、書きとゞめさせ給ふ、げにやるかたなく、すみて覚え侍り。物なむども、多くはきこしめさずして、悪つくるものをあはれと涙をながし、念仏すゝめさせ給へりけん、わくかたなく貴く侍り。

つら／＼思へば、又たま／＼悪趣のちまたを離れて、かたじけなくも人界に生まれて、釈迦の遺教《ゆゐけう》にあくまであへる時、こころをはげまして、生死の海を浮みいづるはかり事をめぐらさむ道には、かやうの心をもたでは浮みがたくや侍らんと、くり返し貴く侍り。あはれ三世の諸仏の、かの青蓮院の御心を、十か一の心ばせを付け給はせよかしとまで思ひやられて、そゞろに涙のこぼれぬるぞとよ。さても、なほ御命の消えやらで、天が下にながらへていまそかりもやすらん、いまは又、浄土にもやむまれ給ひにけん。こひ願はくは、いまだ草のとざしはて給はぬ御事ならば、かならずたづね合ひたてまつらん。もし、むなしき御名のみ残す御事にしある物ならば、一浄土の友とおなじくて、あはれを、たれさせ給へとなり。若君にて山にのぼせ給へりしには、御供つかまつりしぞかし。

八、軍記物語

保元物語

白河殿へ義朝夜討ちに寄せらるる事

さるほどに内裡より只今討手のむかふをば、左大臣殿露も思召《おぼしめし》よらせ給はず、武者所親久《ちかひさ》を召《めし》て、「内裏には兵《つはもの》を此方《このはう》へむけられ候べきか、又是より兵を待るゝか、急度《きつと》伺てまいれよ」とて、御厩《みまや》の御馬を給ひけり。親久鞍《ちかひさくら》をくに及ず、ひたと乗て罷出《まかりいで》ぬ。いくほどなくやがて馳《はせ》かへりて馬より飛下《とびをり》、「あな、おびたゝし。雲霞《うんか》のごとくに官軍むかひ候」と、息をつぎえず申《まうし》もはてざりければ、西の河原に時をどつとつくること三ケ度《さんがど》なり。御所中の兵共《つはものども》、上を下に返してあはてさはぐ。あはれ為朝は能《よく》申ける物をと万人《ばんにん》申あへり。八郎も、「敵の上手をうたんと申候つるは、ここ候ぞ〳〵」と落あへども甲斐もなし。左大臣殿、為朝蔵人《くらんど》たるべき由おほせ行はれければ、為朝あざ笑《わらつ》て、「物さはがしき除目かな」とつぶやく〳〵大炊御門《おほいのみかど》へ向けり。

判官の子共、我さきをかけんとあらそはれければ、為朝打《うち》より、「何事を御論《ごろむ》候やらん。合戦の庭《ば》には兄弟といふ差別《しやべつ》候まじ。たゞ器量により候。まつさきして見参に入度《いりたく》候得共《へとも》、さらぬだに兄をも兄とせぬ悪者《にくもの》といふさた候なれば、論じ申ても無益《むやく》なり。但敵の強《こは》く

〇保元物語—三巻。作者・成立不詳。承久年間（一二一九〜二一）の成立か。皇室および摂関家内部の権力闘争であった保元の乱（一一五六）の顚末を記した軍記物語。乱は一日で勝負を決したほどの規模であったため、物語も上巻で原因、中巻で戦闘、下巻で結末を語るという単純な三部構成をとる。王位の揺ぎない姿を示そうとした作品にもかかわらず、内容は貴族階級の衰退と領主階級の勃興を鮮明にする結果となった。英雄為朝の造型などにその一端が窺える。本文は古典文学大系「保元物語」によった。

*左大臣殿—藤原頼長。保安元年〜保元元年（一一二〇〜一一五六）。関白忠実の二男。通称宇治左大臣、悪左府。博識多才であったが、兄忠通と対抗し、崇徳院と結んで保元の乱の元凶となり、敗死。

*武者所親久—上皇の御所を警護する武士のいる所を武者所という。親久は「楽所補任」保元三年の項に「多近久、元武者所、近方二男」とある。

*内裏—後白河天皇をさす。義朝・清盛らは内裏方に味方していた。

*為朝―源為朝。保延五年〜嘉応二年（一一三九〜一一七〇）。平安末期の武将。鎮西八郎と称す。身体強大で射術に秀でた。保元の乱で上皇方につき、敗れて大島に流された。

*判官―源為義をさす。

*安芸守―平清盛のこと。元永元年〜養和元年（一一一八〜一一八一）。

*伊藤武者景綱―伊勢古市の出身。伝未詳。

*首藤九郎―為朝の乳母子、首藤九郎家季。伝未詳。

*引合―鎧の右わきで、胴と脇立とをひきあわせる所。

*さね―主に鉄製の細い板。鎧はこれを糸、皮でつづって作る。

*八幡太郎義家―源義家。長暦三年頃〜嘉承元年頃（一〇三八頃〜一一〇六頃）。八幡太郎と称せられ、前九年の役・後三年の役で活躍し、東国に源氏勢力の基礎を築いた。

候はん所をば、何度も為朝に任て御覧候へ」とて引退く。

爰に安芸守、大炊御門の西の門へ押寄《をしよせ》て、「此門を固《かため》たるは源氏か平家か。かう申は安芸守平清盛、宣旨を承《うけたまはり》て向《むかひ》候」とたからかに名乗ければ、とりあへず、「鎮西の八郎為朝が固《かため》たるぞかし」清盛小声になりて、「すさましき者の固たる門へ寄《よせ》あたりぬるものかな」とて、以外《もつてのほか》いぶせげにてすゝみもやらず。是をみて伊藤武者景綱《いとうむしやかげつな》、三十騎計《ばかり》を相具て門近くすゝみよりて、「伊勢国住人、古市伊藤武者景綱・子息伊藤五・伊藤六、今日の軍のまッさき也」とて訇《のゝしつ》たり。為朝さきぼそをうちつがつて、「平氏《へいじ》が郎等、さしもの者にてはよもあらじ。矢一もおしき物かな」といひければ、首藤九郎《すどうくろう》、「清盛が郎等には、これらこそ宗《むね》との者にては候へ。とうあそばし候へ」と申ければ、「さらば軍神にまつり捨よ」とて、暫く弓たまつて、面にすゝみたる伊藤六がまんなかに押当て放ちたり。なじかはちがふべき。鎧の引合《ひきあはせ》よりうしろへつつといぬき《(射抜)》て、并にひかへたる伊藤五が射向《いむけ》の袖うらかきてこそ出たりけれ。伊藤六ひとたまりもたまらずどうど落。人手にかけじと伊藤五馬より飛下《とんでをり》くびをとる。景綱これをみていそぎ引返して、安芸守のまへに来《きたつ》て申けるは、「あなおそろしの鎮西の八郎殿の弓勢《ゆんぜい》や。伊藤六はや射おとされ候ぬ。奴《やつ》にも随分さねよき鎧をきせて候つるものを。二重を射通すだにも不思議におぼえ候に、伊藤五が鎧の袖うらかきて候。かやうに候はんには、いかなる鎧を着て此門へはむかひ候はむずるぞ。あなおびたゝし、鎧を二三領も重《かさね》て着ざらんほかは叶べしとも覚ず候。命有《あり》てこそ軍をもし、剛臆《かうをく》をもあらはさめ。あな、あさまし」とぞあさみける。兵ども是を聞て物もいはず、舌を振て怖《おぢ》あへり。安芸守、「何条さることもあるべきぞ。矢つぎがはやくて一二の矢をぞ射たるらん」といひけるが、「但此者が先祖八幡太郎義家、貞任追罰の時、将軍三郎武則がすゝめによつて、金《かな》交《まじり》三りやうを木の枝にかけて射通したりしぞかし。正《ただし》き其孫なればさる事もやあるらむ。此八郎が弓勢の事は、先々《さきざき》聞置たりしに違はず。凡《をよそ》かならずしも此門へ向へと云宣旨を蒙《かうむり》たる事もなし。只暗まぎれによりあたりたるにてこそあれ。さらば余《よ》の門へや向べき。東門《とうもん》へや向べき」といへば、物の恥をも知たる者は音もせず。なべての者共は、「尤《もつとも》さるべきと覚候。但東の門もこの門ちかく候へば、同人《どうにん》が固てや候らむ。北の門などへ向せ給ふべくや候らむ」と口々にいひければ、とつてかへさむとする処に、嫡子中務少輔重盛、「口惜事をも仰候物かな。合戦の庭《には》に出《いで》て、敵《かたき》の強《こは》ければとてしりぞかんにおゐては、軍の勝負有べきやは。重盛にをひいては、八郎が矢さきに一《ひとつ》あたらんと思ひきり《ツ》たり。爰にて尸《かばね》をさらすべし」とてすゝみけり。赤地の錦の直垂に、逆面高《さかおもだか》の鎧、てう(蝶)の丸のすそ金物しげううつたるが、白覆輪《しろふくりん》なるに、白星《しらほし》の甲《かぶと》、紅《くれなゐ》の母衣《ほろ》まつそうに吹せて、鴾毛《つきげ》なる馬に鋳懸地《いかけぢ》に金覆輪の鞍にぞ乗たりける。名乗けるは「桓武天皇十二代の後胤、平将軍貞盛が末葉《ばちよう》、刑部卿忠盛が孫、安芸守清盛嫡子、中務少輔重盛、生年《しやうねん》十九歳、軍は是こそ初なれ、聞ぬる

*貞任―阿部貞任。前九年の役で義家に敗れ、殺された。

*将軍三郎武則―清原武則。生没年不明。平安後期の武将。源頼義、義家を援け前九年の役で活躍した。系図には「鎮守府将軍。号二清将軍一住二出羽国一」とある。

*中務少輔重盛―平重盛。保延四年〜治承三年(一一三八〜一一七九)。清盛の長男。俗称小松内府。保元・平治の乱で勲功をあげ、従二位内大臣となる。

*逆面高―鎧の縅の一種。いろいろの糸で上を狭く下を広く沢瀉の葉を逆にした形におどしたもの。

*白覆輪―銀で鎧・鞍・刀剣のさや・つばなどのへりを縁どりしたもの。

*白星の甲―銀色の星のついた兜。

*母衣―鎧の背につけて矢を防ぐ武具。竹を骨として布で袋状に作り、敵に向う時は冑の上から馬の頭までかぶる。

*鴾毛―つき(鳥の名)の羽の裏の色のように、赤味を帯びた白色の地に、黒、褐色の毛がまじった馬。

鎮西八郎懸出よや、見参せん」とたからかに名乗所を、安芸守大にさはぎて、「あなあぶなやとよ。八郎がやさきはさる事にてあるものを。わかもの思慮なくてぞはやるらん。各《をの〳〵》馬《むま》のまへに下《をり》ふさがつてあやまちさすな。あれよ〳〵」といひければ、郎等ども馳より〳〵、左右の水つき、むながひ、鞦《しりがひ》所々に取つき〳〵て、真中におつとりこめてげれば、心はかくはやれ共、こゝをばをして引退く。

平治物語

常葉落ちらるる事

前途《せんど》ほど遠きおもひ、大和なる宇多《うだ》のこほりに篭《こもり》、後会期《こうくわいご》はるか也。たもとは暁の故郷《こきやう》の涙にしほれつゝ、ならはぬ旅にあさたちて、野路も山ぢもみえわかず。比《ころ》は二月十日なり。余寒なをはげしくして、雪はひまなく降にけり。今若殿をさきにたて、乙若殿を手を引き、牛若殿をふところにいだき、二人のをさなき人々には物もはかせず、氷のうへをはだしにてぞあゆませける。「さむや、つめたや、母御《はゝご》前《ぜん》」とてなきかなしめば、衣《きぬ》をば少《おさなき》人々にうちきせて、嵐のどけきかたにたて、我身ははげしきかたにたちてはぐゝみけるぞあはれなる。小袖をときて足をつゝむとて、常葉《ときは》いひけるは、「今すこしゆきて、棟門《むねかど》たちたる所あり。是は敵《かたき》清盛の家なり。声をいだしてなくならば、囚れてうしなはれんずぞ。命惜くはな

*鋳懸地―漆塗りの上に一面に金銀粉を流したもの。

*水つき―馬の手綱をくつわに結びつける穴。

*むながひ―馬の胸から鞍にかけるひも。

*鞦―馬の尾から鞍にかけるひも。

○平治物語―三巻。「平治記」とも。作者・成立不詳。「保元物語」の作者と同じか。鎌倉初期から中期にかけて成立したと推定される。平治の乱（一一五九）の顚末を記した軍記。「保元物語」といろいろな面で共通性がある。その構成も乱の原因、戦闘、乱後の処理のように三部から成り、「保元物語」の為朝に匹敵する義平の造型を初めとして、登場人物や合戦場面の描き方に類似した方法が目立ち、両書の密接な関係を推測させる。本文は古典文学大系「平治物語」によった。

*前途ほど遠きおもひ―「前途程遠、馳二思於雁山之暮雲一、後会期遥、霑二纓於鴻臚暁涙一」（和漢朗詠集・下・餞別）による。

くべからず」といひてぞあゆませける。棟門たちたる所をみて、今若これを我敵《かたき》の門かととへば、なく〳〵それなりとうちうなづく。「さては乙若殿もなくべからず。我もなくまじきなり」といひながらあゆみけるに、小袖にて足はつゝみたれ共、氷のうへなれば、ほどなくきれて、すぎゆくあとは血《ち》にそめて、かほはなみだにあらひかね、とかうして伏見の叔母をたづねて入にけり。日比《ひごろ》源氏の大将軍左馬頭殿の北方とて、一門の中の上臈にしてもてなしき。まれにもをのづからきたるをば、世になきことのやうに思ひしに、今は謀叛の人の妻子なればいかゞあらむずらんとて、叔母御前はうちに有りしかども、なきよしをぞこたへける。さりともよそよりも来りたるやうにて出給はぬ事はあらじと、日くれまでつくづくとまちゐたれ共、こととふものもなかりければ、をさなき人々引ぐして、常磐泣々そこをいでにけり。

寺々の鐘の音、けふもくれぬとうちしらせ、人をとがむる里のいぬ、声すむ程に夜はなりぬ。柴おりくぶる民の家、けぶりたえせざりしも田づらをへだてゝはるかなり。梅花《ばいくわ》を折つて首《かうべ》にはさめども、二月《じげつ》の雪衣に落。瓦のうへの松もなければ、松根《せうこん》にたちやどるべき木陰もなく、人跡《じんせき》《あと》はゆきにうづもれて、とふべき戸ざしもなかりけり。ある小屋に立ちよりて、「宿申さむ」といへば、主のおとこ出でてみて、「たゞいま夜深《よふけ》て少人《おさなき》を引具してまよひ給ふは、謀叛の人の妻子にてぞましますらん。かなふまじ」とておとこうちへ入にけり。落涙《おつる》もふ

*宇多―現在の奈良県宇陀郡。「磯城郡山辺郡の東西にして名張川の上游なり。四面皆山、渓水悉名張に入る。郡東南界は山脈を以て伊勢国及吉野郡と相隔つれど、北方は伊賀国名賀郡と相交錯す」(大日本地名辞書)。

*二月一日―平治二年（一一六〇）。この年一月に源義朝および義平は殺された。

*今若殿・乙若殿・牛若殿―平治の乱の時、今若八歳、乙若六歳、牛若二歳（尊卑分脈）。

源義家…義朝―┬頼朝
　　　　　　　├範頼
　　　　　　　├全成(今若)
　　　　　　　├円成(乙若)
　　　　　　　└義経(牛若)

*小袖―古装束の下着。袿、衵などの大袖、広袖に対して袖下を丸く縫ったものをいう。

*常葉―生没年不詳。九条院雑仕。源義朝室。今若・乙若・牛若三児の母。容姿端麗であった(尊卑分脈)。

*棟門―公卿・門跡家など、中世の格式高い武家屋敷に設けられた門。柱は二本、棟を高くあげ、切妻破風造りの屋根などをつけた。

る雪も、さうのたもとに所せく、柴のあみ戸にかほをあて、しぼりかねてぞ立たりける。主の女房出でてみていひけるは、「われらかひぐ〳〵しき身ならねば、謀叛の人に同意したりとて、とがめなんどはよもあらじ。たかきもいやしきも女はひとつ身なり。いらせ給へ」とて、常葉をうちへ入て、さま〳〵にもてなしければ、人ごゝちになりにけり。二人のをさなき人を左右にをき、一人ふところにいだきてくどきけるは、「あはれ、いとけなきありさまかな。母なれば、われこそ助けんとおもへども、敵とり出しなば、情《なさけ》をやをくべき。少もおとなしければ、今若殿はきるか、乙若殿をばさしころすか、無下にをさなければ、牛若殿をば水にいるるか、土にうづむか、その時われいかにせむ」と夜もすがらなき悲みけり。松木ばしらにたかすがき、しきもならはぬすがむしろ、伏見のさとになく鶉をきくにつけてもかなしきに、宇治の河瀬の水車、何とうき世をめぐるらん。夜も明ければ、常葉そこをいでむとす。主の男少《おさなき》人々をいとおしみたてまつり、「けふばかりは公達の御足をやすめまいらせ給へ」とてとゞめければ、その日もそれに留りて、三日と申せば出でにけり。

*伏見―山城国紀伊郡（京都市伏見区）の地名。「中古は伏見荘と称し、船戸村森村久米村法安寺石井村北尾村北内村山村即成院等に分れ、朧々たる郊野、所々に高貴の山荘散在したり」（大日本地名辞書）。

*大将軍左馬頭殿―源義朝。保安四年～永暦元年（一一二三～一一六〇）。平安末期の武将。東国に勢力を持ち保元の乱で上皇方について父為義以下多くの同族を殺したが、平治の乱に敗れ、尾張野間で殺された。

*寺々の鐘の音…―「平家物語」灌頂巻、女院死去の冒頭に「さる程に寂光院の鐘のこゑ、けふもくれぬとうちしられ」という類句が見える。

*梅花を折て首にはさめども―「倚ニ松根ニ而摩レ腰、千年之翠満レ手。折ニ梅花ニ而挿レ頭、二月之雪落レ衣」（和漢朗詠集・上・子日）。

*宇治の川瀬の水車…―「宇治の川瀬の水車、何と浮世を廻るらう」（閑吟集）、「宇治の川瀬の水車、何と浮世を廻るらん」（室町時代小歌集）などと室町時代歌謡に見える。

平家物語

〇平家物語―十三巻。作者については「徒然草」にいう信濃前司行長説をはじめとして多数あるが、確定できない。原平家物語の成立についても異説が輻輳し、定まらない。原平家物語を想定し、その成長発展過程で各種の異本が成立したとみるのが通説だが、原平家物語の成立年代も、各種異本の先後関係も諸説入り乱れている。内容は、平家の興隆から滅亡に至るまでを記し、その間に、木曽義仲の興亡、義経の活躍、文覚の行動などをはさみ込んでいる。全体としては、王法と仏法を肯定する態度を貫き、詠嘆的な無常観をもって構想の原理としている。記述は史実に立脚することを基調としているが、しばしば芸術的要求から誇張や虚構を駆使している。流麗な和漢混淆文は、場合によって荘重、あるいは悲痛なリズムをかもし、軍記物語の最高峰として後代に多大な影響を及ぼした。琵琶法師によって語られ、享受者は耳からこれを聞くという独特な享受形態をとったところに多数の異本を生んだ理由がある。初め三巻本であったものが、六巻・十二巻・十三巻と成長し、長門本の二十巻、「源平盛衰記」の四十八巻などは本文発展の最終的形態と見られている。本文は古典文学大系「平家物語」によった。

祇《ぎ》園《をん》精《しやう》舎《じや》

祇園精舎の鐘の声、諸行無常《しよぎやうむじやう》の響あり。娑羅《しやら》雙樹《さうじゆ》の花の色、盛者必衰《じやうしやひつすい》のことはりをあらはす。おごれる人も久しからず。只春の夜の夢のごとし。たけき者も遂にはほろびぬ、偏《ひとへ》に風の前の塵《ちり》に同じ。遠く異朝をとぶらへば、秦《しん》の趙高《てうこう》、漢の王莽《わうもう》、梁《りやう》の朱异《しうい》、唐の禄山《ろくさん》、是等は皆旧主先皇の政《まつりごと》にもしたがはず、楽みをきはめ、諫《いさめ》をもおもひいれず、天下《てんが》のみだれむ事をさとらずして、民間の愁る所をしらざッしかば、久しからずして、亡《ばう》じにし者どもなり。近く本朝をうかゞふに、承平の将門、天慶の純友、康和の義親《ぎしん》、平治の信頼《しんらい》、おごれる心もたけき事も、皆とり〴〵にこそありしかども、まぢかくは、六波羅の入道前太政《さきのだいじやう》大《だい》臣《じん》平朝臣清盛公と申し人のありさま、伝承るこそ心も詞も及ばれね。

（巻一）

*祇園精舎―中部インドの舎衛国にあった寺の名。釈迦は二十五年間ここに住み遊化(ゆげ)したという。「祇園」は祇樹給孤独園(ぎじゆぎつこどくおん)の略。「精舎」は仏道修行者の道場。

*娑羅雙樹―インドに生育する常緑樹の名。釈迦涅槃(ねはん)のとき、その床の四方に二本ずつあった娑羅の樹が白く変色したと伝えられている。

*趙高―秦の始皇帝の臣。その死後、二世皇帝を擁立して権力を振ったが、三世のとき殺された。

*王莽―漢の平帝を殺して国を奪い、帝を称したが、のち殺された。

*朱异―梁の武帝の臣。権勢を誇り、梁を滅ぼす因を作った。

*禄山―安禄山。唐の玄宗皇帝に仕え、その妃楊貴妃の寵をえて反逆し、大燕皇帝と僭称したが、安慶緒に滅ぼされた。

*将門―平安中期の武将。下総を本拠として勢力をふるい、天慶二年（九三九）に乱を起したが、翌年敗死。

文《もん》覚《がく》被《なが》流《され》

おりふし、御前《ごぜん》には太政大臣妙音院《めうをんゐん》、琵琶かき鳴らし朗詠めでたうせさせ給ふ。按察《あぜちの》大納言資賢《すけかたの》卿《きやう》拍子《ひやうし》とッて、風俗催馬楽《ふうぞくさいばら》うたはれけり。右馬頭資時《すけとき》・四位《しゐの》侍従盛定《じじうもりさだ》和琴《わごん》かきならし、今様とりぐ〳〵にうたひ、玉の簾《すだれ》、錦の帳ざゞめきあひ、まことに面白かりければ、法皇もつけ歌せさせおはします。それに文覚が大音声《だいをんじやう》いできて、調子もたがい、拍子もみなみだれにけり。「なに物ぞ。そくびつけ」と仰下さるゝ程こそありけれ、はやりをの若者共、われも〳〵とすゝみけるなかに、資行判官《すけゆきはんぐわん》といふものはしりいでて、「何条事 申ぞ。まかりいでよ」といひければ、「高雄の神護寺に庄一所よせられざらん程は、まッたく文覚いづまじ」とてはたらかず。よッてそくびをつかうどしければ、勧進帳をとりなをし、資行判官が烏帽子《ゑぼし》をはたとうッてうちおとし、こぶしをにぎッてしやむねをつゐて、のけにつきたをす。資行判官もとゞりはなッて、おめ〳〵と大床《おほゆか》のうへへにげのぼる。其後文覚ふところより馬の尾で柄まいたる刀の、こほりのやうなるをぬきいだひて、よりこん物をつかうどこそまちかけたれ。左の手には勧進帳、右の手には刀をぬいてはしりまはるあいだ、おもひまうけぬにはか事ではあり、左右の手に刀をもッたる様にぞ見えたりける。公卿殿上人も、「こはいかに〳〵」とさはがれければ、御遊《ぎよゆう》もはや荒にけり。院中《ゐんぢう》のさうどうなのめならず。信濃国の住人安藤武者右宗、其比当職《そのころとうしよく》の武者所《むしやどころ》で有けるが、「何事ぞ」とて、太

*純友—平安中期の貴族。瀬戸内海の海賊勢力と結んで反乱を起したが、天慶四年（九四一）に殺された。

*義親—源義家の二男。康和年間（一〇九九〜一一〇四）に九州で悪行を働き、隠岐配流となったが、配所に赴かず、出雲に留まって謀叛。天仁元年（一一〇八）平正盛に滅ぼされた。

*信頼—平安後期の公卿。正三位中納言。藤原通憲（信西）に官途を妨げられたのを不満とし、平治元年（一一五九）源義朝と組んで挙兵（平治の乱）したが、平清盛に滅ぼされた。

*清盛—刑部卿忠盛の子。実父は白河法皇で、母は祇園女御の妹という説もある。武人として初めて太政大臣に至り、平氏政権を打ち立てた。

*おりふし—承安三年四月二十九日（玉葉）。

*妙音院—太政大臣藤原師長。左大臣頼長の子。音楽の名手で、妙音菩薩を尊崇し、邸内に祭ったためにこの名がある。

*文覚—真言の僧。俗名遠藤盛遠。初め上西門院の北面の武士であったが、横恋慕した袈裟を誤殺したことから出家したという。高雄山神護寺を中

刀をぬいてはしりいでたり。文覚よろこゝでかゝる所を、きッてはあしかりなんとやおもひけん、太刀のみねをとりなをし、文覚がかたなもッたるかいなをしたゝかにうつ。うたれてちッとひるむところに、太刀をすてて、「えたりをう」とてくむだりけり。くまれながらも文覚、安藤武者が右のかいなをつく。つかれながらしめたりけり。互におとらぬ大ぢからなりければ、うへになりしたになり、ころびあふところに、かしこがほに上下よッて、文覚がはたらくところのぢやうをがうしてンげり。されどもこれを事ともせず、いよ〳〵悪口放言す。門外へひきいだひて、庁の下部《しもべ》にひッぱられて、立ながら御所の方をにらまへ、大音声《だいをんじやう》をあげて、「奉加をこそし給はざらめ、これ程文覚にからい目を見せ給ひつれば、おもひしらせ申さんずる物を。三界は皆火宅《くわたく》なり。王宮《わうぐう》といふとも、其難をのがるべからず。十善の帝位にほこッたうとも、黄泉《くわうせん》の旅にいでなん後者《のちは》、牛頭《ごつ》・馬頭《めつ》のせめをばまぬかれ給はじ物を」と、おどりあがりおどりあがりぞ申ける。「此法師奇《きッ》怪《くわい》なり」とて、やがて獄《ごく》定《ぢやう》せられけり。資行判官は、烏帽子打おとされて恥がましさに、しばしは出仕もせず。安藤武者、文覚くんだる勧賞《けんじやう》に、当座に一廊《ろう》をへずして、右馬允になされける。さる程に、其比美福門院かくれさせ給ひて、大赦ありしかば、文覚程なくゆるされけり。しばらくはどこにもおこなふべかりしが、さはなくして、又勧進帳をさゝげてすゝめけるが、さらばたゞもなくして、「あつぱれ、この世中は只今みだれ、君も臣も皆ほろびうせんずる物を」なンど

興、東寺を修復。のち佐渡、鎮西に配流。元久二年（一二〇四）没。六十五歳か。

*神護寺―高雄寺とも。京都市右京区高雄町にある真言宗の寺院。和気清麻呂創建の神願寺を天長元年（八二四）に移建して高雄寺と併合。のち文覚によって再興。

*当職―現職の意。

*三界―欲界・色界・無色界の総称。「法華経」譬喩品の句による。

*牛頭・馬頭―人身牛頭、人身馬頭の地獄の獄卒。

*美福門院―鳥羽天皇妃得子。ただし、得子はこの事件より十三年以前の永暦元年（一一六〇）十一月二十三日に崩じている。

*一廊―武者所の一臈。

*さる程に―「平家物語」では、頼朝の征夷将軍の辞令伝達を寿永二年（一一八三）としているが、実際はそれより九年後の建久三年（一一九二）七月二十五日のことである。

おそろしきことをのみ申ありくあいだ、「この法師都においてかなうまじ。遠流《をんる》せよと」て、伊豆国へぞながされける。　（巻五）

小《こ》督《がう》

（中宮は葵前の死を歎き悲しむ高倉天皇を慰めようと、小督という美人を参らせた。小督は清盛の聟冷泉隆房の愛人であった）

入道相国これを聞き、中宮と申も御娘なり、冷泉《れいぜい》少将聟《むこ》なり。小督殿にふたりの聟をとられて、「いや〳〵、小督があらんかぎりは世中よかるまじ。召出して失なはん」とぞの給《たま》ひける。小督殿漏《もれ》聞ひて、「我身の事はいかでもありなん。君の御ため御心苦し」とて、ある暮方に内裏《だいり》を出て行ゑもしらず失せ給ひぬ。主上御歎なのめならず。昼は夜のおとゞに入らせ給ひて、御涙にのみむせび、夜は南殿《なんでん》に出御《しゆつぎよ》なッて、月の光を御覧じてぞ慰さませ給ひける。入道相国是を聞き、「君は小督ゆへに思召し沈ませ給ひたんなり。さらんにとッては」とて、御介錯《かいしやく》の女房達をも参らせず、参内《さんだい》し給ふ臣下をもそねみ給へば、入道の権威《けんゐ》にはゞかッて、通ふ人もなし。禁中《きんちう》いま〳〵しうぞ見えける。

かくて八月十日あまりになりにけり。さしもくまなき空なれど、主上《しゆしやう》は御涙にくもりつつ、月の光もおぼろにぞ御覧ぜられける。やゝ深更《しんかう》に及で、「人やある、人やある」と召されけれ共、御答《いら》へ申すものもなし。弾正少弼《だんじやうのせうひつ》仲国、其夜しも参ッて、はるかに遠う候が、「仲

*南殿―紫宸殿。

*龍—正しくは寮。寮は馬のことを司る役所である馬寮のこと。

国」と御答《いら》へ申したれば、「近うまいれ。仰下さるべき事あり」。何事やらんとて、御前《ごぜん》ちかう参じたれば、「なんぢもし小督が行ゑや知りたる」。仲国「いかでか知りまいらせ候べき。ゆめ〳〵知り参らせず候」。「まことやらん、小督は嵯峨《さが》の辺に、片折戸《かたおりど》とかやしたる内にありと申もののあるぞとよ。あるじが名をば知らずとも、尋て参らせなんや」と仰ければ、「あるじが名を知り候はでは、争《いかで》か尋まいらせ候べき」と申せば、「まことにも」とて、龍顔《れうがん》より御涙を流させ給ふ。仲国つく〴〵と物を案ずるに、まことや、小督殿は琴ひき給ひしぞかし。此月のあかさに、君の御事思出で参らせて、琴ひき給はぬ事はよもあらじ。御所にてひき給ひしには、仲国笛の役に召されしかば、其琴の音はいづくなりとも聞き知らんずるものを。又嵯峨《さが》の在家《ざいけ》いく程かあるべき。うち廻《まわ》ッて尋ねんに、などか聞出さざるべきと思ひければ、「さ候はば、あるじが名はしらず共、若《もし》やと尋ねまいらせて見候はん。たゞし尋あひまいらせて候共、御書を給はらで申さむには、上《うは》の空にやおぼしめされ候はんずらむ。御書を給はッて向ひ候はん」と申ければ、「まことにも」とて、御書をあそばひてたうだりけり。「龍《れう》の御馬に乗ッて行け」とぞ仰ける。仲国龍の御馬給はッて、名月に鞭《むち》をあげ、そこともしらずあこがれ行く。

牡鹿《をしか》なく此山里と詠じけん、嵯峨《さが》のあたりの秋の比《ころ》、さこそはあはれにもおぼえけめ。片折戸したる屋を見つけては、「此内にやおはすらん」と、控《ひか》へ〳〵聞けれ共、琴ひく所もな

＊釈迦堂—嵯峨にある清涼寺本堂。

＊法輪—嵐山の東にある法輪寺。

＊亀山—嵯峨天竜寺の上にある山。

かりけり。御堂《みだう》なンどへ参り給へることもやと、釈迦堂《しやかだう》をはじめて、堂々見まはれ共、小督殿に似たる女房だに見え給はず。「むなしう帰りまいりたらんは、中々参らざらんよりあしかるべし。是よりもいづちへも迷ひ行かばや」と思へども、いづくか王地《わうち》ならぬ、身を隠すべき宿もなし。いかゞせんと思ひわづらう。「まことや、法輪《ほうりん》は程近かければ、月の光にさそはれて、参り給へることもや」と、そなたに向ひてぞ歩ませける。

亀山のあたりちかく、松の一むらある方に、かすかに琴ぞ聞えける。峯の嵐か、松風か、尋ぬる人の琴の音か、おぼつかなくは思へども、駒をはやめて行く程に、片折戸したる内に、琴をぞひきすまされたる。控へて是《これ》を聞きければ、少しもまがふべうもなき小督殿の爪音《つまおと》なり。楽《がく》はなんぞと聞きければ、夫《おつと》を想ふて恋ふとよむ想夫恋《さうふれん》といふ楽《がく》なり。さればこそ、君の御事思ひ出参らせて、楽《がく》こそおほけれ、此楽《がく》をひき給けるやさしさよ。ありがたふおぼえて、腰より横笛《やうでう》抜き出し、ちッと鳴《なら》ひて、門《かど》をほと〳〵と叩けば、やがてひきやみ給ひぬ。高声《かうしやう》に、「是は内裏《だいり》より仲国が御使に参ッて候。開《あ》けさせ給へ」とて、叩《たた》け共《ども》〳〵とがむる人もなかりけり。やゝあッて、内より人の出る音のしければ、うれしう思ひて待《まつ》ところに、錠《じやう》をはづし、門を細目《ほそめ》に開《あ》け、いたひけしたる小女房、顔ばかりさし出《いだ》ひて、「門たがへてぞさぶらうらん。是には内裏《だいり》より御使なンど給はるべき所にてもさぶらはず」と申せば、中々返事して、門《かど》たてられ、錠さゝれてはあしかりなんと思ひて、押開《あ》けてぞ入にける。

妻戸《つまど》のきはの縁《えん》にゐて、「いかに、かやうの所には御渡り候やらん。君は御《ご》ゆへにおぼしめししづませ給ひて、御命もすでにあやうにこそ見えさせをはしまし候へ。たゞ上《うは》の空に申すとやおぼしめされ候はん。御書《ごしよ》を給はッて参ッて候」とて、御書取出《いだ》ひて奉る。ありつる女房とりついで、小督殿に参らせたり。開《あ》けて見給へば、まことに君の御書なりけり。やがて御返事《へんじ》かき、引結び、女房の装束《しやうぞく》一かさねそへて出されたり。仲国、女房の装束《しやうぞく》をば肩にうちかけ、申けるは、「余《よ》の御使で候はば、御返事のうへは、とかう申には候はねども、日ごろ内裏《だいり》にて御琴あそばッし時、仲国笛の役にめされ候し奉公をば、いかでか御忘れ候べき。ぢきの御返事を承はらで帰り参らん事こそ、よに口おしう候へ」と申ければ、小督殿げにもとや思はれけん、身づから返事し給ひけり。「それにも聞かせ給ひつらん、入道相国のあまりにおそろしき事をのみ申と聞きしかば、あさましさに、内裏をば逃げ出て、此程はかゝる住ひなれば、琴なンどひく事もなかりつれ共、さてもあるべきならねば、あすより大原《おほはら》の奥に思ひ立つ事のさぶらへば、あるじの女房の、こよひばかりの名残をおしうで、「今は夜もふけぬ。立聞く人もあらじ」なンど勧むれば、さぞな昔の名残もさすがゆかしくて、手なれし琴をひく程に、やすうも聞出されけりな」とて、涙もせきあへ給はねば、仲国も袖をぞ濡らしける。やゝあッて、仲国涙をおさへて申けるは、「あすより大原の奥に思召し立事と候は、御さまなンどを変させ給ふべきにこそ。ゆめ〱あるべうも候はず。さて君の御歎を

*馬部―馬寮の下役。
*吉上―六衛府の下役で、内裏の諸門の警衛に当った者。
*「南に翔り」―「和漢朗詠集」下に収載の大江朝綱の詞句。
*坊門の女院―範子内親王。建永元年（一二〇六）院号を賜わる。承元四年（一二一〇）崩、三十四歳。

ば、何とかし参らせ給ふべき。是《これ》ばし出し参らすな」とて、ともにめし具したる馬部《めぶ》、吉上《きつじやう》なンど留めをき、其屋を守護せさせ、寮《れう》の御馬に打乗て、内裏《だいり》へ帰り参りたれば、ほの〴〵とあけにけり。「今は入御《じゆぎよ》もなりぬらん、誰して申入べき」とて、龍の御馬つながせ、ありつる女房の装束《しやうぞく》をばはね馬の障子に投げかけ、南殿《なんでん》の方へ参れば、主上《しゆしやう》はいまだ夜部《よべ》の御座にぞ在《まし》ましける。「南に翔《かけ》り北に嚮《むかふ》、寒雲を秋の鴈《かり》に付難し。東に出西に流る、只瞻望《せんばう》を暁の月に寄す」と、うちながめさせ給ふ所に、仲国つッと参りたり。小督殿の御返事をぞ参らせたる。君なのめならず御感なッて、「なんぢやがて夜さり具して参れ」と仰ければ、入道相国の返り聞き給はんところはおそろしけれ共、これ又倫言《りんげん》なれば、雑色《ざつしき》・牛・車きよげに沙汰して、嵯峨へ行き向ひ、参るまじきよしやう〳〵にの給へども、さま〴〵にこしらへて、車にとり乗せ奉り、内裏へ参りたりければ、幽《かすか》なる所に忍ばせて、夜な〳〵召されける程に、姫宮一所出来《いでき》させ給ひけり。此姫宮と申は、坊門《ばうもん》の女院の御事なり。

入道相国、何としてか漏《もれ》聞ひたりけん、「小督が失せたりといふ事、あとかたなき空事なりけり」とて、小督殿を捕へつゝ、尼になしてぞ放つたる。小督殿出家はもとよりの望なりけれ共、心ならず尼になされて、年廿三、濃き墨染《すみぞめ》にやつれはてて、嵯峨の辺にぞ住れける。うたてかりし事共なり。か様の事共に御悩はつかせ給ひて、遂《つゐ》に御かくれありけるとぞ聞えし。

*教経―清盛の異母弟教盛の二男。平家屈指の豪傑。

*新中納言―平知盛。清盛の子。寿永元年（一一八二）任権中納言。

*判官―源義経。

*おほ童―もとどりがとけて頭髪がばらばらな形。

能登《のと》殿《どの》最期《さいご》

凡そ能登守教経《のりつね》の矢さきにまはる物こそなかりけれ。矢だねのある程ゐつくして、けふを最後とやおもはれけん、赤地の錦の直垂《ひたたれ》に、唐綾《からあや》おどしの鎧《よろい》きて、いかものづくりの大太刀ぬき、白柄《しらえ》の大長刀《おほなぎなた》のさやをはづし、左右にもッてなぎまはり給ふに、おもてをあはする物ぞなき。おほくの物どもうたれにけり。新中納言《しんちうなごん》使者をたてて、「能登殿、いたう罪なつくり給ひそ。さりとてよき敵《かたき》か」との給ひければ、「さては大将軍にくめごさんなれ」と心えて、うち物くきみじかにとッて、源氏の船にのりうつり〳〵、おめきさけむでせめたゝかふ。判官を見しり給はねば、物の具のよき武者をば判官かとめをかけて、はせまはる。判官もさきに心えて、おもてにたつ様にはしけれども、とかくちがひて能登殿にはくまれず。されどもいかゞしたりけん、判官の船にのりあたッて、あはやとめをかけてとんでかゝるに、判官かなはじとやおもはれけん、長刀脇にかいばさみ、みかたの船の二丈ばかりのいたりけるに、ゆらりととびのり給ひぬ。能登殿ははやわざやおとられたりけん、やがてつゞいてもとび給はず。いまはかうとおもはれければ、太刀長刀海へなげいれ、甲《かぶと》もぬいですてられけり。鎧の草摺《くさずり》かなぐりすて、どうばかりきて、おほ童《わらわ》になり、おほ手をひろげてたゝれたり。凡そあたりをはらッてぞ見えたりける。おそろしなンどもをろか也。能登殿大音声をあげて、「われとおもはん物どもは、よッて教経に組でいけどりにせよ。鎌倉へくだッて、頼朝にあふて、物ひと詞《こと》いはんとおもふぞ。よれやよれ」との給へども、よる物一人《いちにん》もなかりけり。

こゝに土佐国の住人安芸郷を知行《ちぎやう》しける安芸の大領《だいりやう》実康《さねやす》が子に、安芸太郎実光《さねみつ》とて、卅人が力もッたる大ぢからのかうの物あり。われにちッともおとらぬ郎等一人《いちにん》、おとゝの次郎も普通にはすぐれたるしたゝか物なり。安芸の太郎、能登殿を見たてまッて申けるは、「いかにたけうましますとも、我等三人とりついたらんに、たとひたけ十丈の鬼なりとも、などかしたがへざるべき」とて、主従三人小船にのッて、能登殿の舟にをしならべ、ゑいといひてのりうつり、甲のしころをかたぶけ、太刀をぬいて一面にうッてかゝる。能登殿ちッともさはぎ給はず、まッさきにすゝんだる安芸太郎が郎等をすそをあはせて、海へどうどけいれ給ふ。つゞいてよる安芸太郎を弓手《ゆんで》の脇にとッてはさみ、弟《おとゝ》の次郎をば馬手《めて》のわきにかいばさみ、ひとしめしめて、「いざうれ、さらばおのれら死途《しで》の山のともせよ」とて、生《しやう》年《ねん》廿六にて海へつとぞいり給ふ。

（巻十一）

*安芸郷―土佐国（高知県）安芸郡中の郷名。

*いざうれ―おまえたち、さあ来い。

太平記

俊基朝臣《トシモトアソン》再《フタタビ》関東下向事

俊基朝臣ハ、先年土岐《トキ》十郎頼貞《ヨリサダ》ガ討レシ後、召取レテ、鎌倉マデ下給シカドモ、様々ニ

○**太平記**―四十巻。四十巻本は増補過程を経て、応安四年（一三七一）頃に完成。作者については確かな証拠はないが、小島法師がその大成者とみなされている。南北朝の争乱に取材した軍記物語。三部構成であり、第一部（巻一～

十二）は建武中興成立の経緯、第二部（巻十三〜二十）は足利尊氏が覇者となる過程、第三部は南朝の衰退と足利方の内訌を叙述する。「平家物語」に比べて抒情性に欠けるが、その透徹した現実描写は、貴族世界の没落と武士階級の内部矛盾を鋭く剔出しており、軍記物語の巨編として不動の地位を占めている。本文は古典文学大系「太平記」によった。

*俊基朝臣―藤原氏。左近将監、少納言、大内記。「元弘元、依天下事被虜下向関東被誅戮畢」（尊卑分脈）。

*土岐十郎頼貞―源氏。光貞子。歌人、弓馬上手。伯耆守。暦応二年二月廿三日卒（尊卑分脈）。

*今度ノ白状―元徳二年（一三三〇）六月、忠円・文観らが幕府の拷問を受け、俊基が倒幕の隠謀をしているとの自白をしたことをさす。

*相坂―大津市の西部にある山。関所があった。

*関の清水―「逢坂の関の清水に影見えて今や引くらむ望月の駒」（拾遺集・巻三・貫之）。

*打出浜―大津市膳所（ぜぜ）の北方琵琶湖畔の地名。

*勢田橋―琵琶湖から流れる瀬田川の河口にかかる橋。

陳ジ申サレシ趣《オモムキ》、ゲニモトテ赦免《シャメン》セラレタリケルガ、又今度《コノタビ》ノ白状共ニ、専《モッパラ》隠謀ノ企《クハダテ》、彼朝臣ニアリト載《ノセ》タリケレバ、七月十一日ニ又六波羅へ召取レテ関東へ送ラレ給フ。再犯《サイホン》不《ザルハ》レ赦《ユルサ》法令ノ定《サダマ》ル所ナレバ、何ト陳ル共許サレジ、路次《ロシ》ニテ失ル、カ鎌倉ニテ斬《キラ》ル、カ、二《フタツ》ノ間ヲバ離レジト、思儲《オモヒマウケ》テゾ出ラレケル。

落花ノ雪ニ蹈迷フ、片野ノ春ノ桜ガリ、紅葉《モミヂ》ノ錦ヲ衣《キ》テ帰、嵐ノ山ノ秋ノ暮、一夜《ヒトヨ》ヲ明ス程ダニモ、旅宿《タビネ》トナレバ懶《モノウキ》ニ、恩愛ノ契リ浅カラヌ、我故郷《フルサト》ノ妻子ヲバ、行末《ユクヘ》モ知ズ思置、年久モ住馴シ、九重ノ帝都ヲバ、今ヲ限ト顧《カヘリミ》テ、思ハヌ旅ニ出玉フ、心ノ中ゾ哀ナル。憂ヲバ留ヌ相坂《アフサカ》ノ、関ノ清水ニ袖濡テ、末ハ山路《ヤマヂ》ヲ打出ノ浜、沖ヲ遥見渡セバ、塩ナラヌ海ニコガレ行、身ヲ浮舟ノ浮沈ミ、駒モ轟《トドロ》ト踏鳴ス、勢多《セタ》ノ長橋打渡リ、行向《ユキカフ》人ニ近江路ヤ、世ノウネノ野ニ鳴鶴モ、子ヲ思カト哀也。時雨《シグレ》モイタク森山ノ、木下《コノシタ》露ニ袖ヌレテ、風ニ露散ル篠原ヤ、篠分《シノワク》ル道ヲ過行バ、鏡ノ山ハ有トテモ、泪《ナミダ》ニ曇テ見へ分ズ。物ヲ思へバ夜間《ヨノマ》ニモ、老蘇《オイソノ》森ノ下草ニ、駒ヲ止《トドメ》テ顧ル、古郷《フルサト》ヲ雲ヤ隔ツラン。番馬《バンバ》、醒井《サメガヰ》、柏原、不破ノ関屋ハ荒果テ、猶モル物ハ秋ノ雨ノ、イツカ我身ノ尾張ナル、熱田ノ八劒《ヤツルギ》伏拝ミ、塩干ニ今ヤ鳴海《ナルミ》潟《ガタ》、傾ク月ニ道見へテ、明ヌ暮ヌト行道ノ、末ハイヅクト遠江、浜名ノ橋ノ夕塩ニ、引人モ無キ捨《ステヲ》小船《ブネ》、沈ミハテヌル身ニシアレバ、誰カ哀ト夕暮ノ、入逢鳴《イリアヒナレ》バ今ハトテ、池田ノ宿ニ着給フ。元暦元年ノ比《コロ》カトヨ、重衡《シゲヒラノ》中将ノ、東夷《トウイ》ノ為ニ囚《トラハ》レテ、此宿ニ付給シニ、「東《アツ》路《マヂ》ノ丹生《ハニフ》ノ小屋ノイブセキニ、古郷イカニ恋シカルラン」ト、長者ノ女《ムスメ》ガ読《ヨミ》タリシ、其古《イニシヘ》ノ哀迄モ、思残サヌ泪也。旅館ノ灯《トモシビ》幽《カスカ》ニシテ、鶏鳴暁ヲ催セバ、疋馬《ヒツバ》風ニ嘶《イバ》ヘテ、天龍河ヲ打渡リ、小夜ノ中山越行バ、白雲路《ミチ》ヲ埋来《ウヅミキ》テ、ソコトモ知ヌ夕暮ニ、家郷《カケイ》ノ天《ソラ》ヲ望テモ、昔西行法師ガ、「命也ケリ」ト詠《エイジ》ツヽ、二度《フタタビ》越シ跡マデモ、浦山敷《ウラヤマシク》ゾ思ハレケル。隙行《ヒマユク》駒ノ足ハヤミ、日已亭午《スデニテイゴ》ニ昇レバ、餉進《カレヒマヰラス》ル程トテ、輿《コシ》ヲ庭前ニ昇止《カキトド》ム。轅《ナガエ》ヲ叩テ警固ノ武士ヲ近付ケ、宿《シュク》ノ名ヲ問給フニ、「菊川ト申也」ト答ヘケレバ、承久ノ合戦ノ時、院宣書タリシ咎《トガ》ニ依テ、光親《ミチツカノ》卿関東ヘ召下サレシガ、此宿ニテ誅セラレシ時、

昔南陽県《ノ》菊水。汲《デ》二下流《ヲ》一而延《ブ》レ齢《ヨハヒヲ》。
今《ハ》東海道菊《ノ》河。宿《テ》二西岸《ニ》一而終《フ》レ命《ヲ》。

ト書タリシ、遠キ昔ノ筆ノ跡、今ハ我身ノ上ニナリ、哀ヤイトヾ増リケン、一首ノ歌ヲ詠《エイジ》テ、宿ノ柱ニゾ書レケル。

古《イニシエ》モカヽルタメシヲ菊川ノ同ジ流ニ身ヲヤ沈メン

(巻二)

千劔破《チハヤノ》城軍《イクサノ》事

千劒破城ノ寄手ハ、前ノ勢八十万騎ニ、又赤坂ノ勢吉野ノ勢馳加テ、百万騎ニ余リケレバ、城ノ四方二三里ガ間ハ、見物相撲ノ場ノ如ク打囲デ、尺寸《セキスン》ノ地ヲモ余サズ充満《ミチミチ》タリ。旌《セイ》旗《キ》ノ風ニ翻《ヒルガヘツ》テ靡《ナビ》ク気色ハ、秋ノ野ノ尾花ガ末ヨリモ繁ク、劒戟《ケンゲキ》ノ日ニ映ジテ耀《カガヤキ》ケル有様

*ウネノ野―滋賀県近江八幡市付近。「近江より朝立来ればうねの野にたづぞ鳴くなる明ぬ此夜は」(古今集・巻二十)。
*森山―滋賀県野州郡にある守山。「白露も時雨もいたくもる山は下葉残らず色づきにけり」(古今集・巻五・紀貫之)。
*篠原―同じく野州郡にある地名。
*鏡山―滋賀県にある山。「鏡山いざ立よりて見てゆかむ年へぬる身は老いやしぬると」(古今集・巻十七・大友黒主)。
*老蘇森―滋賀県蒲生郡安土町にある森。
*番馬―滋賀県坂田郡近江町醒ケ井。
*柏原―同郡山東町柏原。
*不破ノ関屋―岐阜県不破郡関ケ原町にあった古関。三関の一つ。近江と美濃の国境に近く、中山道の要所となっていた。
*熱田ノ八劒―熱田神宮の近くにある八剣宮。
*鳴海潟―名古屋市緑区鳴海付近の海。
*池田―静岡県磐田郡豊田村池田。
*重衡中将―平清盛の子。保元元年〜元暦元年(一一五六〜一一八四)。従三位、左近衛中将。源頼政を宇治に破る。一谷で敗戦後、須磨で捕えられ

ハ、暁ノ霜ノ枯草ニ布《シケ》ルガ如ク也。大軍ノ近ヅク処ニハ、山勢《サンセイ》是ガ為ニ動キ、時ノ声ノ震フ中ニハ、坤軸《エンヂクシユ》須臾ニ摧《クダ》ケタリ。此勢ニモ恐ズシテ、纔《ワツカ》ニ千人ニ足《タラ》ヌ小勢ニテ、誰ヲ憑《タノ》ミ何《イツ》ヲ待共ナキニ、城中ニコラヘテ防ギ戦ケル楠ガ心ノ程コソ不敵ナレ。

此城東西ハ谷深ク切テ人ノ上ルベキ様モナシ。南北ハ金剛山《コンゴウセン》ニツヾキテ而《シカ》モ峯絶タリ。サレドモ高サ二町許《バカリ》ニテ、廻《マハ》リ一里ニ足ヌ小城ナレバ、何程ノ事カ有ベキト、寄手是ヲ見侮《ミアナドツ》テ、初一両日ノ程ハ向ヒ陣ヲモ取ズ、責支度《セメシタク》ヲモ用意セズ、我先ニト城ノ木戸口ノ辺マデカヅキツレテゾ上タリケル。城中ノ者共少シモサハガズ、静マリ帰テ、高櫓《タカヤグラ》ノ上ヨリ大石《タイセキ》ヲ投カケ〳〵、楯ノ板ヲ微塵《ミヂン》ニ打砕テ、漂《タダヨ》フ処ヲ差《サシ》ツメ〳〵射ケル間、四方ノ坂ヨリコロビ落、落重テ手ヲ負《オヒ》、死ヲイタス者、一日ガ中ニ五六千人ニ及ベリ。長崎四郎左衛門尉、軍奉行ニテ有ケレバ、手負死人ノ実検ヲシケルニ、執筆《シユヒツ》十二人、夜昼三日ガ間筆ヲモ置ズ注《シル》セリ。サテコソ、「今ヨリ後ハ、大将ノ御許ナクシテ、合戦シタランズル輩《トモガラ》ヲバ却テ罪科ニ行ルベシ」ト触ラレケレバ、軍勢暫《シバラク》軍ヲ止《ヤメ》テ、先己ガ陣々ヲゾ構ヘケル。

爰ニ赤坂ノ大将金沢右馬助、大仏《オサラギ》奥州ニ向テ宣ヒケルハ、「前日赤坂ヲ攻落シツル事、全ク士卒《ジソツ》ノ高名ニ非ズ。城中ノ構ヲ推《オ》シ出シテ、水ヲ留テ候シニ依テ、敵程ナク降参仕候キ。是ヲ以テ此城ヲ見候ニ、是程纔《ワツカ》ナル山ノ巓《イタダキ》ニ用水有ベシ共覚候ハズ。又アゲ水ナンドヲヨソノ山ヨリ懸ベキ便《タヨリ》モ候ハヌニ、城中ニ水卓散《タクサン》ニ有ゲニ見ユルハ、如何様《イカサマ》東ノ山ノ麓ニ

鎌倉に送られたが、奈良に返送される途中、木津川の辺で斬られた。
*小夜ノ中山—静岡県掛川市の東にある山。
*命也ケリ—「年たけて又越ゆべしと思ひきや命なりけり小夜の中山」(新古今集・巻十)。
*菊川—静岡県榛原郡金谷町菊川。
*光親卿—藤原光親。権中納言正二位、按察使検非違使別当。承久三年七月廿三日於駿河国被斬(尊卑分脈)。ただし「承久兵乱記」下によれば後出漢詩の作者は藤原宗行であって光親ではない。
*中国河南省南陽県にある川。
*千剣破城—大阪府の東南、南河内郡千早村金剛山西南腹にあった城。
*赤坂ノ勢—赤坂城を攻めた阿曽治時の率いる勢。
*吉野の勢—吉野城を攻めた二階堂道蘊の率いる勢。
*長崎四郎左衛門—楠を攻めた幕府方武将。名は高貞。
*金沢右馬助—楠を攻めた幕府方武将。阿曽治時ともいう。
*大仏奥州—これは一人物ではなく、大仏陸奥右馬権助高直と、高直の兄陸奥右馬助家時の二人と考えられるという(古典文学大系「太平記」注による)。

＊両大将―大仏と奥州。
＊名越越前守―楠を攻めた武将。名越右馬助とも。
＊楠―正成？〜延元元年（一三三六）。南北朝時代の武将。左衛門尉。一三三一年、後醍醐天皇の鎌倉幕府討伐に参加、河内赤坂城に挙兵。建武中興後、足利尊氏と戦い摂津湊川で敗死した。

流タル溪水《タニミツ》ヲ、夜々《ヨルヨル》汲歟ト覚テ候。アハレ宗徒《ムネト》ノ人々一両人ニ仰付ラレテ、此水ヲ汲セヌ様ニ御計《オンハカラヒ》候ヘカシ」ト被《レ》レ申《サ》ケレバ、両大将、「此義可《ク》レ然《シカル》覚候」トテ、名越《ナゴヤ》越前《ノ》守ヲ大将トシテ其勢三千余騎ヲ指分《サシワケ》テ、水ノ辺ニ陣ヲ取セ、城ヨリ人ヲリ下リヌベキ道々ニ、逆木《サカモギ》ヲ引テゾ待懸ケル。楠ハ元来《モトヨリ》勇気智謀相兼タル者ナリケレバ、此城ヲ拵《コシラ》ヘケル始《ハジメ》用水ノ便《タヨリ》ヲミルニ、五所ノ秘水トテ、峯通ル山伏ノ秘シテ汲水此峯ニ有テ、滴《シタダ》ル事一夜ニ五斛許《コクバカリ》也。此水イカナル旱《ヒデリ》ニモヒル事ナケレバ、如《ク》レ形《カタノ》人ノ口中《コウチユウ》ヲ濡《ウルホ》サン事相違アル マジケレ共、合戦ノ最中ハ或ハ火矢ヲ消サン為、又喉《ノンド》ノ乾ク事繁ケレバ、此水許ニテハ不足ナルベシトテ、大ナル木ヲ以テ、水舟ヲ二三百打セテ、水ヲ湛《タタヘ》置タリ。又数百箇所作リ雙ベタル役所ノ軒ニ継樋《ツキトヒ》ヲ懸テ、雨フレバ、霤《アマダレ》ヲ少シモ余サズ、舟ニウケ入レ、舟ノ底ニ赤土ヲ沈メテ、水ノ性《シヤウ》ヲ損ゼヌ様ニゾ被レ拵タリケル。此水ヲ以テ、縦ヒ五六十日雨不レ降トモコラヘツベシ。其中ニ又ナドカハ雨降事無ラントト、了簡《レウケン》シケル智慮ノ程コソ浅カラネ。サレバ城ヨリハ強《アナガチ》ニ此谷水ヲ汲ントモセザリケルヲ、水フセギケル兵共《ツハモノドモ》ノ夜毎《ヨゴト》ニ機ヲツメテ、今ヤ〳〵ト待懸ケルガ、始ノ程コソ有ケレ、後ニハ次第々々ニ心懈《オコタ》リ、機緩《ユルマツ》テ、此水ヲバ汲ザリケルゾトテ、用心ノ体少シ無沙汰ニゾ成ニケル。楠是ヲ見スマシテ、究竟《クキヤウ》ノ射手ヲソロヘテ二三百人夜ニ紛《マギレ》テ城ヨリヲロシ、マダ篠目《シノノメ》ノ明ケハテヌ霞隠《カスミガク》レヨリ押寄セ、水辺ニ攻《ツメ》テ居タル者共、二十余人切伏テ、透間《スキマ》モナク切テ懸リケル間、名越越前《ノ》守コラヘ兼テ、本《モト》ノ陣ヘゾ引レケル。寄手数万ノ軍勢是ヲ見テ、渡リ合セントヒシメケ共、谷ヲ隔テ尾ヲ隔タル道ナレバ、輒《タヤス》ク馳合スル兵《ツハモノ》モナシ。兎角《トカク》シケル其間ニ、捨置タル旗・大幕ナンド取持セテ、楠ガ勢、閑《シヅカ》ニ城中ヘゾ引入ケル。

其翌日城ノ大手ニ三本唐笠《ガラカサ》ノ紋書タル旗ト、同キ文《モン》ノ幕トヲ引テ、「是コソ皆名越殿ヨリ給テ候ツル御旗ニテ候ヘ、御文付テ候間他人ノ為ニハ無用ニ候。御中《ミウチ》ノ人々是ヘ御入候テ、被レ召候ヘカシ」ト云テ、同音ニドツト笑ケレバ、天下ノ武士共是ヲ見テ、「アハレ名越殿ノ不覚ヤ」ト、口々ニ云ヌ者コソ無リケレ。名越一家ノ人々此事ヲ聞テ、安カラヌ事ニ被レ思ケレバ、「当手《タウテ》ノ軍勢共一人モ不レ残、城ノ木戸ヲ枕ニシテ、討死ヲセヨ」トゾ被二下知《セ》一ケル。依《テ》レ之《ニ》彼手ノ兵五千余人、思切テ討共射共用ズ、乗越々々城ノ逆木《サカモギ》一重引破テ、切《キリ》岸《ギシ》ノ下迄ゾ攻タリケル。サレ共岸高《タカウ》シテ切立タレバ、矢長《ヤタケ》ニ思ヘ共ノボリ得ズ、唯徒《イタヅラ》ニ城ヲ睨《ニラミ》、忿《イカリ》ヲ押ヘテ息ツギ居タリ。此時城ノ中ヨリ、切岸ノ上ニ横ヘテ置タル大木十計切テ落シ懸タリケル間、将碁倒《シヤウギタフシ》ヲスル如ク、寄手四五百人圧《オシ》ニ被レ討テ死ニケリ。是ニチガハントシドロニ成テ騒グ処ヲ、十方ノ櫓ヨリ指落《サシオト》シ、思様ニ射ケル間、五千余人ノ兵共残スクナニ討レテ、其日ノ軍ハ果ニケリ。誠志《ニ》ノ程ハ猛《タケ》ケレ共、唯シ出シタル事モナクテ、若干討《ソクバク》レニケレバ、「アハレ恥ノ上ノ損哉《カナ》」ト、諸人《シヨニン》ノ口遊《クチズサミ》ハ猶不レ止。尋常《ヨノツネ》ナラヌ合戦ノ体ヲ見テ、寄手モ侮リニク、ヤ思ケン、今ハ始ノ様ニ、勇進デ攻ントスル者モ無リケリ。

長崎四郎左衛門尉此有様ヲ見テ、「此城ヲ力責ニスル事ハ、人ノ討ル、計ニテ、其功成難シ。唯取巻テ食責《ジキゼメ》ニセヨ」ト下知シテ、軍ヲ被レ止《ヤメ》ケレバ、徒然《トゼン》ニ皆堪兼《タヘカネ》テ、花ノ下《モト》ノ連歌シ共ヲ呼下シ、一万句ノ連歌ヲゾ始タリケル。其初日ノ発句ヲバ長崎九郎左衛門師宗《モロムネ》、

サキ懸テカツ色ミセヨ山桜

トシタリケルヲ、脇ノ句、工藤二郎右衛門尉ノ、

嵐ヤ花ノカタキナルラン

トゾ付タリケル。誠ニ両句トモニ、詞ノ縁巧ニシテ句ノ体ハ優ナレドモ、御方《ミカタ》ヲバ花ニナシ、敵ヲ嵐ニ喩《タト》ヘケレバ、禁忌《キンキ》也ケル表事《ヘウジ》哉《カナ》ト後ニゾ思ヒ知レケル。大将ノ下知ニ随テ、軍勢皆軍ヲ止ケレバ、慰ム方ヤ無リケン、或ハ碁《ゴ》・雙六《シゴロク》ヲ打テ日ヲ過シ、或ハ百服茶《ヒヤツプクチヤ》・褒貶《ハウヘン》ノ歌合ナンドヲ翫《モテアソン》デ夜ヲ明ス。是ニコソ城中ノ兵ハ中々被レ悩タル心地シテ、心ヲ遣方《ヤルカタ》モ無リケル。少シ程経テ後、正成《マサシゲ》、「イデサラバ、又寄手タバカリテ居眠《ヰネブリ》サマサン」トテ、芥《アクタ》ヲ以テ人長《ヒトダケ》ニ人形《ニンギヤウ》ヲ二三十作テ、甲冑《カツチウ》ヲキセ兵杖《ヒヤウヂヤウ》ヲ持セテ、夜中《ヤチユウ》ニ城ノ麓ニ立置キ、前ハ畳楯《デフダテ》ヲツキ雙ベ、其後ロニスグリタル兵五百人ヲ交ヘテ、夜ノホノ〴〵ト明ケル霞ノ下ヨリ、同時ニ時ヲドツト作ル。四方ノ寄手時ノ声ヲ聞テ、「スハヤ城ノ中《ウチ》ヨリ打出タルハ、是コソ敵ノ運ノ尽ル所ノ死狂《シニクルヒ》ヨ」トテ我先ニトゾ攻合セケル。城ノ兵兼テ巧タル事ナレバ、矢軍《ヤイクサ》チトスル様ニシテ大勢相近ヅケテ、人形許ヲ木《コ》ガクレニ残シ置テ、兵ハ皆次第々々ニ城ノ上ヘ引

＊工藤二郎右衛門尉―名は高景。右衛門尉は誤りで、左衛門尉が正しい。

上ル。寄手人形ヲ実《マコト》ノ兵ゾト心得テ、是ヲ打ント相集ル。正成所存ノ如ク敵ヲタバカリ寄セテ、大石《タイセキ》ヲ四五十、一度ニバツト発《ハナ》ス。一所ニ集リタル敵三百余人、矢庭《ヤニハ》ニ被㆓討殺㆒、半死半生ノ者五百余人ニ及リ。軍ハテ、是ヲ見レバ、哀大剛《アハレダイガウ》ノ者哉《カナ》ト覚テ、一足モ引ザリツル兵、皆人ニハアラデ藁《ワラ》ニテ作レル人形也。是ヲ討ント相集テ、石ニ打レ矢ニ当テ死セルモ高名ナラズ、又是ヲ危《アヤブミ》テ進得ザリツルモ臆病ノ程顕レテ云甲斐ナシ。唯兎ニモ角ニモ万人ノ物笑ヒトゾ成ニケル。（巻七）

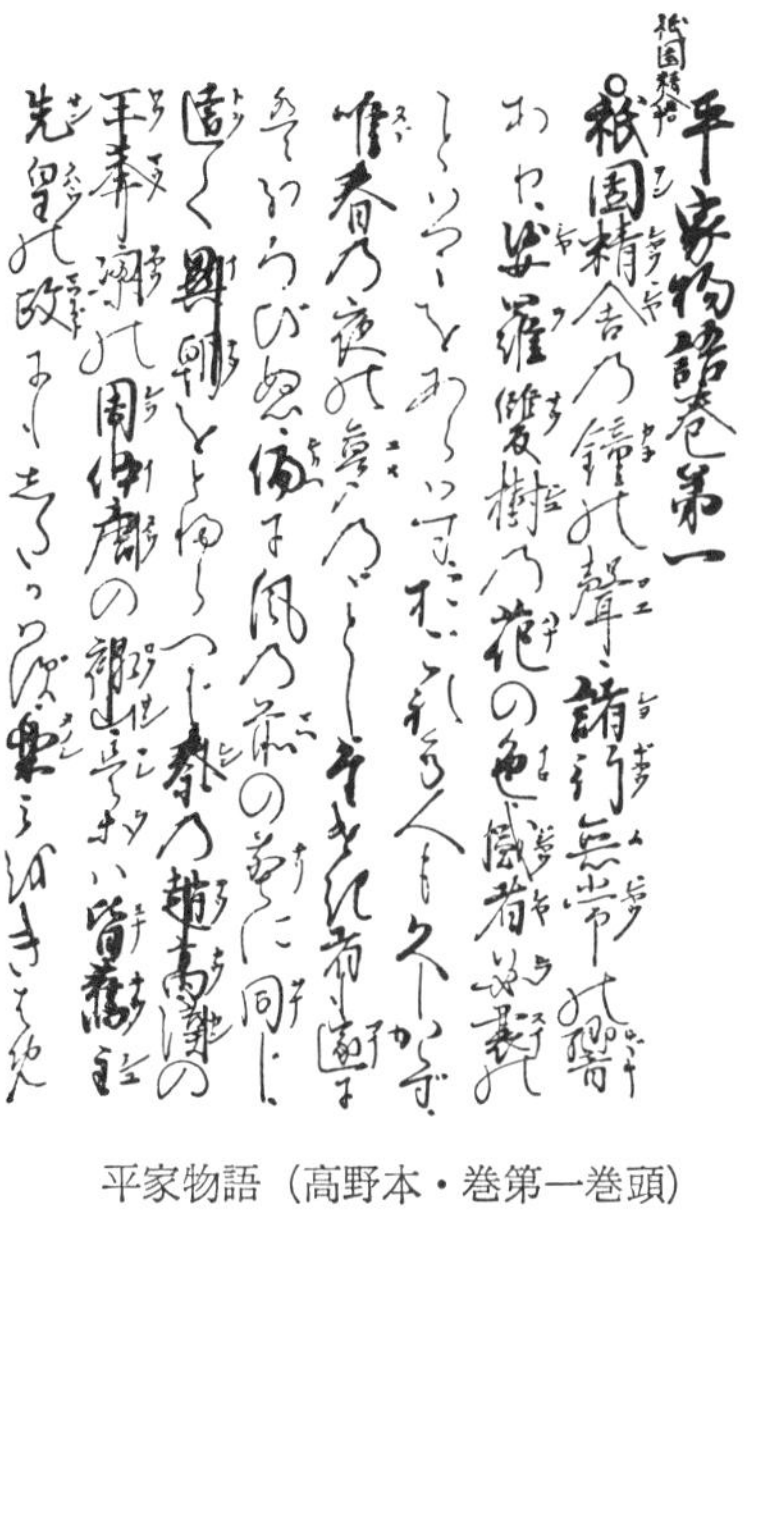

平家物語（高野本・巻第一巻頭）

曽我物語

祐経、屋形をかへし事

すでに祐経が屋形ちかくなりて、こゝぞといへば、うちうなづきて、すでに屋形へいらんとしける時、十郎、弟《おとゝ》が袖《そで》をひかへて、「われ〳〵、敵に打ちあひなば、刹那の隙も有まじ。今こそ最後《さいご》の際なれ、心しづかに念仏せよ」といひければ、「しかるべし」とて、兄弟、西にむかひ手をあはせ、「臨命終《りんみやうじう》の仏たち、親のために回向《ゑかう》する命、諸尊《しよそん》もしりたまはん。安楽世界にむかへたまへ」と祈念して、屋形の内へぞいりにける。されども、王藤内が申様《やう》にしたがひ、祐経、おもはざる所に屋形をかへたりければ、たゞむなしく土器ふみちらして、人一人もなかりけり。是はいかにと、松明ふりあげ見れば、屋形《やかた》もおなじ屋形《やかた》、座敷も宵《よひ》の所なり。人はおほくふしたれども、狩につかれ、酒にゑひふしたりければ、「誰《た》ぞ」ととがむる者もなし。この人々は、力なく屋形をたちいでて、天にあふぎ、地にふし、かなしみけるぞ、理なり。「敵に縁なき者を尋ぬるに、我らにはすぎじ。今宵は、さりともとおもひしに、あましぬるこそ、口をしけれ。かやうにあるべしとしるならば、曽我へかへすまじきに、さなき物故に、世間に披露せられんこそ、かなしけれ。自害してうせなん」とて、たちたりける。

○曽我物語―流布本十二巻、異本十巻。作者不詳。成立も明らかでないが、鎌倉期に口承による伝承が行なわれ、南北朝期に今日見るような本文が成立したか。建久四年（一一九三）曽我祐成・時致兄弟が富士野の狩場で父の仇工藤祐経を討った史実を物語化したもの。兄弟の生い立ちから仇討ちとその後日譚に至るまでを和漢の故事を交えながら戯曲的に構成した。一般に軍記物語の範疇に入れて扱うが、戦乱というより個人の私闘を物語化している点で、兄弟を英雄に仕立てているところは、義経個人を扱った「義経記」と同じ系列のものとみなされる。本文は古典文学大系「曽我物語」によった。

*祐経―伊豆国狩野に住んだ名家で、武者所の首席である一臈職を勤めた。

*十郎―弟の五郎時致とともに「曽我物語」の主人公。曽我十郎祐成。

*臨命終の仏―臨終仏。臨終のときに来迎する阿弥陀仏を中心とする極楽の聖衆。

*王藤内―備前吉備津宮の神官。仇討の夜兄弟に殺された。祐経にかねて曽我兄弟に油断するなと忠告していた。

されども、御屋形の東のはづれは、秩父の屋形なりけり。折節、本田二郎、小具足さしかため、夜まはりの番也しが、庭上《ていしやう》に、「今宵もあましけるよ」と、小声にいふ音しけり。いかさま、伊豆・駿河の盗賊の奴ばらにて有覧、打とゞめ、高名せんと思ひ、太刀の鍔元、二三寸すかし、足早にあゆみよりけるが、心をかへて思ふやう、一定、曽我の殿原の、日ごろの本意とげんとて、夜昼つけめぐりつる、さやうの人にてもやと、障子の隙より、忍びてみれば、案にもたがはず、兄弟は、敵のかへたる屋形をしらで、あきれてこそはゐたりけれ。いたはしく思ひて、左衛門尉がふしたる屋形の妻戸《つまど》を、ひそかにおしひらき、何共物をばいはずして、扇をいだしてまねきたり。五郎、此よしきつと見て、本田がわれらをまねきつるは、様こそあれと思ひ、松明脇にひきそばめ、広縁《ひろゑん》にづんどあがり、「何事ぞや、本田殿」とさゝやきければ、本田、小声になりて、「夜陰の名字は詮なし。波にゆらるゝ沖つ船、しるべの山はこなたぞ」と、いひすててこそしのびけれ。「そこともしらぬ夜の波、風をたよりの湊いり、心あるよ」とたはぶれて、屋形の内へぞ入りにける。兄弟ともに立そひて、松明ふりあげ、よく見れば、本田がをしへにたがはず、敵は、こゝにぞふしたりける。二人が目と目を見あはせ、あたりを見れば、人もなし。左衛門尉は、手越《てごし》の少将とふしたり。王藤内は、畳すこし引のけて、亀鶴とこそふしたりけれ。十郎、敵を見つけて、弟にいひけるは、「わ殿は、王藤内をきり給へ。祐経をば、祐成にまかせてみよ」とぞいひたりける。時宗聞きて、

*秩父―畠山重忠のこと。

*本田二郎―埼玉県大里郡川本村出身の武人。

*波にゆらるゝ沖つ船、しるべの山―「沖つ船」は敵を捜しあぐねている兄弟を、「しるべの山」は敵祐経をさす。

*手越の少将―「手越」は今の静岡市内の古駅。少将・亀鶴はそこの遊女。

*時宗―時致。

＊無明の酒―心をまどわす酒。

＊三千年に云々―「西王母」は上代中国で信仰された仙女。長寿を願っていた漢の武帝に、西王母が仙桃を与えたという伝説があり、その桃は三千年に一度花が咲き、実がなるものであった。「優曇華」も三千年に一度だけ花が咲く。稀有なものをたとえた。

「おろかなる御ことばかな。我〳〵幼少より、神仏にいのりし事は、王藤内をうたんためか。かの物は、にがすべし。たてあはば、きるべし。祐経をこそ、千太刀も百太刀も、心のまゝにきるべけれ。はやきり給へ。きらん」とて、すぞろきてこそ立ちたりけれ。果報めでたき祐経も、無明《むみやう》の酒にゑひぬれば、敵のいるをもしらずして、前後もしらでぞふしたりける。二人の君共をば、衣におしまき、畳よりおしおろし、「おのれ、声たつな」といひて、松明《たいまつ》側《そば》にさしおき、十郎、枕にまはりければ、五郎は、後《あと》にぞめぐりける。二人の君ども、はじめより、しりたりけれども、あまりのおそろしさに、音もせず。兄弟の人々は、祐経を中におきて、をの〳〵目と目を見あはせて、うちうなづきてよろこびけるぞ、あはれなる。「三千年に花さき実なる西王母《せいわうぼう》の園の桃、優曇華よりもめづらしや。優曇華をば、をがみてたをるといふなれば、それにたとふる敵なれば、をがみてきれや〳〵」とて、よろこびける。さて、二人が太刀を左衛門尉にあててはひき、引きてはあて、七八度こそあてにけれ。やゝありて、時致《ときむね》、此年月のおもひ、たゞ一太刀にとおもひつる気色あらはれたり。十郎、これを見て、「まてしばし、ねいりたる物をきるは、死人をきるにおなじ。おこさんものを」とて、太刀のきつ先を、祐経が心もとにさしあて、「いかに左衛門殿、昼の見参に入りつる曽我の者共まゐりたり。われら程の敵をもちながら、何とてうちとけてふしたまふぞ。おきよや、左衛門殿」とおこされて、祐経も、よかりけり、「心えたり。何程の事あるべき」といひもはてず、おきさまに、枕元にたてたる太刀をとらんとする所を、「やさしき敵のふるまひかな。おこしはたてじ」といふまゝに、左手の肩より右手の脇の下、板敷までもとほれとこそは、きりつけけれ。五郎も、「えたりや、おう」とのゝしりて、腰の上手をさしあげて、畳板敷きりとほし、下もちまでぞうち入れたる。理なるかな、源氏重代友切、何物かたまるべき。あたるにあたる所、つゞく事なし。「我幼少よりねがひしも、是ぞかし。妄念はらへや、時致。わすれよや、五郎」とて、心のゆく〳〵、三太刀づつこそきりたりけれ。無慙なりし有様なり。

後にふしたる王藤内、ねおびれて、「詮なき殿ばらの夜ちうのたはぶれかな。あやまちしたまふな。人たがひしたまふな。人々をば見しりたり。後日にあらそふな」とはいひけれども、刀をだにもとらずして、たかばひにしてぞ、にげたりける。十郎おひかけて、「昼のことばにはにざる物かな。いづくまでにぐるぞ。あますまじ」とて、左の肩より右の乳の下かけて、二つにきりて、おしのけたり。五郎はしりより、左右の高股二にきりて、おしのけたり。四十あまりの男なりしが、時の間に、四つになりてぞ、うせにける。にがすべかりつる物、かいふしてはにげずして、なましひなることをいひて、四つになるこそ、無慙さよ。

（巻九）

*友切―「平家物語」によると、「獅子の子」が「小烏」を切って、「友切」と名づけられたという。

義経記

如意《によゐ》の渡《わたり》にて義経を弁慶打ち奉る事

夜も明けければ、如意の城を船に召して、渡《わたり》をせんとし給ふに、渡守《わたしもり》をば平権守《へいごんのかみ》とぞ申しける。彼が申しけるは、「暫く申すべき事候。是は越中の守護近きところにて候へば、予《かね》て仰せ蒙《かふぶ》りて候ひし間、山伏五人三人は言ふに及ばず、十人にならば、所へ仔細《しさい》を申さで、わたしたらんは僻事《ひがこと》ぞと仰せつけられて候。すでに十七八人御わたり候へば、あやしく思ひ参らせ候。守護へその様を申候ひてわたし参らせん」と申しければ、武蔵坊これを聞きて、妬《ねた》げに思ひて、「や殿、さりとも此北陸道《ほくろくだう》に羽黒《はぐろ》の讃岐見知らぬ者やあるべき」と申しければ、中乗に乗つたる男、弁慶をつく〴〵と見て、「実《げ》に〳〵見参らせたる様に候。一昨年《おとゝし》も一昨々年《さおとゝし》も、上下向毎《かうごと》に御幣《へい》とて申し下し賜はりし御坊や」と申しければ、弁慶嬉しさに、「あ、よく見られたり〳〵」とぞ申しける。権守申しけるは、「小賢《こざか》しき男の言ひ様かな。見知り奉りたらば、和男《わおとこ》は計らひにわたし奉れ」と申しければ、弁慶これを聞きて、「そも〳〵この中にこそ九郎判官よと、名を指しての給《(宣)》へ」と申しければ、「あの舳《へさき》に村千鳥《むらちどり》の摺《すり》の衣召したるこそあやしく思ひ奉れ」と申しければ、弁慶「あれは加賀の白《しら》山より連れたりし御坊なり。あの御坊故にところ〴〵にて人々にあやしめらるゝこそ詮

○義経記―八巻。作者不詳。室町初期から中期にかけての成立と考えられる。「曽我物語」と同様、軍記物語という範疇には入れにくいが、源平合戦に活躍した義経を主人公にしているため、ふつう軍記の系列に入れて扱う。「平家物語」の義経像は機敏で精悍な武将に描かれているが、「義経記」では特に巻四以降は優柔不断な義経像に変容している。悲劇的末路をとった義経に対する判官びいきが、そうした変容をもたらしたと考えられる。ただ巻二では鬼一法眼の条に、巻三では弁慶に主眼をおいている。これらは別箇に独立していた話が、「義経記」に流れ込んだことを示している。「判官物語」系・流布本系・刊本の三系統がある。本文は古典文学大系「義経記」によった。

*如意の渡―「如意の渡といふは五位の渡にて、今の五位山村より発し、小矢部川に注ぐ子撫川の渡津をいへるにあらざるか」(岡部精一「義経記に現はれたる地理」)。

*武蔵坊―?～文治五年（一一八五）。鎌倉時代初期の僧。比叡山西塔で修業したが、僧行より武事を好み、源義経に仕えて数々の勲功をたてたが、

なけれ」と言ひけれども、返事もせで打俯《うちうつぶ》きて居給ひたり。弁慶腹立ちたる姿になりて、走り寄りて舟端《ばた》を踏まへて、御腕《かいな》を摑《つか》んで肩に引懸けて、浜へ走上り、砂《いさご》の上にがはと投げ棄てて、腰なる扇抜き出し、労《いた》はしげもなく、続け打ちに散々にぞ打ちたりける。見る人目もあてられざりけり。北の方は余りの御こゝろ憂さに声を立てても悲しむばかりに思召《おぼしめ》しけれども、流石《さすが》人目の繁ければ、さらぬ様にておはしけり。平権守これを見て、「すべて羽黒山伏程情なき者はなかりけり。『判官にてはなし』と仰せらるれば、さてこそ候はんずるに、あれ程痛はしく情なく打ち給へるこそこゝろ憂けれ。詮ずる所、これは某《それがし》が打ち参らせたる杖にてこそ候へ。かゝる御労はしき事こそ候はね。これに召し候へ」とて、船を差し寄する。檝取《かんどり》乗せ奉りて申しけるは、「さらばはや船賃なして越し給へ」と言へば、「何時《いつ》の習《ならひ》は羽黒山伏の船賃なしけるぞ」と言ひければ、「日比取りたる事はなけれども、御坊の余りに放逸《はういつ》におはすれば、取りてこそわたさんずれ。疾《と》く船賃なし給へ」とて船をわたさず。弁慶、「和殿《わどの》斯様《かやう》にわれ等に当らば、出羽国へ一年二年のうちに来らぬ事はよもあらじ。酒田の湊は此少人《せうじん》の父、酒田次郎殿の領なり。只今当り返さんずるものを」とぞ威《おど》しけり。されども権守、「何とも宣へ、船賃取らで、えこそ渡すまじけれ」とてわたさず。弁慶、「古へ取られたる例はなけれども、此僻事《ひがこと》したるによつて取らるゝなり」とて、「さらばそれ賜び候へ」とて、北の方の著給へる帷《かたびら》の尋常なるを脱《ぬ》がせ奉りて、渡守に取らせけり。権守これを取

衣川の合戦で義経に殉じたと伝えられる。

*羽黒の讃岐―弁慶が山伏仲間によく知られた者だと思わせるため、突差に自分のことを羽黒の讃岐と呼んだ。

*御幣―祭礼に用いる道具。白または金銀、五色の紙を幣串にはさんだもの。

*九郎判官―源義経のこと。平治元年～文治五年（一一五九―一一八九）。鎌倉時代の武将。源義朝の子。平治の乱当時二歳。七歳で鞍馬山に入り、承安四年陸奥の藤原秀衡の許に行き平泉に居を構えた。兄頼朝挙兵を援け、源義仲や平家一門を討つ。のちに頼朝に追われ再び平泉へ逃れて衣川の館で自刃。三十一歳。

*村千鳥の摺の衣―千鳥がむらがっている柄を山藍やツキクサなどの染草で摺り出した着物。

*加賀の白山―加賀にある白山神社。三社、八院から成る。

*酒田の湊―山形県飽海郡酒田の津。今の酒田市。中世には奥羽有数の港町として栄えた。

*酒田次郎殿―実在の人物かどうか不明。

りて申しけるは、「法に任せて取りては候へども、あの御坊のいとほしければ参らせん」とて、判官殿にこそ奉りける。武蔵坊是を見て、片岡が袖を控へて、「痴《おこ》がましや、たゞあれもそれもおなじ事ぞ」と囁《さゝや》きける。（巻七）

*丹緑本義経記―江戸初期ごろから丹緑本と称して文学作品に挿絵を施して刊行する風が興った。板木で下絵を刷り、一々手で採色を施したもので味わいがある。この形態の本は文学作品を巻間に流布させる上に大きな力を持った。「義経記」もこの丹緑本として刊行され、義経伝説を浸透させた。

丹緑本　義経記

九、史論・歴史物語

愚管抄

又建永ノ年、法然房ト云上人アリキ。マヂカク京中ヲスミカニテ、念仏宗ヲ立テ専宗念仏《せんじゆねんぶつ》ト号シテ、「タヾ阿弥陀仏トバカリ申ベキ也。ソレナラヌコト、顕密ノツトメハナセソ」ト云事ヲ云イダシ、不可思議ノ愚癡無智《ぐちむち》ノ尼入道ニヨロコバレテ、コノ事ノタヾ繁昌ニ世ニハンジヤウシテツヨクヲコリツヽ、ソノ中ニ安楽房トテ、泰経入道ガモトニアリケル侍、入道シテ専修《せんじゆ》ノ行人《ぎやうにん》トテ、又住蓮《ぢゆうれん》トツガイテ、六時礼讃《ろくじらいさん》ハ善導和上ノ行也トテ、コレヲタテヽ、尼ドモニ帰依《きえ》渇仰《かつがう》セラルヽ者出キニケリ。ソレラガアマリサヘ云ハヤリテ、「コノ行者ニ成ヌレバ、女犯ヲコノムモ魚鳥ヲ食モ、阿弥陀仏ハスコシモトガメ玉ハズ。一向専修ニイリテ念仏バカリヲ信ジツレバ、一定《いちぢやう》最後ニムカヘ玉フゾ」ト云《いひ》テ、京田舎サナガラコノヤウニナリケル程ニ、院ノ小御所《こごしよ》ノ女房、仁和寺ノ御ムロノ御母マジリニコレヲ信ジテ、ミソカニ安楽ナド云物ヨビヨセテ、コノヤウトカセテキカントシケレバ、又グシテ行向ドウレイタチ出《いで》キナンドシテ、夜ルサヘトヾメナドスル事出キタリケリ。トカク云バカリナクテ、終《つひ》ニ安楽・住蓮頸キラレニケリ。法然上人ナガシテ京ノ中ニアルマジニテヲハレニケリ。カヽル事モカヤウニ御沙汰ノアルニ、スコシカヽリテヒカヘラルヽトコソミユレ。サレド法然ハアマリ方人《かたうど》ナク

○**愚管抄**—七巻。史論書。慈円著。承久二年（一二二〇）執筆。巻二「皇帝年代記」に、後代の追記がある。慈円は保元の乱以降を末世と観じ、その因由を考えていた。このような折、実朝の急死があり、後鳥羽院の討幕計画が進展したため、ますます危機感が高まり、これが動機となって神武天皇から承久年間までの歴史を叙述し、歴史を貫く「道理」の解明に力を注いだ。わが国の本格的な史論として画期的なものである。本文は古典文学大系「愚管抄」によった。

○**慈円**—久寿二年〜嘉禄元年（一一五五〜一二二五）。関白忠通の子、九条兼実の弟。諡号慈鎮。別号吉水和尚。天台座主四回、大僧正位。慈円は仏教界の最高権威であったばかりでなく、政界にも重きをなし、頼朝とも親交を結んだ。歌人としても名を知られ、彼の歌は「千載集」以下の勅撰集に多数入集しているが、特に「新古今集」には西行に次いで歌数が多い。史論「愚管抄」を著わし、摂関政治の立場に立脚して、独自の史観を展開した。家集「拾玉集」。

テ、ユルサレテ終ニ大谷《おほたに》ト云東山《いふひがしやま》ニテ入滅シテケリ。ソレモ往生〳〵ト云《いひ》ナシテ人アツマリケレド、サルタシカナル事モナシ。臨終行儀モ増賀上人ナドノヤウニハイワル丶事モナシ。カ丶ルコトモアリシカバ、コレハ昨今マデシリビキヲシテ、猶ソノ魚鳥女犯ノ専修ハ大方エトヾメラレヌニヤ、山ノ大衆ヲコリテ、空《くう》アミダ仏ガ念仏ヲイチラサントテ、ニゲマドハセナドスメリ。大方東大寺ノ俊乗房ハ、阿弥陀ノ化身ト云コト出キテ、ワガ身ノ名ヲバ南無阿弥陀仏ト名ノリテ、万ノ人ニ上ニ一字ヲキテ、空阿弥陀仏、法アミダ仏ナド云名ヲツケ、ルヲ、マコトニヤガテ我名ニシタル尼法師ヲ丶カリ。ハテニ法然ガ弟子トテカ丶ル事ドモシイデタル、誠ニモ仏法ノ滅相ウタガイナシ。コレヲ心ウルニモ、魔ニハ順魔逆魔ト云、コノ順魔ノカナシウカヤウノ事ドモヲシフル也。弥陀一教利物偏増《いつけうりぶつへんぞう》ノマコトナラン世ニハ、罪障マコトニ消テ極楽ヘマイル人モアルベシ。マダシキニ真言止観《しんごんしくわん》サカリニモアリヌベキ時、順魔ノ教ニシタガイテ得脱《とくだつ》スル人ハヨモアラジ。カナシキコトヾモナリ。

（巻六）

神皇正統記

第七十八代、二条院。諱ハ守仁、後白河ノ太子。御母贈皇太后藤原懿子《いし》、贈太政大臣経実ノ女也。戊寅《つちのえとら》ノ年即位、己卯《つちのとう》ニ改元。年号ヲ平治ト云。

右衛門督藤原信頼ト云人アリ。上皇イミジク寵セサセ給テ天下ノコトヲサヘマカセラル丶、

*建永―一二〇六年四月二十七日改元。一二〇七年十月二十五日まで。

*法然房―長承二年〜建暦二年（一一五三〜一二一二）。浄土宗の開祖。法名は源空。黒谷上人とも。十五歳で比叡山に入り、のち黒谷の叡空の弟子になった。唐善導の著述に触発され、専修念仏を興す。武士・庶民のみならず貴族の信仰を集めたが、旧仏教の圧迫を受け讃岐へ配流、のち許され大谷に帰りその地で示寂。

*念仏宗―南無阿弥陀仏の名号を唱え、それによって極楽往生を願う仏教諸派の総称。

*安楽房―法名遵西。外記中原師秀の子。俗名師広。

*泰経入道―皇后宮亮左馬権助、右京大夫少納言、正三位。建久八年九月六日出家。建仁元年十一月二十三日薨（尊卑分脈）。

*住蓮―源氏。法然上人弟子。「門人仍後鳥羽上皇有逆鱗召誠住蓮、安楽二人被斬首畢」（尊卑分脈）。

*善導和上―六一三〜六八一。唐の安徽泗州の人。光明寺和尚、終南大師と称す。「観経疏」以下五部九巻を著し、浄土教の教義を大成した。

*御ムロ―道助法親王。俗名長仁。母は内大臣藤原信清女。

マデナリニケレバ、オゴリノ心キザシテ近衛大将ヲノゾミ申シヲ通憲法師イサメ申テヤミヌ。其時、源義朝朝臣ガ清盛朝臣ニオサヘラレテ恨《うらみ》ヲフクメリケルヲアヒカタラヒテ叛逆《ほんぎやく》ヲ思クハダテケリ。保元ノ乱ニハ、義朝ガ功タカク侍ケレド、清盛ハ通憲法師ガ縁者ニナリテコトノホカニメシツカハル。通憲法師・清盛等ヲウシナヒテ世ヲホシキマヽニセムトゾハカラヒケル。清盛熊野ニマウデケルヒマヲウカヾヒテ、先《まつ》上皇御坐《ござ》ノ三条殿ト云所ヲヤキテ大内ニウツシ申、主上ヲモカタハラニオシコメタテマツル。通憲法師ノガレガタクヤアリケン、ミヅカラウセヌ。其子ドモヤガテ国々ヘナガシツカハス。通憲モ才学アリ、心モサカシカリケレド、己ガ非ヲシリ、未萌《みばう》ノ禍《わざはひ》ヲフセグマデノ智分ヤカケタリケン。信頼ガ非ヲバイサメ申ケレド、ワガ子共ハ顕職顕官《けんしよくけんくわん》ニノボリ、近衛ノ次将ナンドニサヘナシ、参議已上ニアガルモアリキ。カクテウセニシカバ、コレモ天意ニタガフ所アリト云コトハ疑ナシ。清盛コノコトヲキヽ、道ヨリノボリヌ。信頼カタラヒオキケル近臣等ノ中ニ心ガハリスル人々アリテ、主上・上皇ヲシノビテイダシタテマツリ、清盛ガ家ニウツシ申テケリ。スナハチ信頼・義朝等ヲ追討セラル。程ナクウチカチヌ。信頼ハトラハレテ首ヲキラル。義朝ハ東国ヘ心ザシテノガレシカド、尾張国ニテウタレヌ。ソノ首ヲ梟《ケウ》セラレニキ。

義朝重代ノ兵《つはもの》タリシウヘ、保元ノ勲功ステラレガタク侍シニ、父ノ首ヲキラセタリシコト大ナルトガ也。古今ニモキカズ、和漢ニモ例《ためし》ナシ。勲功ニ申替《まうしかふ》トモミヅカラ退トモ、ナドカ

*増賀上人―延喜十七年長保五年(九一七〜一〇〇三)。平安中期の天台僧。比叡山に登って良源につかえ、後に冷泉天皇の内供奉となる。皇后詮子の戒師を辞し多武峰に隠栖。

*俊乗―保安二年〜建永元年(一一二一〜一二〇六)。法名重源。大仏の聖ともよばれた。はじめ醍醐寺の僧。仁安二年渡宋。東大寺再建の大勧進となった。法然に帰依。自らを南阿弥陀仏と称した。

○**神皇正統記**(じんのうしょうとうき)―六巻。原本は二巻か。史論書。北畠親房著。延元四・暦応二年(一三三九)常陸小田城で執筆。ただし、この初稿本は伝存しない。現存本は興国四・康永二年(一三四三)同国関城で修訂したもの。南朝の幼帝後村上天皇を教育するための参考書として、神代から当今に至る歴代天皇の事蹟を略述した。建国の由来を明らかにし、国体の尊厳を説く。後醍醐・後村上天皇の皇統が正統であることを力説している。後代の史観に大きな影響を与えた。本文は古典文学大系「神皇正統記」によった。

○**親房**―永仁元年〜正平九年(一二九三〜一三五四)。北畠氏。正二位大納言。博学広才によって後醍醐天皇の信任厚く、世良親王の養育に当った

父ヲ申タスクル道ナカルベキ。名行《めいかう》カケハテニケレバ、イカデカツヒニ其身ヲマタクスベキ。滅スルコトハ天ノ理也。凡カヽルコトハ其身ノトガハサルコトニテ、朝家ノ御アヤマリ也。ヨク案アルベカリケルコトニコソ。其比名臣モアマタ有シニヤ、又通憲法師専申オコナヒシニ、ナドカ諫申ザリケル。大義滅ㇾ親 云コトノアルハ、石碏ト云人其子ヲコロシタリシガコト也。父トシテ不忠ノ子ヲコロスハコトワリナリ。父不忠ナリトモ子トシテコロセト云道理ナシ。孟子ニタトヘヲ取テイヘルニ、「舜ノ天子タリシ時、其父瞽《コ》叟《ソウ》人ヲコロスコトアランヲ時ノ大理ナリシ皐《カウ》陶《エウ》トラヘタラバ舜ハイカヾシ給ベキトイヒケルヲ、舜ハ位ヲステテ父ヲオヒテサラマシ」トアリ。大賢ノヲシヘナレバ忠孝ノ道アラハレテオモシロクハベリ。保元・平治ヨリ以来《このかた》、天下ミダレテ、武《ぶ》用《よう》サカリニ王位カロク成ヌ。イマダ太平ノ世ニカヘラザルハ、名行ノヤブレソメシニヨレルコトトゾミエタル。

が、早逝に遭い、退官入道した。建武の中興が成ると再び出仕し、王政復興に尽力する。陸奥守義良親王に従って東下、常陸小田城で南朝の正統性を主張した「神皇正統記」を著わす。のち関城に移りこれを修訂。関城陥落後、吉野に帰り、南朝の柱石として活躍した。著「職原抄」「元々集」など。

*二条院
鳥羽―崇徳―近衛―後白河―
二条―六条―高倉―安徳

*後白河―二条天皇の父。七十七代天皇。大治二年〜建久三年（一一二七〜一一九二）。

*右衛門督藤原信頼―142頁注参照。

*帝―高倉天皇。八十代の天皇。後白河院皇子。

*通憲法師―藤原氏。嘉承元年〜平治元年（一一〇六〜一一五九）。少納言、正五位下。法号信西。諸道の学に通じ、当時高名の学者。藤原信頼と共に後白河院に仕えたが、保元の乱後信頼と対立、これを押えたため平治の乱で信頼方に殺された。

*源義朝朝臣―140頁注参照。

*清盛朝臣―142頁注参照。

*熊野―紀伊南端にある熊野権現。

*尾張国―現在の愛知県。

*父の首―義朝は、保元の乱で捕えられた父為義を家臣鎌田正清に処刑させた。

*石碏―「左伝」隠公四に見える人名。荘公に仕えた臣で、子の厚を殺し、衛国の安泰をはかった。

*孟子―孟軻の著わした書。引用文はその尽心篇上にみえる。

*舜―中国古代説話にみえる五帝の一。孝子にして賢帝。

*瞽叟―舜の父は、善悪の分別にうとかったので名付けた。

*皐陶―舜の臣。法理に通じた人。

〔今鏡〕―歴史物語。十巻。「続世継」ともいう。作者不明。寂超(藤原為経)説が強い。序によると嘉応二年（一一七〇）成立。作者が長谷寺参詣の帰途、奈良の春日野の辺で会った老女（大宅世継の孫で、紫式部に仕えた、あやめという女性）から昔話を聞いて筆記した体裁をとる。万寿二年（一〇二五）から一一七〇年までの天皇・藤原氏・村上源氏の事跡を述べ、昔語・打聞を添える。

*よろづの事―白河天皇の事蹟を述べる。

*承保三年―一〇七六年。

*古き流れ―延喜七年(九〇七)大井河行幸をさす。

*承暦二年―一〇七八年。

*顕房―村上源氏。

*后―建春門院滋子。高倉帝母、時信女、時子の妹。

今鏡

よろづの事、道重くせさせ給ひて、位にても、後拾遺集めさせ給ふ。院の後も、金葉集撰ばせ給へり。いづれにも御製ども多く侍るめり。金葉集といふ名こそ撰者の撰べるにや、かたぶく人侍るとかや。承保三年十月廿四日大井川に御幸せさせ給ひて、嵯峨野に遊ばせ給ひ、御狩なむどせさせ給ふ。その度の御歌、

大井川古き流れを尋ねきて嵐の山の紅葉をぞ見る

なむ詠ませ給へる。昔の心地して、いとやさしくおはしましき。

承暦二年四月廿八日殿上の歌合せさせ給ふ。判者、六条右の大臣顕房皇后宮の大夫と聞え給ひし時せさせ給ひき。歌人どもも時に逢ひ、善き歌も多く侍るなり。歌の善悪《よしあし》はさることにて、事様のかど、えもいはぬに、殊には天徳の歌合、承暦の歌合をこそは、宗とある歌合と世の末まで思ひて侍るなれ。また唐国の歌をも翫ばせ給へり。朗詠集に入りたる詩の残りの句を、四韻ながらたづね具せさせ給ふ事も思し召しよりて、匡房の中納言なむ集められ侍りける。

（すべらぎの中・紅葉の御狩）

平氏初めは一つにおはしけれど、日記の家と、世の固めにおはする筋とは、久しう変りて、かた〴〵聞え給ふを、いづ方も同じ御世に、帝高倉帝后建春門院同じ氏に栄えさせ給ふめ

る。平野はあまたの家の氏神におはすなれど、御名もとりわきて、この神垣の栄え給ふ時なるべし。この后建春門院の御母祐子は顕頼の民部卿の娘におはするなるべし。醍醐の帝の御母方の家高藤にておはしますのみにあらず、君に仕へ奉り給ふ家の、かたがた然るべくかさなり給へるなるべし。今の世の事は、ゆかしく侍るを、え承らで、おぼつかなき事多く侍り。

（すべらぎの下・二葉の松）

同じ人の「人に知らるばかりの歌詠ませさせ給へ。五年が命に替へむ」と住吉に申したりければ、「落葉雨の如し」といふ題に、

木の葉散る宿は聞き分くことぞなき時雨する夜も時雨せぬ夜も

と詠みて侍りけるを、かならずこれとも思ひ寄らざりけるにや、病附きて、生かむと祈りなどしければ、家に侍りける女に住吉の憑き給ひて、「さる歌詠ませしは。さればえ生くまじ」と宣ひけるにぞ、偏へに後の祈りになりにけるとなむ。

（打聞・敷島の打聞）

いづれの斎宮とか。人の参りて今様歌ひなどせられけるに、末つ方に、四句の神歌うたふとて、

植木をせしやうは　鶯住ませむとにもあらず

と歌はれければ、心敏き人など聞きて、憚りある事などや出で来むと思ひける程に、

つく〴〵かみなが並め据ゑて　染紙よませむとなりけり

*平野—平野神社。京都市北区。大江・和気氏等も氏神とした。
*顕頼—葉室家。
*同じ人—源頼実。頼光の孫。六人党の一人。
*木の葉ちる—「後拾遺集」巻六・冬。
*憚りある事—斎宮や斎院では仏教語を忌詞とした。
*かみなが—法師の忌詞。
*染紙—経の忌詞。

*刑部卿—平忠盛か。
*成通—宗通の子。歌人でもあったが、今様や鞠の名手として名高い。
*ありし人—（聞手中の）例の人。
*七十の巻物—白氏文集。七十五巻。

とぞ歌はれたりける。いとその人歌詠みなども聞えざりければ、得つる道になりぬればかくぞ侍りける。その事、刑部卿とか人の語られ侍りしに、侍従の大納言成通と申す人も侍りし。さらばいと理なるべし。（同）

またありし人の「誠にや、昔の人紫式部の作り給へる源氏の物語に、さのみかたもなき事のなよび艶なるを、もしほ草かき集め給へるによりて、後の世の煙とのみ聞え給ふこそ、縁にえならぬつまなれども、あぢきなく、弔ひ聞えまほしく」などいへば、返し事には、「誠に、世の中にはかくのみ申《ま》し侍れど、理《ことわり》知りたる人の侍りしは、大和にも、唐土《もろこし》にも、文作りて人の心をゆかし、暗き心を導くは常の事なり。妄語などいふべきにはあらず。わが身になき事を、あり顔にげに〳〵といひて、人のわろきをよしと思はせなどするこそ、そらごとなどはいひて、罪得る事にはあれ。これはあらましごとなどやいふべからむ。綺語とも雑穢《ざふゑ》語《ご》などはいふとも、さまで深き罪にはあらずやあらむ。生きとし生ける者の命を失ひ、ありとしある人の宝を奪ひ取りなどする深き罪あるも、奈落の底には沈むらめども、いかなる報いありなど聞ゆる事もなきに、これは却りて怪しくも覚ゆべき事なるべし。人の心をつけむ事は功徳とこそなるべけれ、情をかけ、艶ならむに因りては、輪廻の業とはなるとも、奈落に沈む程にやは侍らむ。この世の事だに知り難く侍れど、唐土に白楽天と申しける人は、七十《なゝそぢ》の巻物作りて、詞をいらへ譬をとりて、人の心を勧め給へりなど聞え給ふも、文珠（殊）の化

身とこそは申すめれ」。（下略）　　　　（打聞・作り物語のゆくへ）

増　鏡

鳥羽殿・白川殿なども修理せさせ給て、つねに渡り住ませ給へど、猶又水無瀬といふ所に、えもいはずおもしろき院づくりして、しば〳〵通ひおはしましつゝ、春秋の花紅葉につけても、御心ゆくかぎり世をひゞかして、遊びをのみぞし給ふ。所がらも、はる〴〵と川にのぞめる眺望、いとおもしろくなむ。元久の比、詩に歌を合はせられしにも、とりわきてこそは、

見渡せば山もとかすむ水無瀬川夕は秋となに思ひけむ

かやぶきの廊・渡殿など、はる〴〵と艶にをかしうさせ給へり。御前の山より滝落とされたる石のたゝずまひ、苔深き深山木に枝さしかはしたる庭の小松も、げに千世をこめたる霞の洞《ほら》なり。　　（第一　おどろのした）

（承久の乱の条略す。以下隠岐配流の条）

このおはします所は、人離れ里遠き島の中あり。河づらよりは少しひき入て、山かげにかたそへて、大きやかなる巌のそばだてるをたよりにて、松の柱に葦ふける廊など、気色ばかり事そぎたり。まことに、*「しばの庵のたゞしばし」と、かりそめに見えたる御やどりなれ

〇増鏡―歴史物語。一三七〇年（応安年間）前後の成立。作者不明。二条良基説もある。嵯峨の清涼寺で作者と会した老尼の物語という体裁をとる。一一八〇年頃から一三三三年までの歴史を主として貴族側から叙述する。古本系十七章、増補系二十（または十九）章。

*鳥羽殿―京都市伏見区にあった離宮。

*白川殿―京都市左京区岡崎にあった離宮。

*水無瀬―大阪府三島郡。

*元久の比―元久二年（一二〇五）六月の詩歌合。

*しばの庵―「いづくにも住まれずばたゞ住までもあらむ柴の庵のしばしあるよに」（新古今集・雑下・西行）による。

ど、さるかたになまめかしくゆゑづきてしなさせ給へり。水無瀬殿おぼし出づるも夢のやうになむ。はる〴〵と見やらるゝ海の眺望、二千里の外も残りなき心ちする、いまさらめきたり。潮風のいとこちたく吹来るをきこしめして、

我こそは新島もりよ隠岐の海の荒き浪かぜ心して吹け

おなじ世に又すみの江の月や見むけふこそよそに隠岐の島もり（中略）

をり〳〵詠ませ給へる御歌どもを書き集めて、修明門院へ奉らせ給ふ。その中に

水無瀬山我ふる里は荒れぬらむまがきは野らと人もかよはで　（以下略。第二　新島守）

さて都には伯耆よりの還御とて世の中ひしめく。まづ東寺へ入らせ給て、事ども定めらる。二条の前の大臣道平召しありて参り給へり。こたみ内裏へ入らせ給ふべき儀、重祚などにてあるべけれども、璽《しるし》の箱を御身に添へられたれば、たゞ遠き行幸の還幸の式にてあるべきよし定めらる。関白を置かるゝまじければ、二条の大臣、氏の長者を宣下せられて、都の事、管領あるべきよし、うけ給はる。天の下たゞこの御はからひなるべしとて、この一つ御あたり喜びあへり。六月六日東寺よりつねの行幸のさまにて、内裏へぞ入らせ給ける。めでたしとも言の葉もなし。「去年の春いみじかりしはや」と思ひ出づるも、たとしへなし。今の御供の武士ども、ありしより猶、いく重ともなくうち囲み奉れるは、いとむくつけきさま

*二千里の外―「三五夜中新月色、二千里外故人心」（白氏文集）による。

*修明門院―後鳥羽院妃。順徳院母。

*伯耆より……―後醍醐天皇は元弘三年（一三三三）隠岐より脱出、伯耆に着き、鎌倉幕府が倒れて六月入洛。

*道平―前関白左大臣。良基の父。

*去年の春―去年の隠岐配流。

なれど、こたみはうとましくも見えず。頼もしくめでたき御まもりかなとおぼゆるも、うちつけ目なるべし。世のならひ、時につけて移る心なれば、みなさぞあるかし。

先陣は二条富の小路の内裏に著かせ給ひぬれど、後陣のつは物は、猶、東寺の門まで続きひかへたるとぞきこえしはまことにやありけむ。正成も仕うまつれり。かの名和の又太郎、伯耆の守になりて、それも衛府の物どもにうちまぜたり。さまかはりてゆすりみちたる世の気色、「かくもありけるを、などあさましく歎かせ奉りけるにか」と、めでたきにつけても、なほ前の世のみゆかし。車などうち続きたるさま、ありし御くだりにはこよなくまされり。物見ける人の中に、

むかしだに沈むうらみを隠岐の海に波たち返る今ぞかしこき

昔のことなど思ひあはするにやありけむ。金剛山なりし東武士《あづまつはもの》どもゝ、さながら頭《かうべ》を垂れて参りきほふさま、漢の初めもかくやと見えたり。(中略)

四条中納言隆資といふも、頭下《おろ》したりし、また髪おほしぬ。もとより塵を出づるにはあらず、かたきの為に身を隠さんとて、仮初《かりそめ》に剃りしばかりなれば、今はた更に眉を開く時になりて、男になれらん、何《なに》の憚りかあらんとぞ、同じ心なるどちいであはせける。天台座主にていませし法親王だにかくおはしませば、まいてとぞ。誰にかありけん、その頃聞きし。

墨染の色をもかへつ月草の移ればかはる花の衣に

(第十七　月草の花)

*名和の又太郎―名和長年。

*むかし―後鳥羽院をさす。

*漢の初め―漢の高組が関中に入った時、秦の将兵が降伏した事。

*隆資―後醍醐天皇の腹心の公卿。

*法親王―尊雲。護良親王。

○御伽草子―主として室町時代から江戸初期にかけて作られた短編の物語草子をいう。約五百編現存。筋本意・趣向中心の、単純なものが多い。
○文正草子―作者不明。室町中期頃の成立か。

十、御伽草子

文正草子

それ昔が今にいたるまで、めでたきことを聞き伝ふるに、いやしきものゝ、ことのほかになりいでて、はじめより後までも、もの憂きことなくめでたきは、常陸国に塩焼の文正と申す者にてぞはんべりける。

（鹿島の大宮司の雑色文太《ぶんだ》が、大宮司家から暇を出されて、或る塩屋にやとわれる）

かくて年月をふる程に、文太申しけるは、われも塩焼きて売らばやと思ひ、主《あるじ》に申すやう、「この年月、奉公仕り候御恩に、塩竈一つ給へかし。あまりにたよりなく候へば、商ひしてみ候はん」と申しければ、もとよりいとほしく思ひければ、塩竈ふたつ取らせけるに、塩焼きて売りければ、此文太が塩と申すは、こゝろよくて、食ふ人病なく若くなり、また塩のおほさ、つもりもなく、三十層倍にもなりければ、やがて徳人《とくにん》になり給ふ。年月ふる程に今は長者とぞなりにけり。さるほどに、つのをかが磯の塩屋ども、みな〳〵従ひける。さるほどに名をかへて文正つねをかとぞ申しける。

*つのをか―常陸国鹿島郡角折（つのおれ）の浜の訛ったものか。

（大宮司に勧められて鹿島の大明神に祈り、二人の娘を得る。姉を蓮華、妹を蓮《はちす》の御前と名づけ、勝れた女性に育てて行った。八ケ国の大名、大宮司の家、さては国司からも求婚されるが断り、国司が帰洛してこの由を関白に語ると、それを聞いた息の中将が「見ぬ恋」に陥り、商人に身をやつして常陸に下り、紆余曲折の後ついに中将と蓮華は契りを結ぶ)

忍ぶとすれどあらはれてさゝやきあへり。母上も聞き給ひて、「あさましや、大名たちを嫌ひて商人に契りし事の悲しさよ、商人につけて追ひいださん」とぞ申しける程に、文正が所にこそ、都より下りたる商人を愛し置きて、管絃させるよし、大宮司殿へきこしめし、御使ひありしかば、文正うけたまはり、「かしこまつて候」とて商人に申しけるは、「大宮司殿の御聴聞あらんとのたまふあひだ、いつよりもひきつくろひて管絃し給へ」と申しければ、今日こそあらはれんとおぼしめし、都にての御装束、いづれも持たせ給へば、御冠、束帯の姿にて、かねつけ眉つくり給へば、心もことばも及ばず、いつくしく見え給ふなり。文正が内の者これを見て、商人はいづれやらん、たゞ神仏の現れ給ふかと驚きける。大宮司殿、公達五人つれ給ひて輿にて入らせ給ひ、御堂の正面を見給へば、中将殿と見給ひ肝を消し、輿よりころび落ち、「さても殿下《てんが》の御子に二位中将殿失せさせ給ふとて、国々を尋ね参らせ給ふとうけたまはり候。これにましますを、夢にも知り奉らぬこと、あさましさよ」とあきれてかしこまりてぞ居給ふ。

さるほどに兵衛佐、立ち出でて「いかにさだみつ、これへ参れ」とのたまへば、文正急ぎ家に帰り、「あさましや人の目を見すまじきものは京の商人なり。かたじけなくもわが君を

*兵衛佐—中将の供をしてきた官人。
*さだみつ—大宮司の名。

なめげに申す」とふるひ泣きけり。大宮司殿は文正を召し、「なんぢは知らずや、かたじけなくも殿下殿の御子に、二位中将殿と申して並ぶ方なき御人なり。さても冥加につきなん」と申し給へば、文正うけたまはり、肝魂も失する心ちして、このほど商人と思ひつるに、殿下の御子にてわたらせ給ふを、夢にも知らずと赤面して、又うちへ戻りけり。聟殿は殿下ぞ、殿下は聟殿よと、ものに狂ふばかり喜びける。

（かくして蓮華は中将の室となって上洛し、蓮の御前も帝に召されて父母と共に上洛、女御となって皇子を生み、文正は大納言に昇った）

さるほどに大納言は、高き所に塔をたて、大河に舟をうかめ、小河に橋をかけ、善根《こん》数をつくし給ふ。いづれも〳〵御命、百歳に余るまで保ち給ふぞめでたき。まづ〳〵めでたきことのはじめには、此のさうしを御覧じあるべく候。

〇井筒―世阿弥作と推定されている。三番目(鬘物)、夢幻能。「伊勢物語」第二十三段の男を在原業平、女を紀有常女として脚色した作品。本文及び段分けはほぼ日本古典文学大系本（観世流謡本を使用）による。

*世阿弥―貞治二年〜嘉吉三年(一三六三〜一四四三)。観阿弥清次の子、名は元清。

*作り物―右隅に薄を添えた井筒。

（ワキ登場）

*これは諸国一見の……―以下第一段。

*風吹けば―「風吹けば沖つ白波たつた山夜半にや君がひとり越ゆらむ」(伊勢物語・二十三段)

（シテ登場）

*暁ごとの……―以下第二段。

十一、能・狂言

井　筒

〔人物〕　前ジテ　里の女（有常女の霊の化身）　後ジテ　紀有常の女(霊)　ワキ　旅の僧　アイ　大和櫟本《いちのもと》の里の男

〔場所〕　前後段共　大和の国石上の里在原寺井のほとり

〔時期〕　前段　秋九月、月の夜　　後段　同じ夜の夜ふけから夜明け

(詞)《ワキ》これは諸国一見の僧にて候。われこの程は南都に参りて候。又これより初瀬に参らばやと存じ候。これなる寺を人に尋ねて候へば、在原寺とかや申し候程に、立ち寄り一見せばやと思ひ候。(サシ)《ワキ》さてはこの在原寺は、いにしへ業平・紀の有常の息女、夫婦住み給ひし石上《いそのかみ》なるべし。風吹けば沖つ白波竜田山と詠じけんも、この所にての事なるべし。(歌)昔語りの跡訪《と》へば、その業平の友とせし、紀の有常の常なき世、妹背をかけて弔《とむら》はん。妹背をかけて弔はん。

(次第)《シテ》暁ごとの閼伽《あか》の水、暁ごとの閼伽の水、月も心や澄ますらん。(サシ)さなきだに、物の淋しき秋の夜の、人目稀なる古寺の、庭の松風更け過ぎて、月も傾く軒端の草、忘れて過ぎし古へを、忍ぶ顔にていつまでか、待つことなくてながらへん。げになにごとも思ひ出の、

＊われこの寺に……―以下第三段。

人には残る世の中かな。（下ゲ歌）ただいつとなく一筋に、頼む仏の、み手の糸。導き給へ、法《のり》の声。（上ゲ歌）迷ひをも、照らさせ給ふおん誓ひ、照らさせ給ふおん誓ひ、げにもと見えて有明の、行くへは西の山なれど、眺めは四方《よも》の秋の空。松の声のみ聞こゆれども、嵐はいづくとも、定めなき世の夢心、なにの音にか覚めてまし。なにの音にか覚めてまし。

ワキ（詞）われこの寺に休らひ心を澄ます折節、いとなまめける女性《によしやう》庭の板井を掬び上げ花水とし、これなる塚に回向の気色《けしき》見え給ふは、いかなる人にてましますぞ。シテこれはこのあたりに住む者なるが、この寺の本願在原の業平は世に名を留《と》めし人なり。さればその跡のしるしもこれなる塚の蔭やらん。わらはも詳しくは知らず候へども、花水を手向けかやうに弔ひ申し候。ワキげにげに業平のおんことは世に名を留めし人なりさりながら、今は遥かに遠き世の、昔語りの跡なるを、しかも女性のおん身として、かやうに弔ひ給ふこと、その在原の業平に、（節）いかなる故あるおん身やらん。シテ（詞）故ある身かと問はせ給ふ、その業平はその時だにも、昔男といはれし身の、ましてや今は遠き世に、故も縁《ゆか》りもあるべからず。ワキ（節）もつとも仰せはさることなれども、ここは昔の旧跡にて、シテ主《ぬし》こそ遠く業平の、ワキ跡は残りてさすがにいまだ、シテ聞こえは朽ちぬ世語りを、ワキ語れば今も、シテ昔男の、地（上ゲ歌）名ばかりは、在原寺の跡古《ふ》りて、在原寺の跡古《ふ》りて、松も生ひたる塚の草、これこそそれよ亡き跡の、ひと叢薄《むらすすき》の穂に出づるは、いつの名残なるらん。草茫々として、露深々《しんしん》と古塚の、ま

（アイ登場）
*なほなほ……―以下第四段。
*「筒井筒」の歌―「伊勢物語」二十三段にある。男の女に贈った歌。
*げにや古りにし……―以下第五段。

ことなるかないにしへの、跡懐かしき気色かな。跡懐しき気色かな。

ワキ(詞)なほなほ業平のおんことおん物語り候へ。地(クリ)昔在原の中将、年経てここに石上、古りにし里も花の春、月の秋とて住み給ひしに。シテ(サシ)その頃は紀の有常が娘と契り、妹背の心浅からざりしに、地また河内の国高安の里に、知る人ありて二道《ふたみち》に、忍びて通ひ給ひしに、シテ風吹けば沖つ白波竜田山、地夜半にや君がひとり行くらんと、おぼつかなみの夜の道。行くへを思ふ心とけて、よその契りは離《か》れがれなり、シテげに情知る泡沫《うたかた》の、地あはれを述べしも理なり。(クセ)むかしこの国に、住む人のありけるが、宿を並べて門《かど》の前、井筒に寄りてうなゐ子の、友だち語らひて、互に影を水鏡、面《おもて》を並べ袖を掛け、心の水もそこひなく、移る月日も重なりて、大人しく恥ぢがはしく、互に今はなりにけり。その後《のち》かのまめ男、言葉の露の玉章の、心の花も色添ひて、シテ筒井筒、井筒にかけしまろが丈《たけ》、地生ひにけらしな、妹見ざる間にと、詠みて贈りけるほどに、その時女も比べ来し、振り分け髪も肩過ぎぬ。君ならずして、たれか上ぐべきと、互に詠みしゆゑなれや。筒井筒の女とも、聞こえしは、有常が、娘の古き名なるべし。

地(ロンギ)げにや古りにし物語り、聞けば妙《たえ》なる有様の、怪しや名のりおはしませ。シテまことはわれは恋ひ衣、紀の有常が娘とも、いさ白波の竜田山、夜半に紛れて来りたり。地不思議やさては竜田山、色にぞ出づるもみぢ葉の、シテ紀の有常が娘とも、地または井筒の女とも、シテ恥づかしながらわれなりと、地結ふや注連縄《しめなは》の、長き世を、契りし年は筒井筒、井筒の蔭に隠れけり。井筒の蔭に隠れけり。

（アイ・ワキ語り。アイ「伊勢物語」第二十三段の話を、男を在原業平女を紀有常女として語り、在原寺が二人の旧跡であることを述べる。）

ワキ（上ゲ歌）更け行くや、在原寺の夜の月、在原寺の夜の月。昔を帰す衣手に、夢待ち添へて仮枕、苔の筵《むしろ》に臥しにけり。苔の筵に臥しにけり。

シテ（サシ）徒《あだ》なりと名にこそ立てれ桜花、年に稀なる人も待ちけり。かやうに詠みしもわれなれば、人待つ女とも言はれしなり。われ筒井筒の昔より、真弓槻弓年を経て、今は亡き世に業平の、形見の直衣身に触れて、

シテ（一セイ）恥づかしや、昔男に移り舞、地雪を廻らす花の袖。

（シテ序の舞）

シテ（ワカ）ここに来て、昔ぞ帰す在原の、地寺井に澄める、月ぞさやけき。月ぞさやけき。

シテ月やあらぬ、春や昔と詠《なが》めしも、いつの頃ぞや。（ノリ地）筒井筒、地筒井筒、井筒にかけし、シテまろが丈、地生ひにけらしな、シテ老いにけるぞや。地さながら見えみし、昔男の、冠《かむり》直衣は、女とも見えず、男なりけり。業平の面影。シテ（歌）見れば懐かしや。地われながら懐かしや。亡夫魄霊《はくれい》の姿は、萎《しぼ》める花の、色無うて匂ひ、残りて在原の、寺の鐘もほのぼの

（シテ中入）

*間、第六段。

*更け行くや……—以下第七段。

*昔を帰す衣手—「いとせめて恋しき時はうば玉の夜の衣をかへしてぞ寝る」（古今集・巻十二・小野小町）による。

（後ジテ登場）

*徒なりと……—以下第八段。

*「徒なりと」の歌—「伊勢物語」十七段、「古今集」巻一・詠人不知。

*真弓槻弓年を経て—「梓弓真弓槻弓年を経てわがせしがごとうるはしみせよ」（伊勢物語・二十四段）による。

*恥づかしや……—以下第九段。

*月やあらぬ……—以下第十段。

*月やあらぬ、春や昔—「月やあらぬ春や昔の春ならぬわが身一つはもとの身にして」（伊勢物語・四段、古今集・巻十五・在原業平）。

*亡夫魄霊—亡婦魄霊と「婦」を宛てる説のほうが多い。

*萎める花の、色無うて匂ひ、残りて—「古今集」仮名序の業平評「しぼめる花の色無くて匂ひ残れるが如し」による。

と、明くれば古寺の、松風や芭蕉葉の、夢も破れて覚めにけり。夢は破れ明けにけり。

世阿弥の能論

風姿花伝

先《まつ》、仮令《けんりやう》花の咲くを見て、万に花と譬え始めし 理 を辨うべし。抑花と言ふに、万木千草《ばんぼくせんそう》に於いて四季折節に咲くものなれば、その時を得て珍らしき故に翫ぶなり。申楽も、人の心に珍らしきと知る所即ち面白き心なり。花と面白きと珍らしきと、これ三つは同じ心なり。何れの花か散らで残るべき。散る故によりて、咲く頃あれば珍らしきなり。能も住《ぢう》する所なきを、先《まつ》花と知るべし。住せずして余の風体に移れば珍らしきなり。但し様あり。珍らしきと言へばとて、世に無き風体をし出すにてはあるべからず。花伝に出す所の条々を悉く稽古し終りて、さて申楽をせん時に、その物数を用々に従ひて取り出すべし。花と申すも、万の草木に於いて、何れか四季折節の時の花の外に珍らしき花のあるべき。その如くに、習ひ覚えつる品々を極めぬれば、時折節の当世を心得て時の人の好みの品によりてその風体を取り出す、これ時の花の咲くを見んが如し。(中略)しかれば、物数《ものかず》を極め尽したらん為手は、初春の梅より秋の菊の花の咲き果つるまで、一年中の花の種を持ちたらんが如し。何れの花なりとも、人の望み、時によりて取り出すべし。物数を極めずは時によりて花を失ふことある

○**世阿弥の能論**—十九部伝存している。次に列挙する。
「風姿花伝」

「能序破急事」

「音曲声出口伝」

「至花道」

「二曲三体人形図」

「能作書」(「三道」)

「花鏡」

「曲付次第」

「風曲集」

「遊楽習道風見」

「五位」

「九位」

「六義」

「拾玉得花」

「五音」

「五音曲条々」

「習道書」

「世子六十以後申楽談儀」

「却来華」

　右の他に「夢跡一紙」(追悼文)と「金島書」(小謡集)とを併せて世阿弥の伝書は二十一部に及ぶ。

○**風姿花伝**—第三までは応永七年(一四〇〇)、第五まで応永九、第六・七も第五までとほぼ同じ頃の成立かと推定されている。

べし。（中略）されば、花とて別《べち》にはなきものなり。物数を尽して工夫を得て珍らしき感を心得るが花なり。　（第七別紙口伝）

花　鏡

抑《そもそも》、幽玄の堺《さかひ》と者《いつぱ》、まことにはいかなる所にてあるべきやらん。先世上の有様を以て、人の品々を見るに、公家《くげ》の御たたずまひの位高く人望余に変れる御有様、是幽玄なる位と申べきやらん。然らば、ただ美しく柔和なる体《てい》、幽玄の本体《ほんたい》なり。人体《にんてい》のどかなるよそほひ、人《にん》ないの幽玄也。又、言葉やさしくして、貴人《きにん》・上人《うへびと》の御慣らはしの言葉づかひをよく習ひうかがひて、かりそめなりとも、口より出《いだ》さんずる詞のやさしからん、是詞の幽玄なるべし。又、音曲において、節かかり美しく下《くだ》りてなびなびと聞えたらんは、是音曲の幽玄なるべし。舞は、よくよく習ひて、人ないのかかり美しくて、静かなるよそほひにて、見所《けんじよ》面白くは、これ舞の幽玄にてあるべし。又、物まねには、三体の姿かかり美しくは、是幽玄にてあるべし。又、怒れるよそほひ、鬼人《きにん》などになりて、身なりをば少し力動《りきどう》に持つとも、又美しきかかりを忘れずして、動十分心《どうじふぶんしん》、又、強身動宥足踏《がうしんどうゆうそくたふ》を心にかけて、人ない美しくは、是鬼の幽玄にてあるべし。

この色々を心中に覚えすまして、それに身をよくなして、何の物まねに品を変へてなる共、幽玄をば離るべからず。たとへば、上臈《じやうらふ》・下臈・男《なん》・女《によ》・僧・俗・田夫・野人《やじん》・乞食《こつじき》・

○花鏡—応永三十一年（一四二四）の成立。

*動十分心—「花鏡」の冒頭に「心を十分に動かして、身を七分に動かせ」と説く。

*強身動宥足踏—「花鏡」の冒頭には、続けて「強足踏宥身動」とあり、身体と足と同じように動くと荒く見えるから、身体を強く動かすときは足をゆるやかに踏むようにして、面白い感を与えよと説いている。

非人に至る迄、花の枝を一ふさづつかざしたらんをおしなべて見んがごとし。その人の品々は変るとも、美しさの花やと見んことは皆同じ花なるべし。この花は人ないなり。姿をよく見するは心なり。心といふは、この理を能々分けて、言葉の幽玄ならんためには歌道を習ひ、姿の幽玄ならんためには尋常なる仕立の風体を習ひ、一切ことごとく、物まねは変るとも、美しく見ゆる一《ひと》かかりを持つ事、幽玄の種と知るべし。（「幽玄之入レ堺《さかひにいる》事」）

見所《けんしよ》の批判に云はく、せぬ所が面白きなど云ふ事あり。是は為手の秘する所の安心なり。まず二曲を初めとして、立はたらき、物まねの色々、ことごとくみな身になす態《わざ》也。せぬ所と申すはそのひまなり。このせぬひまは何とて面白きぞと見る所、是は油断なく心をつなぐ性根《しやうね》也。舞を舞ひやむひま、音曲を謡ひやむ所、そのほか、言葉・物まね、あらゆる品々のひまひまに、心を捨てずして用心を持つ内心也。此内心の感、外に匂ひて面白きなり。かやうなれども、此内心ありとよそに見えては悪かるべし。もし見えば、それは態《わざ》になるべし。せぬにてはあるべからず。無心の位にて、我心をわれにも隠す安心にて、せぬひまの前後をつなぐべし。是則ち万能《まんのう》を一心にてつなぐ感力《かんりき》也。

「生死去来《しやうじこらい》、棚頭傀儡《ほうとうのくわいらい》、一線断時《たゆるとき》、落々磊々」。是は生死に輪廻《りんゑ》する人間の有様をたとへ也。棚の上の作り物のあやつり色々に見ゆれ共、まことには動く物にあらず。あやつりたる絲のわざ也。此絲切れん時は落ち崩れなんとの心也。申楽も、色々の物まねは作り物なり。

*「生死去来…」―臨済僧の月菴宗光の「月菴和尚法語」にある偈文。

心なり。比心をば人に見ゆべからず。もしもし見えば、あやつりの絲の見えんがごとし。これを持つ物は返々《かへすがへす》心を絲にして、心に知らせずして万能をつなぐべし。如レ此《かくのごとく》ならば、能の命あるべし。

惣じて、即座に限るべからず。日々夜々《にちにちやや》、行住座臥に、この心を忘れずして定心《ちやうしん》につなくべし。かやうに、油断なく工夫せば、能いや増しになるべし。比条極めたる秘伝也。稽古有二勧急一。

（「万能綰二一心《いつしんにつなぐ》一事」）

末広がり

大名出て人を呼出す。都へ行て、いかにも高い末広がり買うて来よと言ふ。さて上る。都に着きて呼ばわる。〽たらし一人出て、差し笠を売る。もし主腹立てば、囃子物。〽御笠山〳〵、人が笠を差すならば、我も笠を差さうよ。と教ゆる。下る。主これ見て腹を立つる。追走《おつぱし》らかす。其時囃子物。主浮かるゝ。諸共に踊る。笛留め。

（天正狂言本）

（太郎冠者）その儀ならば求めましよう。これへ下されい。（売手）心得た。渡す（太郎冠者）さて、代《だい》物《もつ》はいかほどでござる。（売手）代物は五百疋でおりやる。（太郎冠者）これはちと高直《こうじき》にはござれども、このたびはさし急ぎまするによつて、五百疋に求めましよう。さて私はこうまいり

*勧急―「緩急」のあて字とする説、「勤急」の誤写とする説等あり。

〔〕狂言―室町時代に成立し、以後演じ続けられて来た舞台芸能で、猿楽能の内、笑いを主眼とする部分が独立して狂言となった。

〔〕天正狂言本―狂言の、現存最古の台本形態を示すもの。百余番の狂言を簡単な筋書として記している。本文は日本古典全書「狂言集」下によったが、漢字を多く加えた。

*（太郎冠者）以下―「末広がり」の一部を日本古典文学大系本（大蔵流山本東〈あずま〉書写本）によって示した。売手が太郎冠者をだまして、傘を売りつける件り。

*五百疋―一疋は銭十文、すなわち五千文（五貫文）。

*こう参りまする―おいとまします。

ますする。行きかける　(売手) まずお待ちやれ。(太郎冠者) 何事でござる。(売手) わごりよはあまり心よい買手じやによつて、みやげをおまそう。(太郎冠者) それはかたじけのうござる。これへ下されい。手を出す　(売手) イヤイヤみやげというて、手へ渡す物ではおりない。最前《さいぜん》わごりよは、主持ちなとはおしやらぬか。(太郎冠者) いかにも主持ちでござる。(売手) 総じて主というものは、機嫌のよい時もあり、また悪しい時もあるものじや。(太郎冠者) なかなかあるものでござる。(売手) その御機嫌の悪しい時、御機嫌の直る囃子物がある。それを教えておまそうかということじや。(太郎冠者) それはかたじけのうござる。習うて成ることならば教えて下されい。(売手) 別にむつかしいことでもおりない。「かさをさすなる春日山、これも神の誓いとて、人がかさをさすなら、我もかさをさそうよ。げにもさあり、やようがりもそうよの」という分のことでおりやる。(太郎冠者) その分のことでござるか。(売手) なかなか。(太郎冠者) おおかた覚えました。私はもうこう参りまする。

瓜盗人

一、一人出て瓜盗みに行く。瓜畑に案山子を立ておく。かゝしを見て驚く。よく〳〵見て無念がりて、案山子を撲《ぶ》ちて、瓜盗みて帰る。瓜主見て無念がる。今夜は案山子の真似をしてゐる。又盗人つく。瓜喰いて後、余りの事に案山子とて狂ふ。いかにや〳〵かゝし殿、馬《めっ》

*やようがりもそうよの—囃しことば。意味未詳。

*余りの事に……—余りかかしが見事にできているので本物と信じて。

*馬頭牛頭、阿傍羅刹—みな地獄の獄卒の名。

*くわつ〳〵の法―咒文か。
*瓜盗人―シテ＝男、アド＝耕作人。シテがさる方に風味のよい瓜を進上しようとして盗む。下文はその三度目の盗みの件り。天正狂言本とは末尾の謡いの文句が若干違う。
*つっくり―じっとたたずむさま。
*末尾の部分。

頭《ず》牛頭《ごず》、阿傍羅刹《あばらせつ》の苛責《くわしやく》、かくやらん、くわつ〳〵の法を唱ふれば、後盗人の首に縄つけて打つ。留《と》め。

（天正狂言本）

男　イヤ来るほどにこれじや。のうのうれしや、うれしや、まづ落ち付いた。畑主も見舞わぬとみえて、くねもそのままである。これで安堵致いた。南無三宝と両手を打合わせ　瓜蔓を皆引つ立てた。また参ろうと存じたならば、このようには引つ立てまいものを。畑主が見たならば、さぞ腹立つ事でござろう。さて、それはともあれ、夜前のかがしは何としたか知らぬ。見つけて　さればこそ、あれにつっくりとしている。イヤのう、夜前はよう某に肝をつぶさせたの。夜前こそ怖じたれ、かがしなどに怖づるみどもではおりない。と胸を張り突って　イヤ、また知らぬ者は肝をつぶすまいものでもござらぬ。どれから見てもそのままの人じや。さて、あのかがしはちと夜前よりは大きゅうなつたような。（中略）

（耕作人）がつきめ、やるまいぞ。杖でたたく　（男）ふり向いて　イヤ、おのれはかがしではないか。（耕作人）なんのかがし、よう瓜を取つたな。（男）アアゆるいてくれい、ゆるいてくれ。逃げて橋がかりを通って退場　（耕作人）アノ横着者、どれへ行く。捕えてくれい。やるまいぞやるまいぞ、やるまいぞやるまいぞ。男のあとを追って退場

天正狂言本

附子《ぶす》砂糖《さたう》

一、坊主一人出て、二人呼び出す。よそへ行くとて留守に置く。奥の間に附子がある。あけて見て死するなと言《ゆ》ふ。尤もとて居る。二人の者不審して見る。砂糖をみな喰ふ。さて絵《ゑ》賛天目《さんてんもく》打ち毀《かふ》す。泣いてゐる。坊主来てこれを見て尋ぬる。せれふ。一口喰へども死なれもせず、二口喰へども死なれもせず、三口四口五口六口、十口ばかりねぶりくへども、死なれぬ事こそ目出《めでた》けれ。拍子留《ひやうしとめ》。

盗人連歌

一、盗人一人出て土蔵へし入る。亭、見つくる。盗《ぬす》名のる。亭、ねんごろの者なりとて助くる。奔走する。連歌のすべき様《やう》なきとてぬすみに来《きた》と言《ゆ》ふ。忝《かたじけな》いとて、まず連歌する。木末よりあらはれやせん下もみぢ。露時雨をやぬすむ松風。宵よりや月出づるまで忍ぶらん。せむべき夜半を許せ鐘の音。〽せれふ。〽酒もりする。互ひに舞ふ。何かをとゝのへて出す。ふしたゞ世の常の習ひには、盗人を捕ひては、斬る事候《ざう》と聞物を、此盗人はさはなくて、命助くるのみならず、連歌に好けるやさしさよ。盗人に追《おひ》といふ事、〳〵(盗人に……)も、此時よりも始りけれ。さらばおひとま申、亭も立つ。

*附子—鳥冠より製した毒楽。

*絵賛—絵画に賛詞を書きそえたもの。床の間の掛物であろう。

*天目—天目茶碗。

*せれふ—せりふ。

*一口以下—フシになる。

*拍子留—拍子を踏んで留める留め方。今は「やるまいぞ〳〵」になる。

*し入る—「おし入る」か、「忍び入る」か。

*亭—亭主の略記。次の「盗」も同。

*奔走—馳走と同。

*せむ—「責む」の意をわざと籠めるか。今の盗人連歌は「覚むべき夢を」。

*盗人に追—ことわざ。盗人に追銭。

伯母が酒

一、一人出て、伯母の所へ行て酒飲まんと言《ゆ》ふ。伯母出合《いであふ》。酒くれず。甥、此程は鬼がはやると言ふて帰る。又、甥、鬼のまねしておつかける。伯母逃げる。酒飲みてそこに寝る。伯母見て、面《おもて》をとりてかぶり、おどし返す。おどろく。逃げる。

付、幸若舞曲

伊《い》吹《ぶき》（文禄本）

義朝に三男、童名は文殊子、元服し給ひてその名を兵衛佐頼朝、いまだにやくにておはせしが、待賢門院の夜戦にかけまけさせ給ひ、東国さして落給ふ。西坂本までは父の御供めされしが、暗さは暗し雪はふる、さがり松のあたりより追ひ遅れ給ひ、夜もほのぼのと明くるまで吹雪にふかれ、道もなき、雪の山にそ迷はれける。御年は十二歳、いつしか都におはせしときは、こし車まれにも馬にめすだにも、世にもふしんにおぼせしに、かちはだしなる雪の道、これが初めのことなれば、さこそものうくおぼすらん。うぶ絹と申すよろひをば、小原の里にあづけ置き、ひげきりの御はかせを杖についてぞ落られける。されども弓矢の名将とて、かゝる吹雪のものうきに、ひげきりばかり捨てもせで、命とともに持たれたり。

○幸若舞曲―室町時代後期に武士に愛好された曲舞《くせまい》の一派。南北朝時代の武将桃井直詮《もものいなおあきら》（幼名幸若丸）の創始と伝えられる。芸態は素朴単調であったらしい。曲目はほとんど軍記物語に取材しており、その原拠によって、平治もの・平曲もの・判官もの・曽我もののような呼称で分類される。「伊吹」は平治もの。

*待賢門院の夜戦―平治の乱のとき、待賢門の周辺で繰り広げられた源平の激戦。この戦によって源氏軍の敗戦は決定的となった。悪源太義平と重盛の一騎打ちは有名。

十二、キリシタン文学

イソポのハブラス

或る犬肉を含んで川を渡るに、その川の真中で含んだ肉の影が水の底に写つたを見れば、己が含んだよりも、一倍大きなれば、影とは知らいで、含んだを棄てて水の底へ頭を入れて見れば、本体が無いによつて、即ち消え失せてどちをも取り外いて失墜をした。

下心

貪欲に引かれ、不定なことに頼みを掛けて我が手に持つた物を取外すなといふことぢや。

○**キリシタン文学**―室町時代末期、特に一六〇〇年前後約二〇年間に行なわれたキリスト教(カソリック)関係の文学。西洋古典の翻訳、教義書、日本古典の現代語訳などが行なわれた。「日葡辞書」「ロドリゲス編日本文典」のような辞書や文法書も刊行された。

○**イソポのハブラス**―伊曽保物語。イソップ物語の訳。西洋古典最初の邦訳。

平　家　物　語

天草本平家物語といわれる．文祿元年（1592）刊．原文はローマ字綴りの国語で書かれている．タイトルページの表題には「日本《にほん》のことばとイストリアを習ひ知らんと欲する人のために世話にやはらげたる平家の物語」とある（イストリアは Historia, 歴史）．次に，序にあたる部分があり，不干ハビアン（もと禅宗の僧で，ヤソ会に入り，修道士となる．のち離教）が，師の命により，平家の抜書を編んだ旨が記されている．

右馬允と，喜一検校という琵琶法師との対話形式で記されている．本文は『ハビアン抄キリシタン版平家物語』によった．

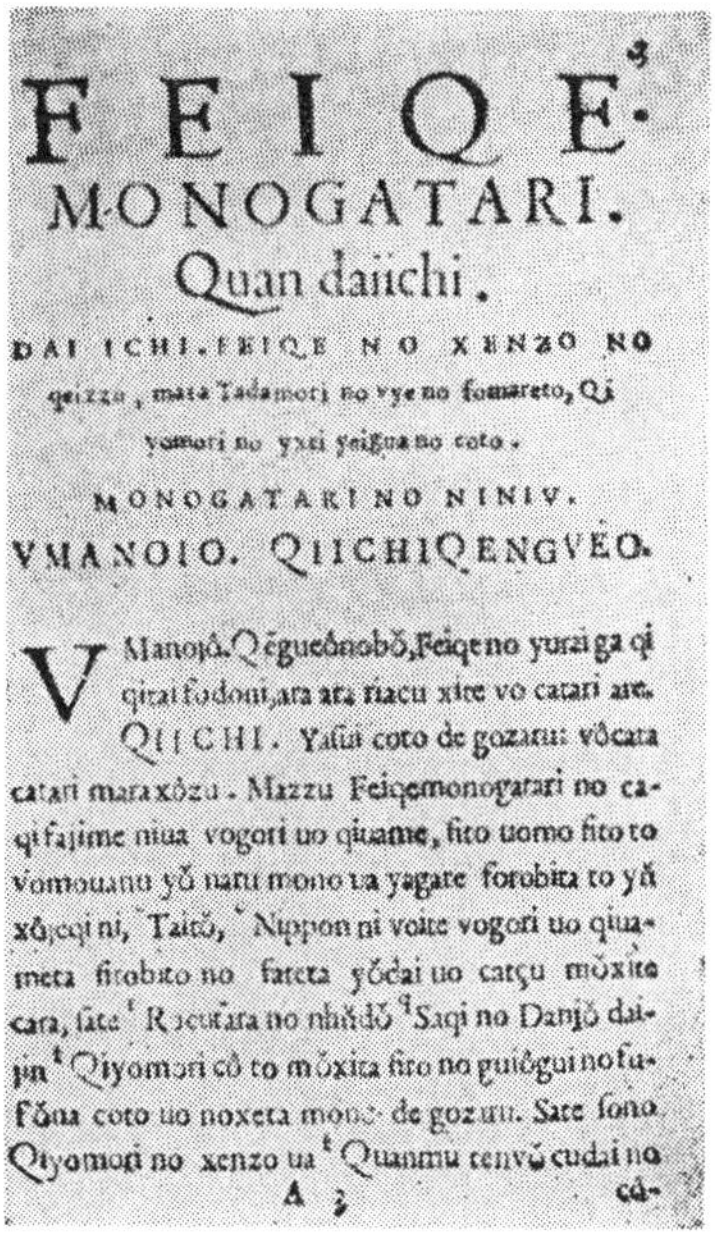
3
FEIQE·
MONOGATARI.
Quan daiichi.
DAI ICHI. FEIQE NO XENZO NO
qeizzu, mata Tadamori no vye no fomareto, Qi
yomori no yxei yeiguano coto.
MONOGATARI NO NINIV.
VMANOIO. QIICHIQENGVEO.

VManojô. Qēgueônobô, Feiqe no yurai ga qiqitai fodoni, ara ara riacu xite vo catari are.
QIICHI. Yasui coto de gozaru: vôcata catari maraxôzu. Mazzu Feiqemonogatari no caqi fajime niua vogori uo qiuame, fito uomo fito to vomouanu yŏ naru mono ua yagate forobita to yŭ xôqoqi ni, Taitŏ, Nippon ni voite vogori uo qiuameta fitobito no fateta yŏdai uo catçu mŏxite cara, fate Rocufara no nhŭdŏ Saqi no Danjŏ daijin Qiyomori cô to mŏxita fito no guiôgui no fuFŏna coto uo noxeta mono de gozaru. Sate sono Qiyomori no xenzo ua Quanmu tenvŏ cudai no cŏ-
A 3

平　家　物　語　巻　首

平 家 物 語.

巻《くわん》 第 一.

第一. 平家の先祖の系図, また忠盛の上のほまれと, 清盛の威勢栄華のこと.

物語の人数《にんじゆ》.

右馬允之. 喜一検校.

右馬之允《じよう》. 検校《けんげう》の坊, 平家の由来が聞きたいほどに, あらあら略してお語りあれ.

喜一. やすいことでござる: おほかた語りまらせうず. まづ平家物語の書き初めにはおごりをきはめ, 人をも人と思はぬやうなる者はやがて滅びたといふ証跡《しようぜき》に, 大唐《たいたう》, 日本《につぽん》においておごりをきはめた人々の果てた様体《やうだい》をかつ申してから, さて六波羅の入道前《さき》の太政大臣《Danじやうだいじん》清盛公と申した人の行儀《guiōぎ》の不法《ふはう》なことをのせたものでござる. さてその清盛の先祖は桓武天《てん》皇九代《わうくだい》の／後胤《こういん》讃岐の守《かみ》正盛が孫刑部卿《ぎやうぶきやう》忠盛の嫡男でござる. この忠盛の時までは先祖の人々は平氏《たひらうぢ》を高望の王の時くだされて, 武士となられてのち, 殿上《てんじやう》の仙籍《せんせき》をば許させられなんだ. しかるを忠盛に鳥羽の院と申す帝王得長寿院《とくちやうじゆゐん》と申す寺を建て, また三十三間《げん》の堂をつくって一千一体の仏をするよ, その御《ご》返報にはどこなりともあかうずる国をくだされうずるとおほせられた. しかるところでかの堂寺《どうてら》を宣旨のごとくにほど経て造畢《ざうひッ》せられたによって, そのをりふしに但馬《たぢま》の国があいたをすなはちくだされてござった.

第二十七．法皇大原に御幸なされ，女院に御見参《げんざう》あったこと．

（前略す）

さるほどにうしろの山の細道から濃い墨染めの衣きた尼二人木の根を伝ひおりくだるが，先にたったはしきみ，つつじ，藤の花を入れた花筐《はながたみ》を臂《ひぢ》にかけ，いま一人は爪木《つまぎ》にわらび折りそへてだかれた．花筐を臂にかけさせられたはかたじけなくも女院でござり，爪木にわらび折りそへいだかれたは維実卿のお娘大納言の局でござったが，願ひにはたがひ，思ひのほかに法皇の御幸なされた口惜しさよ：さこそ世を捨つる身とはなったれども，かかる様で見えまらせうも心憂う悲しうて，ただ消えも入らばやとおぼしめされた．宵々《よひよひ》ごとの閼伽《あか》の水をむすぶ袂もしほるるに，暁起きの袖の上山路《やまぢ》の露もしげうてしぼりかねさせられ，山へも立ち帰らせられず，御庵室《ごあんじツ》へも入らせられず，はるかにたたずませらるるところに，内侍の尼参ってお花筐を賜はり，これほど／うき世を厭ひ，菩提の道に入らせられうへは，何《なん》のお憚《はばか》りがござらうぞ？　はやはや御見参《ごげんざん》なされ，還御《くわんぎよ》なしまゐらせられいと申せば：げにもとおぼしめされたか，泣く泣く法皇のお前に参らせられ，たがひにお涙にむせばせられ，しばしばおほせいださるることもなし：ややあって法皇お涙をおさへさせられ，このおんありさまとはゆめゆめ知りまゐらせられなんだ，たれかこととひまゐらするぞと，おほせらるれば：女院冷泉《れいぜん》の大納言，七条の修理《しゆり》の大夫《だいぶ》この人どもの内方《うちかた》よりこそ時々とひまらすれ；昔はあの人々にとはれうとはつゆも思ひよりまらせなんだことをとあって，お涙にむせばせらるれば：法皇をはじめ，お供の人々もお袖をしぼりあへさせられなんだ．

付、関係系図

皇室系図（数字は天皇の代数）

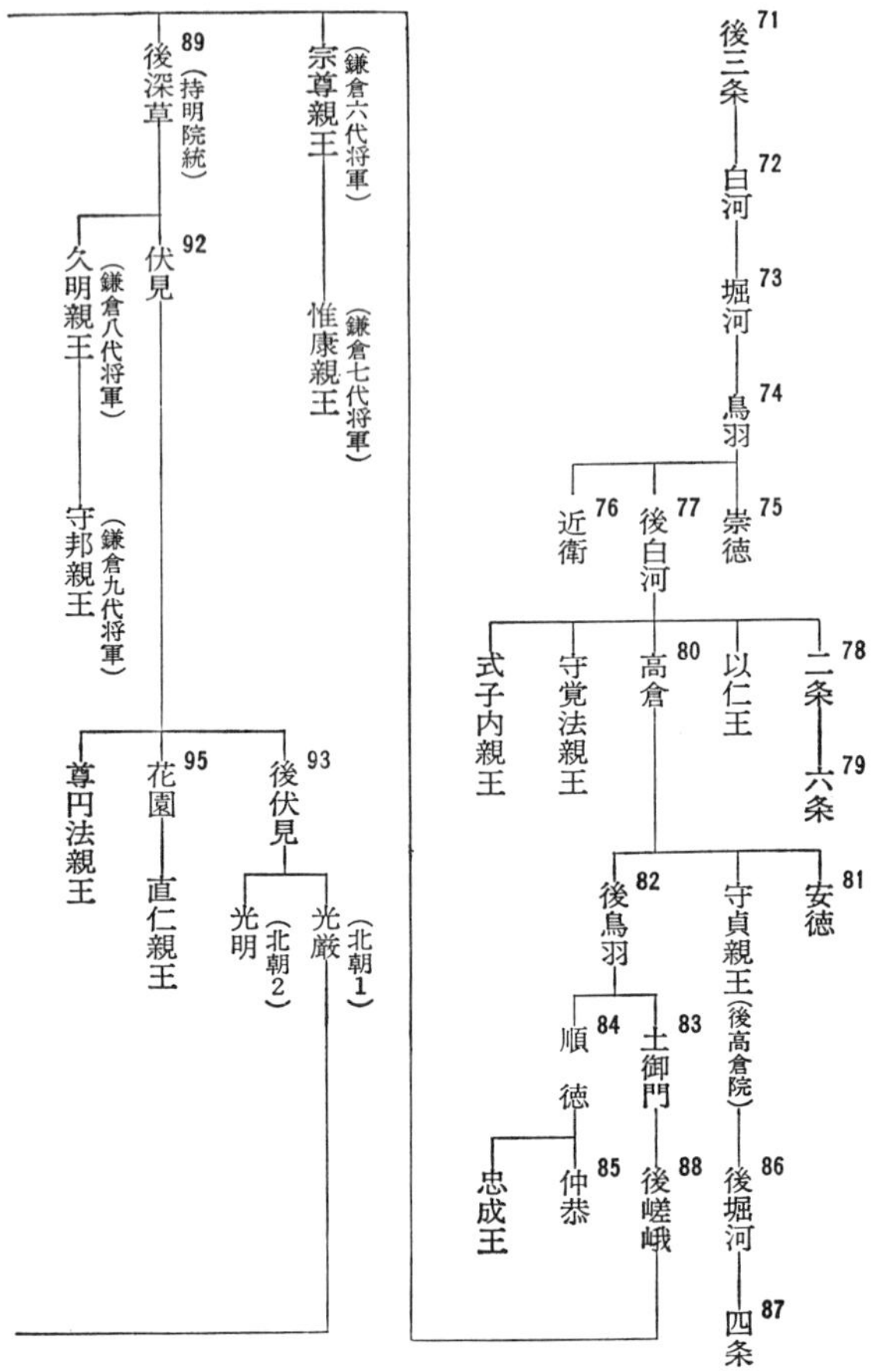
71 後三条
72 白河
73 堀河
74 鳥羽
75 崇徳
77 後白河
76 近衛
78 二条
79 六条
以仁王
80 高倉
守覚法親王
式子内親王
81 安徳
守貞親王（後高倉院）
82 後鳥羽
83 土御門
84 順徳
86 後堀河
87 四条
88 後嵯峨
85 仲恭
忠成王
宗尊親王（鎌倉六代将軍）
惟康親王（鎌倉七代将軍）
89 後深草（持明院統）
92 伏見
久明親王（鎌倉八代将軍）
守邦親王（鎌倉九代将軍）
93 後伏見
95 花園
尊円法親王
直仁親王
光厳（北朝1）
光明（北朝2）

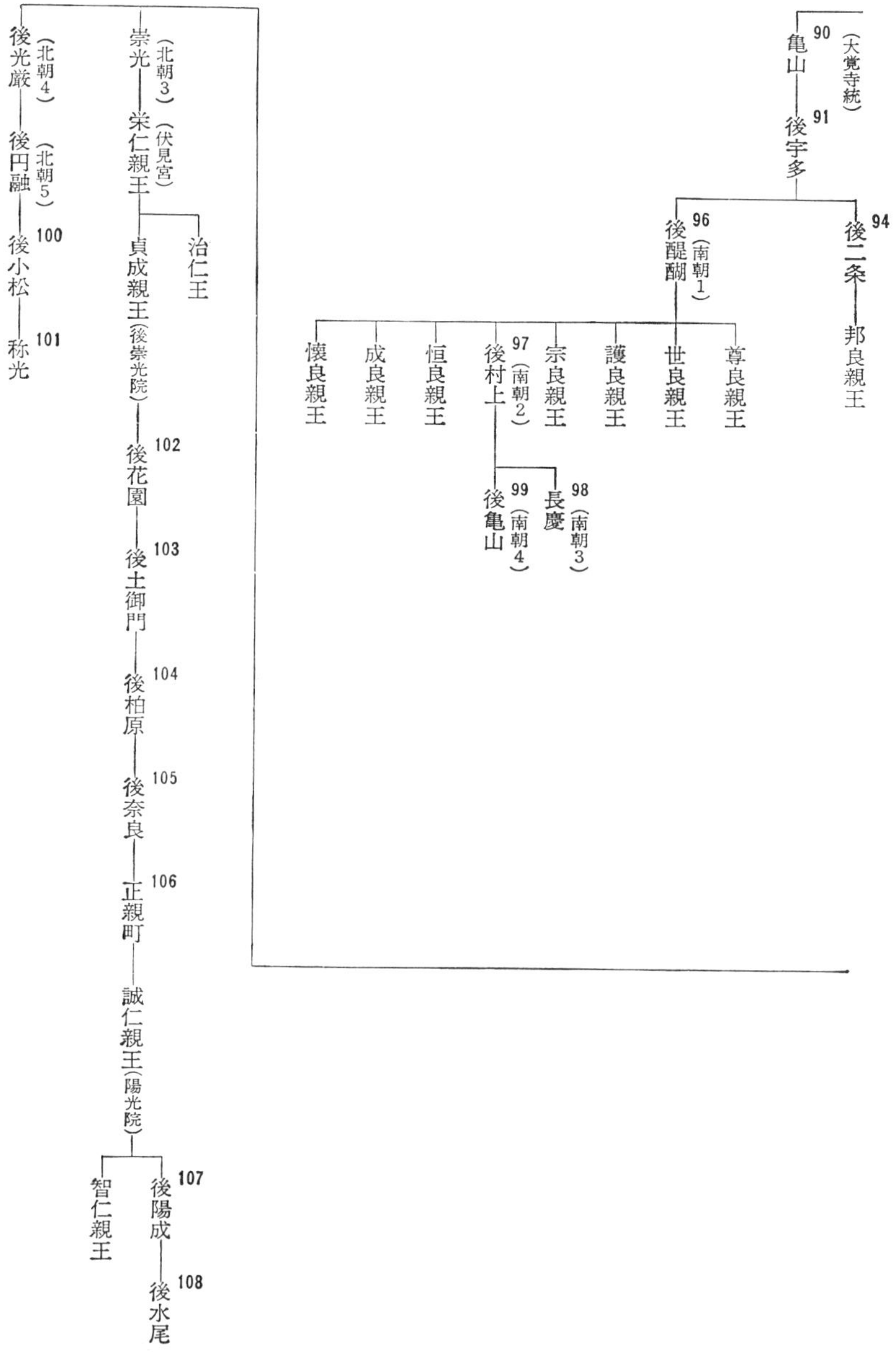

90 亀山（大覚寺統）
91 後宇多
94 後二条
邦良親王
96 後醍醐（南朝1）
尊良親王
世良親王
護良親王
宗良親王
97 後村上（南朝2）
恒良親王
成良親王
懐良親王
98 長慶（南朝3）
99 後亀山（南朝4）
崇光（北朝3）
栄仁親王（伏見宮）
治仁王
貞成親王（後崇光院）
102 後花園
103 後土御門
104 後柏原
105 後奈良
106 正親町
誠仁親王（陽光院）
107 後陽成
智仁親王
108 後水尾
後光厳（北朝4）
後円融（北朝5）
100 後小松
101 称光

摂家系図

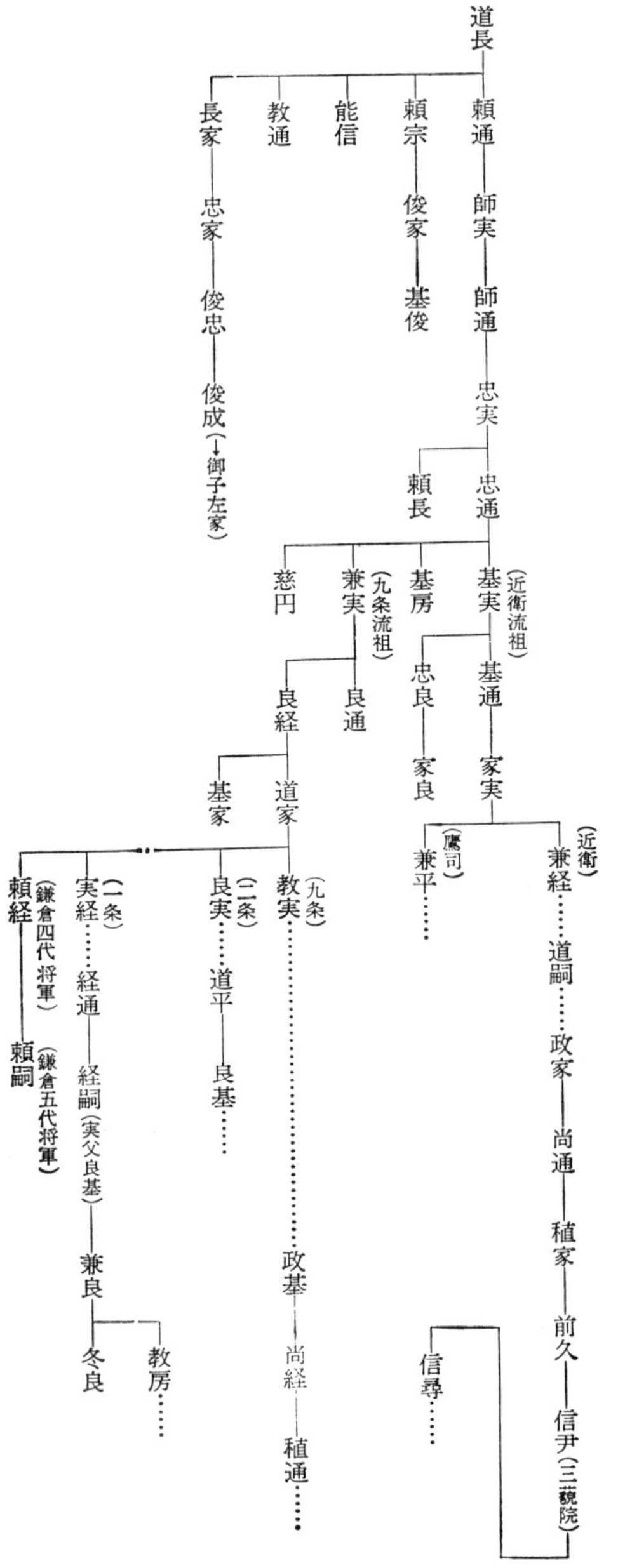
道長
頼通
頼宗
能信
教通
長家
師実
俊家
基俊
忠家
俊忠
俊成（↓御子左家）
師通
忠実
頼長
忠通
基実（近衛流祖）
基房
兼実（九条流祖）
慈円
基通
忠良
家良
良通
良経
家実
道家
基家
兼経（近衛）
道嗣
政家
尚通
稙家
前久
信尹（三藐院）
信尋
兼平（鷹司）
教実（九条）
政基
尚経
稙通
良実（二条）
道平
良基
実経（一条）
経通
経嗣（実父良基）
兼良
冬良
教房
頼経（鎌倉四代将軍）
頼嗣（鎌倉五代将軍）

西園寺家系図

実宗
公経
女子（定家室、為家母）
実氏
公相
女子（大宮院）
実兼
公衡
女子（鏱子。永福門院）
実衡
公宗
実俊（母日野名子）

北条氏系図

（数字は執権代数）

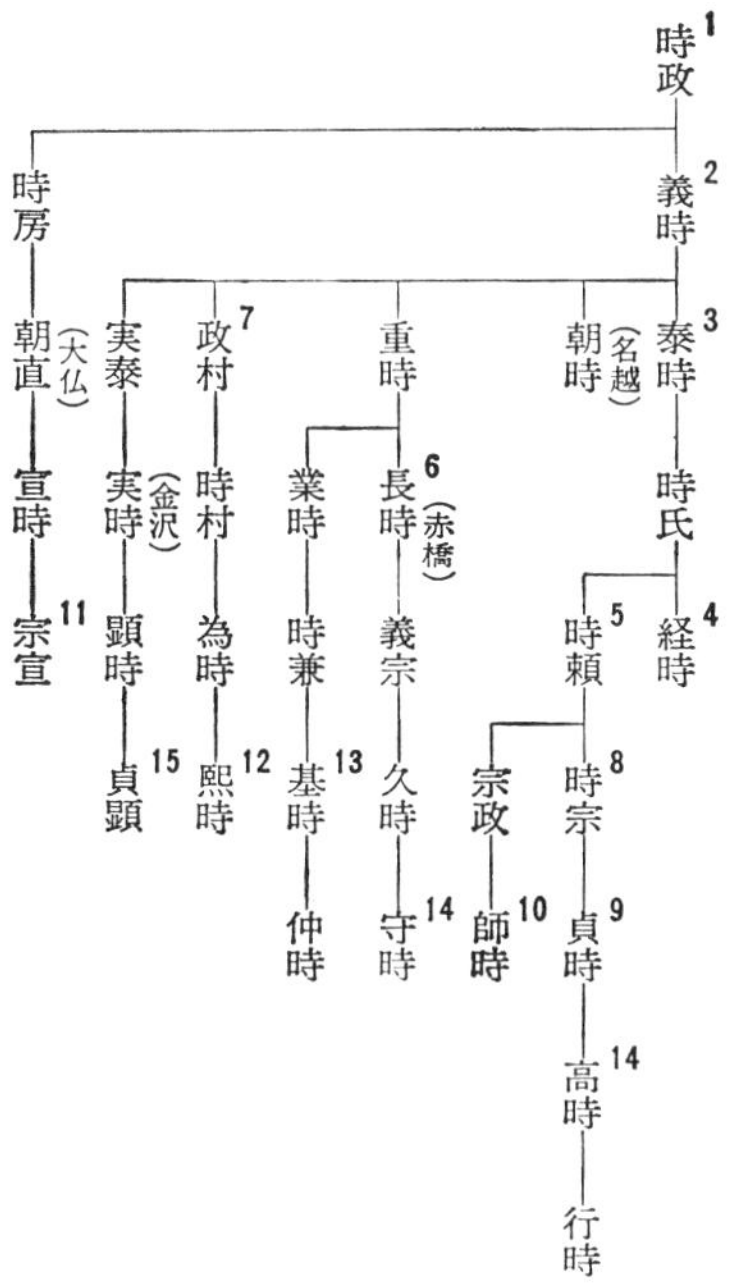

足利氏系図

（数字は将軍の代数）

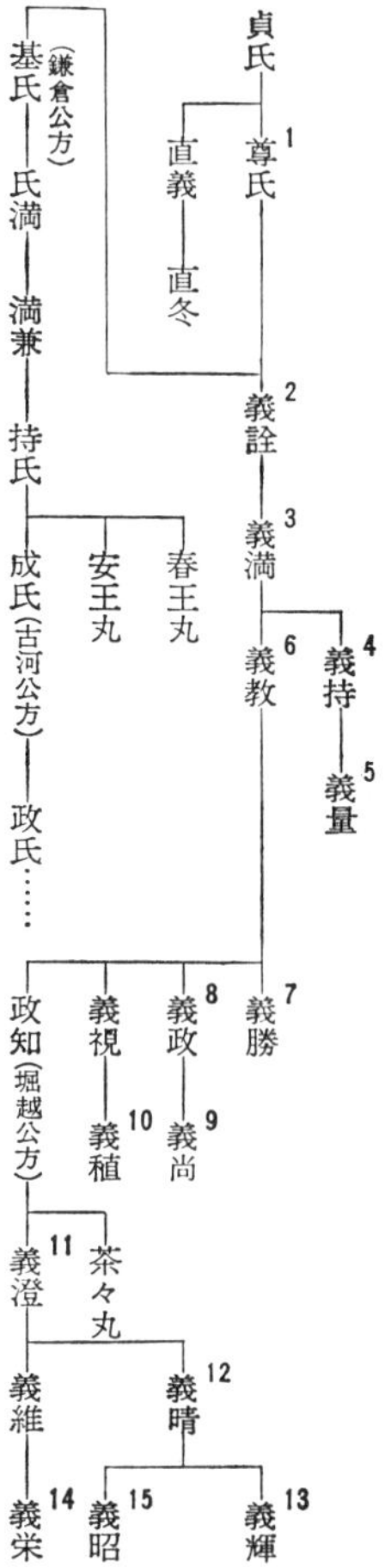

御子左家系図（勅撰集名は撰者たることを示す）

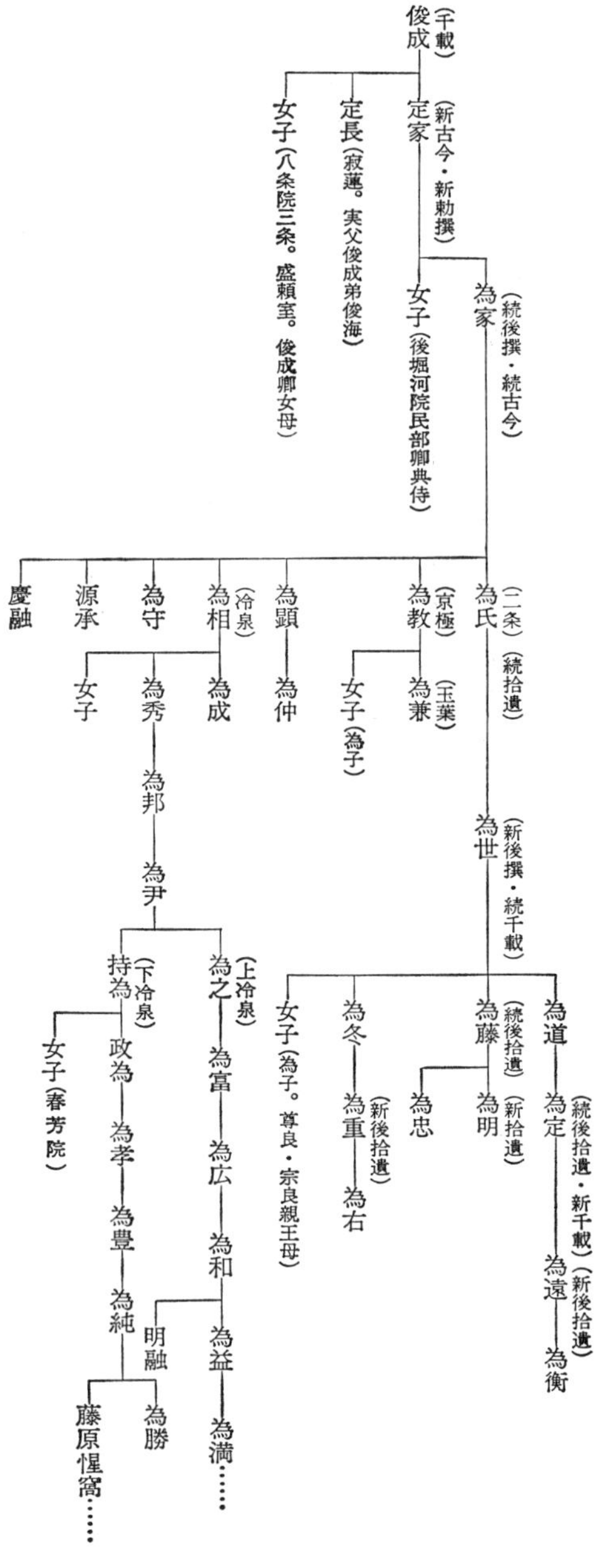

歌道流派系図

六条源家

六条藤家

- 顕季
  - 長実
    - 女子（美福門院）
  - 家保
  - 顕輔（詞花）
    - 顕賢
    - 清輔
    - 重家
      - 経家
      - 顕家
        - 知家 — 行家（続古今） — 隆博 — 隆教 — 行輔
        - 顕氏 — 重氏
      - 有家（新古今）
    - 顕昭（猶子）
    - 季経
    - 長覚

飛鳥井家

- 頼輔 — 頼経 — 雅経（新古今） — 教定 — 雅有 — 雅孝 — 雅家 — 雅縁（宋雅） — 雅世（新続古今）
  - 雅親（栄雅） — 雅俊 — 雅綱 — 雅春 — 雅敦 — 雅庸……
  - 雅康（二楽軒宋世）

冷泉派

- 為秀
  - 為邦……
  - 今川了俊 — 正徹（松月庵）
    - 正広……
    - 正般
    - 心敬……

二条派

- 為世—頓阿—経賢—尭尋—尭孝（常光院）
  - 尭憲—尭盛
  - 尭恵
    - 経厚—尊鎮法親王
    - 兼載……
  - 東常縁—宗祇 （（為家—東素暹）……東常縁）
    - 三条西実隆
      - 同公条
        - 同実枝—細川幽斎
          - 三条西公国
          - 嶋津竜伯（義久）
          - 中院通勝
          - 智仁親王—後水尾院……
          - 三条西実条
          - 烏丸光広
          - 佐方宗佐
          - 松永貞徳
        - 正親町院
      - 後奈良院
    - 牡丹花肖柏
      - 宗珀……（堺伝授）
      - 宗訊……
    - 宗長
    - 近衛尚通—稙家—紹巴
    - 姉小路済継—済俊
    - 宗碩……

編者紹介

藤平春男（ふじひら　はるお）
大正12年3月6日，東京に生まれる。
昭和19年，早稲田大学文学部卒業。早稲田大学名誉教授。平成7年没。

井上宗雄（いのうえ　むねお）
大正15年10月10日，東京に生まれる。
昭和26年，早稲田大学第一文学部卒業。現在，立教大学名誉教授。文学博士。平成23年没。

山田昭全（やまだ　しょうぜん）
昭和4年9月5日，東京に生まれる。
昭和26年，大正大学文学部卒業。現在，大正大学名誉教授。

和田英道（わだ　ひでみち）
昭和19年4月27日，熊本に生まれる。
昭和48年，立教大学大学院博士課程修了。元跡見学園女子大学教授。平成9年没。

年表資料　中世文学史　新装版

昭和48年4月30日　初版発行
平成9年3月30日　改訂6版発行
平成20年5月15日　新装版1刷発行
平成25年1月30日　新装版2刷発行

検印省略

発行者　池田つや子
発行所　有限会社笠間書院
〒101-0064　東京都千代田区猿楽町2-2-3
電話 03-3295-1331 振替 00110-1-56002
http://kasamashoin.jp

ISBN978-4-305-60305-0　三美印刷・笠間製本所